새로운 나여, 안녕

NOW IS THE TIME TO OPEN YOUR HEART
by Alice Walker

Copyright © 2004 by Alice Walker
Korean Translation Copyright © 2005 by Maumsanchack.

This Korean language edition is arranged with
The Wendy Weil Literary Inc.
through Shin Won Agency Co.

이 책의 한국어판 저작권은 신원 에이전시를 통해
The Wendy Weil Literary Inc.와의 독점 계약으로 마음산책에 있습니다.
저작권법에 의해 한국 내에서 보호를 받는 저작물이므로
무단전재와 무단복제를 금합니다.

국립중앙도서관 출판시도서목록(CIP)

새로운 나여, 안녕 / 앨리스 워커 지음 ; 이옥진 옮김.
-- 서울 : 마음산책, 2005
p. ; cm

원서명: Now is the time to open your heart
원저자명: Walker, Alice
ISBN 89-89351-69-3 03840 : ₩9000

843-KDC4
813.54-DDC21   CIP2005000750

새로운 나여, 안녕

앨리스 워커

마음산책

옮긴이 **이옥진**

부산대학교 영문과 대학원 과정 중. 전생에 글쓰는 흑인 여자였을까 싶을 만큼, 흑인 여성작가들과의 인연이 예사롭지 않다. 번역한 책으로는 『2004 세계 환상 문학 걸작 단편선 2』 『현경과 앨리스의 神나는 연애』가 있고, 하니프 쿠레이시의 『친밀함』이 출간될 예정이다.

새로운 나여, 안녕

1판 1쇄 인쇄 2005년 4월 20일
1판 1쇄 발행 2005년 4월 25일

지은이 | 앨리스 워커
옮긴이 | 이옥진
펴낸이 | 정은숙
펴낸곳 | 마음산책

편집 | 고은희 · 마정숙 · 박지영   디자인 | 이지윤
영업 | 공태훈   관리 | 전현희

등록 | 2000년 7월 28일(제13 - 653호)
주소 | 서울시 서대문구 충정로 3가 270 (우 120 - 840)
전화 | 362 - 1452 ~ 4   팩스 | 362 - 1455
홈페이지 | http://www.maumsan.com
전자우편 | maum@maumsan.com

종이 | 화인페이퍼
인쇄 | 한영문화사
제본 | 정민제본

ⓒ 2004, 앨리스 워커

ISBN 89 - 89351 - 69 - 3 03840

* 책값은 뒤표지에 있습니다.

물론 나는 변할거야!

적어도 그러길 바라. 그리되길 기도해.

변화 없이는 현재의 자아에 머무를 운명에 처할 테고,

그런 내 모습에 난 너무나 지쳐버렸으니까!

내 아버지의 어머니는 아버지가 어릴 적에 살해당하셨다. 할아버지
헨리 클레이 워커와 혼인하기 전에, 할머니의 이름은 케이트 넬슨이었
다. 이 소설은 할머니가 살아 계셨더라면 이런 모습으로 늙으셨으리라
짐작되는 심혼의 탐험가를 기리기 위한 것이다. 이 글을 쓰면서 내가
할머니를 얼마나 그리워하는지 선명해졌다. 또한 이전부터 변함없이
그리워했다는 사실도……

이 글을 통해서, 탐험가와 개척자, 그리고 예술가들과 함께하면서
그들을 굽어 살피고 지켜주는 그 모든 여신들과 천사들, 보살들께 부
족하나마 감사를 표한다.

앨리스 워커

차례

책머리에 · 7

서늘한 혁명 · 15

아나콘다를 죽일까 녹일까 · 19

변화 · 24

강은 흐른다 · 37

그는 놀라워했다 · 41

다른 길 · 73

욜로 · 81

할머니약 · 88

총을 맞았나? · 92

케이트가 찾았을 때 · 95

욜로는 읽었다 · 102

우선, 버리시게나 · 109

엘리자베스 테일러처럼 · 112

폭포에서 · 118

얼굴 · 138

이 세상이 잃은 것 · 141

교회 밖의 장례객들 · 149

거대한 여자 · 155

나는 평화란다 · 162

환상의 방 · 163

마후스족은 믿는다 · 166

지하의 호수 · 169

거짓된 꿈의 시대 · 182

여정의 한가운데 · 190

탈색한 그의 머리칼 · 196

마지막 원형 모임 후에 · 206

가시적인 존재 · 215

넌 살아야만 해 · 220

케이트는 전날 밤 깨어 있었다 · 222

욜로가 일어났다 · 226

여기로 돌아왔을 때 · 235

집으로 오는 비행기에서 · 239

폭격 · 244

어디에도 가지 말아라 · 270

그녀의 정원 · 274

오래 걸릴 거야 · 281

따스한 햇살이 드는 날 · 283

옮긴이의 말 /
　소설이 끝나면 시작될 내 영혼의 여정 · 285

이제 당신의 마음을 열 때입니다.

서늘한 혁명

케이트 토킹트리는 삼나무로 에워싸인 널찍한 방에서 좌선 중이
었다. 여느 때면 짙은 나무 그늘로 방 안은 꽤나 시원했을 텐데, 오
늘은 계절에 맞지 않게 따스해서 사람들도 케이트도 서서히 땀이
났다. 매일 아침 다섯 시 반이면 울리는 종소리에 사람들은 잠자리
에서 몸을 일으켜 방석 위나 바닥에 앉은 채로 명상에 들어갔다. 명
상에서 깨어난 후에는 침묵 속에서 몸을 옮겨 안뜰로 나갔고, 큰 방
의 앞문에 이르는 통로를 오르내리며 행선을 했다. 이는 미국과 아
시아 각국에서 온 불교 선지식들의 가르침에 따른 명상법이었다.
느리면서도 기품 있는 이 명상법을 케이트는 좋아했다. 발가락을
내려놓기 전 한참 동안 발뒤꿈치가 땅에 닿는 느낌이 좋았다. 이런
방식의 명상은 식물에 가까우리만치 더딘 감각을 케이트에게 선사
해주었다. 지난 봄에 붙인 그녀의 새 이름과 어울리게도 말이다.

어렸을 적부터 케이트는 말이라는 것에 대해 조심스레 허황함을
느꼈다. 말이란 세상이 스스로를 이해시키려면 거쳐야만 하는 통로

같은 것이라는 사실도 더불어 깨쳤다. 케이트의 예전 성이 닐슨이었으므로 그녀는 한동안 케이트 닐슨-퍼(전나무—옮긴이)라고 이름 붙일까 생각도 했었다. 케이트는 전나무 가운데서도 특히 북서부 해안 지방에서 자라는 웅장하면서도 하늘로 치솟은 나무들을 사랑했다.

다르마 강담 시간이면 케이트는 강사의 얼굴이 잘 보이고 목소리가 잘 들리는 곳에 자리했다. 강사는 남부 유럽 계통의 중년 남자로 아마색 낯빛에 삭발한 머리가 빛났다. 말을 할 때에는 갈색 눈이 반짝였다. 이따금 그는 손을 뻗어 왼쪽 귀의 은귀고리를 매만졌는데, 그 귀고리와 티 하나 없이 깨끗한 법복 덕분에 케이트는 속으로 그에게 '깔끔 씨'라는 별명을 붙였다. 그녀는 일주일 넘게 매일같이 그의 강담을 들으며 아주 즐거운 시간을 보냈다. 오늘 강사는 아프리카나 쿠바, 카리브해에서 일어난 것과 같은, 총과 폭력을 동반한 '뜨거운' 혁명이 성공했을 수도 있다는 그릇된 견해에 대해서 얘기하는 중이었다. 강사는 이들 혁명이 내부의 한계뿐 아니라 미국의 무력 개입 때문에 훼손됐다는 사실은 모르는 것 같았다. 강사는 미소지으면서 성공할 수 있는 유일한 혁명은 2천5백 년 전 부처님이 세상에 내놓으신 '서늘한' 혁명뿐이라고 말을 이어갔다.

케이트는 왠지 그 주장을 용납할 수가 없었다. 그녀는 강사를 꼼꼼히 살펴봤다. 영락없이 잘 먹어 때깔 좋게 생긴 사람이야. 케이트는 속으로 생각했다. 그는 뜻밖의 일이 아니면 식사 한 끼 놓칠 일도 그다지 없어 보였다. 케이트는 바닥에 놓인 일정표를 흘긋 보고선, 강사가 중상류층 가정에서 자랐으며, 교양 있고 교육받은 부모와 조부모를 둔 데다, 동양에서뿐 아니라 유럽에서도 살면서 교육

받았음을 알았다. 또한 그는 현재 이 나라에서 가장 이름난 축에 속하는 대학에 재직 중인 전도유망한 교수였다. 히스패닉계나 흑인, 황인종이나 가난한 백인들이 당장 다음 끼니를 걱정한다는 사실은 그에게 쉽사리 잊힐 만한 문제일 성싶었다. 빈곤한 그이들이 자기네 자식들을 어떻게 먹이고 입히고 교육시키는지에 대해서 말이다. 그들이 명상을 하려고 앉아 있기라도 할라치면 아마 채찍을 맞으며 쫓겨나게 될 테지. 그도 아니면 학살전담군에게 살해당하거나 굶주려 죽거나…… 쫓겨나게 될 목록은 길고도 길었다.

주위를 둘러보니 명상 중인 대다수가 그 강사처럼 말쑥하고 때깔 좋은 사람들이었다. 그들은 희디흰 피부에 중류에서 중상류 계급에다 은퇴 후에도 돈과 여가시간을 지닌 이들이었다. 케이트는 자신이 그 자리에 앉아 있는 유일한 유색인종임을 알아차렸다. 이 그림 속 풍경 어디가 잘못된 걸까?

바로 수분 전만 해도 청명하여 우물 표면 같던 그녀의 정신에 이젠 구름이 끼었다. 명상하면서 물리치려 했던 그 상태로 돌아와버린 것이다. 케이트는 깊은 숨을 들이쉬며 그런 생각에 '사고思考'라는 이름을 붙였다. 명상 중에 정신이 산란해지면 그리하라고 배운 방식이었다. 그러곤 방석 위 앉음새를 좀더 단단히 가다듬었다. 케이트는 진심으로 존경하는 이 강사의 강의를 경청하면서 비판적이지 않으려 했다. 게다가 그녀는 강사가 의도한 바를 알고 있었다. 모든 '뜨거운' 혁명은 자멸하게 마련인데, 그와 같은 혁명은 적을 낳기 때문이다. 이를테면 마이애미에 살던 무모한 옛 쿠바인들(쿠바 혁명 이후 마이애미로 도피한 기존의 권력층 및 부유층. 이들은 도피 후 활발한 반反혁명 운동을 펼쳤다―옮긴이)을 떠올려보자. 이들은 권력의 일부를 빼앗기면서 스스로 초래한 끝없는 혼란과 고통, 고난에서 회복되지 못하고 있었다.

　강의가 끝나자 케이트는 진지하게 사유하기 시작했다. 자신이 불교적인 길 위에서 막다른 곳에 이르렀다는 느낌이 들었다.

　그날 저녁과 다음날, 그리고 그 다음날엔 명상이 되질 않았다. 대신 케이트는, 꼬마 때 '하나님과 예수님' 교회에서, 태어났다는 이유만으로 인간은 원죄를 지은 셈이라는 사실을 믿기가 어려울 적이면 가만히 창문 밖을 바라봤던 것처럼, 계속해서 창을 내다보고 있었다. 긴 가지를 땅을 향해 드리우고 있는 삼나무들은 평온해보였다. 나무 한 그루 한 그루는 둥지 주변에 자그마한 집, 그러니까 은신처를 만들어내고 있었다. 한두 사람이 앉기에 안성맞춤인 자리였다. 예전엔 미처 깨닫지 못했는데, 이렇듯 친절한 나무라니. 바로 뒷날 행선 중에 가장 커다란 삼나무를 향해 느리고도 느리게 걸어가서 그 아래 앉았더니, 행선을 멈추지 않고 천천히 케이트 주위를 맴도는 십수 명의 사람들이 눈에 들어오기 시작했다.

　사람들이 모두 명상의 방으로 되돌아가도 케이트는 움직이지 않았다.

아나콘다를 죽일까 녹일까

꿈속에서 케이트는 냉장고를 정리하는 중이었다. 잊고 있던 남은 음식 가운데, 완벽하게 냉동되었지만 아직 목숨이 붙어 있는 아나콘다 한 마리가 들어 있었다. 주황색 점무늬가 찍힌 거대한 잿빛 뱀의 몸에 물을 끼얹자 살얼음이 녹기 시작하면서 태양 빛깔이 나타났다. 케이트는 뱀을 녹이기 전에 죽여야 한다고 느꼈다. 그녀는 달려가 다른 이들에게 도움을 청했지만 누구도 도와주지 않았다. 사람들은 각기 제 목숨 구하기에 바빴다. 모두들 아나콘다를 지녔던 것이다. 케이트는 한 사람 한 사람에게 돌아가며 소리쳤다. "네세시또 아유다! 뿌에도? 도와주세요! 제가 도울 수 있나요?" 케이트는 "당신이 도울 수 있나요?"라고 말하고 있다 생각했더랬다. 하지만 그녀의 입에서 나온 말은 생각과 달랐다. 외부의 도움을 청했으나 모두에게 거절당한 그녀는, 꿈에서 깨자마자 깨달았다. 아나콘다를 다루는 일이 내면의 작업이라는 사실을 말이다. 아나콘다를 죽일지 아니면 녹여서 살릴지의 문제는 전적으로 케이트에게 달렸던 것이다.

예이지 할머니(인디언들의 주술 음료로 '할머니약', '아야후아스카'로도 불린다—옮긴이)가 가르쳐주셨던 말을 케이트는 언제나 입에 달고 살지 않았던가. 우리 모두는 거대한 아나콘다의 등에 타고 있단다. 아나콘다처럼 주르르 미끄러지듯 활주하고 돌진해서 뛰어들고 있어. 그것이 세상의 진실이란다.

잠에서 깨자 '흑인 자유 운동'에 참여하던 시절의 이야기 하나가 떠올랐다. 투표하려고 시도했다가 일생 동안 테러를 당하고 있던 사람들의 투표 참여를 이끌어내려고 케이트와 동료들이 애를 쓰던 때였다. 한 나이 든 부인이 그들에게 한 남자와 뱀 한 마리에 대한 이야기를 해주마고 했다. 그들은 앨라배마와 조지아, 그리고 이제 곧 '신남부' 지역으로 명명될 다른 전초지들을 거쳐서 길고도 지루한 걷기를 이어가고 있었다. 사람들은 메모지와 손에 녹아나기 시작한 펜을 내려놓고는, 뜨거운 열기에 청바지를 걷고 그녀의 뜰 나무둥치에 자리잡고 앉아 얘기를 들었다. 나이가 많은 그 부인에게선 풀냄새가 났다. 생생한 그 내음에 몇은 황홀함을 느꼈다. 여러분이 보고 계신 저기 저 길을 걸어 내려오는 한 남자가 있었어요. 그러고선 노부인은 사람들이 터덜거리며 내려왔던 길고 지저분한 길을 가리켰다. 너무너무 추운 날이었죠. 비 오듯 땀이 흐르는 서로의 얼굴을 쳐다보면서 그들은 추운 광경을 떠올릴 수가 없었다. 저 길에서, 남자가 바로 눈앞에서 뭘 봤을 것 같아요? 노부인은 청중들이 미처 생각할 틈도 주지 않고 말을 이어갔다. 그러니까, 길 한가운데 있었던 건 바로 뱀 한 마리였어요. 꽤 귀엽게 생긴 뱀이오. 왜 사람들이 바라는 것처럼 머리칼 같은 것도 있고 긴 속눈썹도 달린 뱀 있잖아요. 청중들이 웃었다. 얼어서 굳어 있긴 했지만 그런 뱀이었죠. 그래도 어떤 부분은 괜찮아서 남자에게 말을 걸 수가 있었어요. 여러분도 그런 게 어떤 건지 아실 거예요. 사람들이 싱긋이 웃었다. 뱀이 말했어요. 여보시오, 나는 이런 날씨에 얼어 죽어가는 불쌍하고 조그만 늙은 뱀이라오! 부디 나를 불쌍히 여겨, 당신 가슴에 품어 내 몸을 녹여주시오. 자, 남자도 보통 땐 바보처럼 굴진 않았겠지요? 하지만 왜 이따금 그리될 때가 있잖아요. 그날 바로 그랬던 거예요, 글쎄. 남자는 생각하기 시작했지요. 결국 그는 기독교인 같은 사람이었던 거예요. 저렇게 귀여운 뱀이 말을 하다니 너무 놀랍다는 생각을 하며 그는 거기 서 있었지요. 그이는 예수라면 어찌했을까 생각하면서 넉넉잡아 5분에서 10분쯤 그러고 서 있었어요. 내가 만약 너를 거두어준다면, 하고 말하면서 그는 뱀 쪽으로 몸을 옮겼는데, 그의 그림자가 뱀의 몸을 일부 덮었던 거예요. 그러자 예민한 영혼을 지닌 그는 뭔가 이어져 있다는 느낌을 받으며 이렇게 말했어요. 내가 너를 살려준다 치고, 네가 나를 물지 않으리란 걸 어찌 알겠어? 아, 아니죠. 친절하게도 당신이 나를 따스하게 녹여서 살려줬는데, 그 은혜를 물어뜯는 것으로 되갚는다면 그 얼마나 끔찍한 일이겠습니까! 그런 건 꿈도 못 꿀 일이에요.

뱀이 너무나 가련한 눈길로 그를 바라보자 남자는 작고 늙은 뱀을 들어 자신의 상의 주머니에 집어넣고선 가슴에 품었지요. 씹는 담배 브라운 뮬 봉지 바로 뒤, 가슴 바로 옆, 그 남자의 측은한 몸 전체를 휘감는 따스한 피익 진원지 심장 가까이에 말예요. 그러고선 그들은 함께 걸어갔어요. 남자는 스스로 괜찮은 사람이라고 생각했고, 뱀도 서서히 온전한 모습을 회복해간다는 느낌이 들었지요. 곧 속까지 온기가 퍼진 뱀은 남자의 방한용 장갑 주머니 바로 뒤로 살짝 미끄러져갔어요. 사실대로 말하자면 그의 얼굴엔 미소가 흘렀던 거예요. 교만하지 않은 자신의 어떤 태도가 거의 얼어 죽어가는 무언가를 되살려냈다는 생각이 일었기 때문이었지요. 남자는 뱀을 쓰다듬으려고 팔을 뻗었어요. 그런데 뱀이 남자를 물었지요.

뱀은 남자의 턱을 물었어요. 남자는 자신이 중부 앨라배마나 미시시피 아니면 조지아, 혹은 북부 플로리다, 아님 누군가 조속히 구조해줄 리 없는 지역에 있음을 알고 있었죠. 그는 저주를 퍼부으며 길 한가운데 쓰러졌지요. 나한테 왜 그런 거야? 남자는 자신의 다리 위를 날렵하게 미끄러져 내려가고 있는 뱀에게 물었어요. 그러자 뱀이 그를 올려다보고선 프랑스인들이 하듯이 어깨를 한 번 으쓱하더니 이렇게 말하는 거였어요. 그러게 당신은 내가 뱀이라는 걸 알면서도 구해줬잖아요. 남자는 서서히 죽어갔지요.

노부인은 자기네들 성전에 참여해주십사며 자신의 평화를 깨뜨렸던 그 젊은이들을 바라보았다. 부인은 뱀을 줍지 않고 사는 법을 익혔던 것이었다. 노부인은 주저하지 않고 어떤 의문도 제기하지 않은 채 눈앞에 있는 모든 뱀을 죽였다. 그녀에게는 다른 결말을 지닌 이야기도 있었지만, 젊은이들에겐 그게 좋으리라고 느꼈다. 왜냐하면 노부인은 젊은이들이 자신의 얘기를, 그들의 시도가 헛된 실천이라는 뜻으로 이해하리란 사실을 알고 있었기 때문이었다.

노부인은 대양의 파도만큼이나 수없이 주름진 목을 가다듬고 말했다. 자, 들어보세요. 사람들은 대개 바로 거기서 그 이야기를 멈춥니다. 사람들은 아담처럼 그 남자가 완전히 바보천치라서 자기

꾀에 자기가 넘어간 것처럼 행동하죠. 하지만 그 얘기에 대해서 한 번 더 생각해본다면, 남자와 날씨와 뱀에 대해서 더 생각한다면 달리 이해하게 될 거예요.

어떻게 말입니까? 일행 가운데 누군가가 낙심해서 물었다. 사람들은 오전 내내 찌는 듯한 더위 속에 걸어왔는데, 결국은 자기네를 물어죽일 무언가를 구해주고 있는 거라는 얘기를 방금 들은 셈이니까.

글쎄요, 날씨를 한번 생각해보세요, 라고 노부인은 말했다. 여전히 엄청나게 추웠단 말예요. 그 뱀은 다시 얼어붙을 거였어요. 일단 다시 몸이 얼면, 아마 무력해졌겠죠. 얼어붙어서 물지 못하게 될 뱀을 견제할 필요는 없는 거지요.

그래서요? 아까 그 사람이 다시 물었다.

그 노부인은 답했다. 그래서 이건 끝없는 일 같은 거예요.

우리가 그것을 죽이는 건가요, 아니면 살리는 건가요? 우린 진정한 본성을 믿기는 하나요? 또한 진정한 본성이 변할 수나 있다고 믿어본 적이 있나요? 우리의 본성은 변할 수 있을까요?

노부인은 그녀의 집 뒤켠에 자라는 포도를 조금 따다주었다. 우물에서는 물을 퍼주었다. 그리고 그녀는 소녀처럼 만족스레 손을 흔들었다. 안녕.

변화

그녀는 제단을 해체해버렸다. 성모 과달루페(1531년 멕시코에서 인디언 피부를 가지고 발현한 성모—옮긴이)에서 체 게바라까지, 예수에서부터 온두라스에서 학살전담군에게 총살된 그녀의 친구 사라 제인까지 다양한 신들과 위인들을 기념하며 타오르던 가지각색의 수많은 초들은 이제 문 옆에 있는 커다란 상자 안에 담기게 됐다. 당당하면서도 나른한 자태를 한 관음상의 인상적인 포스터는 돌돌 말아 파란 고무줄로 묶어두었고, 환각 상태의 람 다스와 비슷해보이는 고전적인 부처상에는 자줏빛 천을 덮어두었다.

그녀의 삶은 변하고 있었다. 발아래에서 바뀌어가기 시작한다고 느꼈다. 혹은 발 위에서 시작된다고 느끼기도 했는데, 이는 무릎에서 변화가 나타났던 때문이었다. 나이 쉰일곱에 난데없이 양쪽 무릎이 삐걱대기 시작했던 것이다.

처음에는 이제껏 아침나절만큼이나 조용하던 해묵은 조깅화에서 나는 소리라고 생각했다. 어쩌면 귀 가까이에 있는 옷깃이 문제인지 모른다고 여겼다. 하지만 모두 틀렸고, 문제는 무릎이었다. 무릎은 기름이 말라붙어 뻑뻑해진 경첩 같았다. 달려갈 때 옆을 스쳐 날아가는 새들도 그리 크게 꺽꺽대지는 못할 터였다. 끔찍했다. 그녀의 몸에 흠이라면 언제나 너무나 평온하고 조심스럽다는 것이었다. 농촌 소녀의 몸, 억세고 믿음직한 농군이 될 법한 몸이면서 춤꾼의 몸, 시종일관 기품 있고 온종일 미끄러지듯 움직이는 몸이었는데 말이다. 하지만 이젠 아니었다.

이젠 움직임 하나하나가 케이트의 귀에 들렸다. 그녀는 무기력해졌다.

뭐가 필요한지 헤아리게 되자 케이트는 당장 무릎 전문의에게 들렀다. 운동선수들의 관절을 치료하던 여자 의사였다. 그이는 케이트의 무릎과 다리를 만져보더니 얼굴을 찡그리고는 케이트에게 매일 아침 스트레칭을 하라고 말해주고선 진료를 마쳤다. 커피를 내리는 동안 종아리를 부엌 싱크대에 올려놓기. 거기다 보조 기구를 착용한다면 아마 쓸모가 있을 거라고 의사가 일러주었다.

케이트는 그 말을 따랐다. 그러자 균형이 잡혔다는 느낌이 들었다. 어쩌면 생애 처음으로. 끊임없이 신발을 바꾸어 신어야 하더니, 이윽고 해변에서나 집 뜰에서조차 맨발로 걷기 시작한 이후로는 전에 없던 느낌이 들었다. 그 후엔 엉덩이에 뒤틀리는 통증이 생겼는데, 몸이 줄곧 익숙했던 틀에서 다시 자리를 잡으려니 따르는 통증이었다.

케이트의 연인은 아직은 몸이 나긋나긋해서 두통 외에 그런 종류외 통증이라곤 겪어보질 못했다. 그런 경험이 없는 그에겐 케이트의 무릎에서 난다는 뻐걱대는 소리가 들리질 않았다. 어찌 그리 사소한 일이 그녀를 안절부절못하게 만드는지 그는 이해하지 못했다. 홀리 니어가 불렀던 노래처럼 선천적으로 '크고 강한 여자'임에 틀림없는데 말이다. 케이트는 그가 자신의 무릎에 입맞춰주기를 바랐는데, 그는 그런 마음을 잊어버리곤 했다. 아니, 더 정확하게 말하자면 왜 무릎에 입맞춰야 하는지를 이해할 수가 없었던 것이다. 그들에게 그건 불행의 전조였다.

그 사람 이전의 연인이었다면 온전하게 이해했을 텐데. 케이트와 나이가 비슷했던 그 여자 애인은 변함없이 그녀를 귀하게 대했으며, 아무리 작은 멍이나 통증이 생겨도 입맞춰주었다. 아아, 너무나 안락했던 보금자리를 날려보냈다니. 그녀는 이내 숨막힐 듯한 느낌이 들었다. 이런 일이 종종 생길 때면 케이트는 나이 들어가는 자신의 몸을 느끼고 감정이입할 수 있는 연인이 없다는 게 슬펐다.

케이트는 제단을 해체했다. 부모님의 사진마저도 내려놓았다. 사진 속에서 어머니는 해처럼 빛나고 아버지는 달처럼 은은했더랬는데. 사진은 이제 거실에 진흙빛 벽을 향해 세워져 있었다. 한참 동안 소중한 얼굴들을 응시하며 케이트는 앉아 있었다. 부모님께 향했던 모든 비판도 잊히고 어떤 불평도 깨끗이 휘발되어버렸다. 오직 사랑만이 남았다. 부모님이 타고 있던 자동차가 기차에 치여서 두 분 모두 즉사하셨을 때는 절망적이었다. 수년 동안이나 모퉁이를 돌아서면 어디선가 부모님이 보였고, 손으로 잡을 수 있을 것만 같다는 생각이 들었다. 묘하게도 상상 속에서 부모님은 언제나 길 건너쯤에 계셨던 탓이었다. 그녀는 양친이 등을 보이며 길고 굽이진 길을 따라 서서히 사라져가는 걸 바라보았다.

제단이 있던 그 방은 동굴을 닮았다. 마치 땅 속에 있는 듯 어둡고 고요했으며, 불 켜진 초들은 화로나 모닥불처럼 앞으로 다가와 앉으라 유혹했었다.

하지만 더이상은 아니었다. 이젠 모든 게 어지러이 흩어져 있었다. 방 안은 그녀의 내면에서 점점 선명해지는 해체의 느낌을 그대로 비춰주었다. 케이트는 자신의 보금자리를, 그 반짝이는 푸른빛으로 마무리한 적색의 공간을 사랑하긴 했지만, 종종 팔아버릴까도 생각했다. 심지어는 누군가에게 줘버릴까 하는 생각도 들었다. 수년 동안이나 가까스로 주택융자금을 냈고 작든 크든 간에 집을 꾸미면 뛸 듯이 기뻐했으나, 그런 건 중요하지 않다 싶었다. 이젠 그런 의무들을 떠올리자면 두려웠다. 시나브로 닳아빠진 느낌이 기어들어 자리잡고 있음을 알아차렸다. 예전엔 지나치게 까다로워서 망가진 물건 하나도 그냥 내버려두지 않던 그녀였는데. 벽난로 위쪽 페인트가 벗겨지고 부엌문이 꼭 닫히지 않아도 별스레 관심 두질 않게 되었다. 욕조 배수구 옆에 물이 새는 것도 마찬가지였다. 심지어 이 모든 것들을 새로움과 기이함이란 잣대로 보자면 긍정적이라 여길 정도였다. 마치 부모님의 모습이 그녀의 낮꿈 속에서 흩어지듯, 케이트는 자신의 집이 그녀 주변에서부터 서서히 사라지고 있음을 느낄 수가 있었다. 이렇듯 긴장이 풀어지면서 해방되는 느낌은 기꺼이 환대할 만했다.

이젠 썼던 글을 몽땅 태워버리자 생각했다. 한 무더기 쌓아두었던 옛날 일기들. 차고 넘치는 벽장 속에 남겨둘까? 아니면 태울까? 그러던 어느 날 의식을 치르듯 그녀는 자신의 글 일부뿐만 아니라 백 달러짜리 지폐 몇 장까지 태워버렸다. 이런 것들이 자신의 삶에 있어 신도 여신도 아니라는 걸 스스로에게 오롯이 증명하기 위해서.

케이트의 친구들은 적이 놀랐다. 케이트는 또한 매일 밤낮으로 어떤 강이 나오는 꿈을 꾸기 시작했다. 하지만 그 강은 말라 있었다. 꿈속에서 자신의 삶, 그러니까 그 강을 찾아 헤매는 머나먼 여정 끝에 고대의 깊은 숲 속에서 결국 찾아냈지만, 강은 모래바닥이 되어 있었다.

케이트의 펜도 말라붙어가는 듯했다. 새것이나 다름없는 펜들이 희미하게 몇 줄 긋고선 수명이 다했다. 예사롭게 넘기기엔 그런 일이 너무 잦았다. 초조한 마음에 펜을 탁자에 내려쳐도 소용없었다. 눈도 침침했다. 이따금은 새로 맞춘 독서용 안경마저 찾지 못할 지경이었다. 이제 끝인가? 그녀는 생각했다. 아님 뭐란 말인가?

그러자 케이트의 심혼의 벗들과 저녁 밥상에 둘러앉았던 친구들이 여행을 하며 세상 어딘가에서 진짜 강을 찾아야 한다고, 꿈속에 나오는 강은 잊어야 한다고 했다. 벗들은 다른 강보다 물길은 깊고 물살이 센 콜로라도 강이 가장 덤벼볼 만하리라 언질을 주었다.

케이트는 떠났다. 가벼운 캠프용 옷과 침낭, 모기 쫓는 스프레이, 아스피린, 그리고 친구 하나가 나뭇가지를 직접 깎아 선물한 마른 삼베 빛깔의 가벼운 지팡이 하나만 들고서 여정을 시작했다. 벗들은 그 강이 차갑고 깊다고 말했더랬다. 벗들은 그 강이 그랜드 캐니언을 통과하면서 기관차처럼 포효한다고 일러주었더랬다. 그러나 벗들은 그 강에 급류가 있다고 일러주는 걸 잊었다. 그래서 강을 타기 바로 전날 밤, 그랜드 캐니언에서 그리 멀지 않은 한 모텔 방에서, 케이트와 다른 아홉 여자들의 배를 담당할 솜씨 좋은 여성 조타수들이 그녀에게 건네준 자료를 읽고 케이트는 깜짝 놀랐다. 그녀가 침대에서 용수철처럼 튀어 올라서는 바람에, 그간 맑고도 굳은

많은 날들을 함께했던 친구들이 모두 놀랐다. 메흐드! 프랑스인도 아니고 조상 중에 프랑스인이 있는 것도 아니지만 그녀는 그렇게 소리쳤다. 급류가 있는 강이잖아!

수면에 잔물결은 거의 일지 않았지만 평소 강물엔 힘찬 급류들이 적잖았다. 8, 9미터 높이의 물결이 조그만 나무 돛단배 아래서 놀치며 매일같이 사람들을 조난의 위험에 처하게 만들 것이었다. 케이트는 그걸 읽고는 잠을 이루지 못했다. 하지만 돌아가겠다는 생각은 들지 않았다.

날이 밝아오기 직전 케이트는 축복처럼 수분 동안 잠들었는데, 새벽도 다 되기 전에 사람들은 모텔을 떠나려 했다. 케이트는 꿈을 꿨다. 꿈속에서 그녀는 한 고층 건물에 거주하고 있었고 물길이 치솟을 시간이라는 소식을 들었다. 그 말은 아마도 정문 바깥 배수로 높이까지 수면이 올라간다는 뜻이리라 생각했다. 하지만 아니, 그녀의 집보다 고도가 높은, 세계 수도국 통제실에서 검은 피부의 쾌활한 여자 하나가 손을 흔들면서 레버를 당기니 검은 물살이 일었다. 색깔은 너무 검어서 마치 석유 같았는데, 그녀의 집 바닥이 순식간에 잠겨버렸다. 케이트는 영락없이 익사하겠구나 싶었다. 하지만 그렇진 않아 보였다. 어떤 운명 덕인지 케이트는 기름과 물이 뒤섞인 곳에서는 무척이나 수영에 능한 듯했고, 꿈 밖의 세계에서 기름과 물은 섞이지 않는 것이라 들었기에 경이로워했다.

케이트는 이 꿈을 단짝 아보아의 귀에 속삭이며 전했다. 아보아는 하품을 하면서 그녀에게 미소짓더니 말했다. 흠, 기름과 물이라고? 섞여서 말이지. 신선하고 의미심장하게 들리는걸. 케이트는 목욕탕 안으로 들어가기 전에 얼마간 더 침대에 누워 생각에 잠겼다.

　케이트의 연인 욜로는 그녀가 떠나는 걸 지켜봤다. 고운 피부에 단단하고 탄탄한 근육, 크림색이 도는 하얀 치아를 지닌 여인. 삶을 뚫어내는 길이 있다고는, 아니 그런 게 있다 해도 어떻게 따를 것인지 더이상 확신하지 못하는 그 여자. 욜로는 하품하면서 케이트를 팔 안에 품고 그녀의 몸을 살짝 뒤로 잡아당기곤 했다. 그들 사이가 이미 끝났음을 두 사람 모두 느끼고 있었다. 지금 케이트의 여정은 여자들과 함께일 것이었다. 오직 여자들만. 여자들이기 때문에. 근래 들어서 오로지 여자만이 강에 대한 꿈을 꾸며 강이 말라붙었다는 경고를 들을 수 있으리라고 케이트 스스로 느끼고 확신하는 듯했기 때문이었다.

　분명 욜로는 그런 꿈을 꾸지 않았다. 꾸었다 해도 잠에서 깰 때 기억하지 못할 터였다. 그로선 왜 그래야 하는 건지 헤아릴 수도 없었다. 사실 꿈, 꿈의 세계란 케이트에게 존재하는 만큼 그에게는 존재하지 않는 세계였다. 그녀와는 달리 욜로는 벽난로의 잦아들어가는 불씨 앞에 앉아서 이게 정말 무슨 의미일까 하는 질문에 궁금해하고 심사숙고하면서 끊임없이 스스로를 괴롭히지도 않았다.

　그런데 그녀가 떠났다. 초록색 버스가 정차하고 운전사가 케이트의 소지품을 실었다. 창문 너머로 그녀의 잠 묻은 얼굴이 보였다. 손을 흔들고 창유리에 나무 지팡이를 톡톡 치면서 그녀는 사라져갔다. 케이트가 원했다면 공항까지 차로 바래다줄 수 있었을 터였다. 그러나 아니었다. 케이트는 집을 나서자마자 곧장 여행길에 들어서

기를 원했다. 매표소 근처에서의 길고 긴 포옹도 없이, 이래도 괜찮은 건지 다시 한번 생각해볼 기회도 없이. 이런 방식을 욕심내는 것은 그녀다웠다. 야단법석은 사절이었다. 아마도 피닉스쯤에서 아보아와 만나 둘이서 출발할 것이었다. 거의 매년 그리해오고 있듯이 말이다.

욜로는 어쩐지 버려지고 남겨졌다고 느끼면서 삐딱한 심사를 달랬다. 케이트는 주부로선 별로였지. 욜로는 문 근처에서 자기가 신었던 양말 한 짝을 집어 들면서 생각했다. 삐딱이 심사에 얼굴이 찌푸려졌다. 그는 소리내어 말했다. 이봐, 네가 뭘 알아? 그는 집 안으로 들어섰고, 커피 한 잔을 내리면서 자신의 컵에 들러붙기 시작한 거미줄을 발견했다. 웃음이 났다. 그에겐 이런 게 삶의 방식이었다. 물이 끓는 그 잠시 동안에도 그는 등을 돌리면 다가오는 사물의 내음에 현혹되고, 삶은 촉수를 뻗어 그의 몸을 그러쥘 것이었다. 음료를 마시려고 준비하던 컵에도 미미하나마 땅으로 끌어당기는 인력이 작용하고 있었다. 끊임없이 움직이고 변하는 땅은 허나 역설적이게도 늘 똑같다. 혹은 선인들이 언제나 말했듯이, 여기나 매한가지였다. 그 '선인들'은 대개는 케이트의 선인들이었고, 그녀가 욜로에게 이야기해준 이들이었다. 케이트는 꿈에서 얻은 별난 표현과 우스꽝스러운 생각을 즉각 거둬들이는 것 같았다. 그녀는 밤이건 낮이건 웃으며 잠에서 깨어나, 유쾌한 사건과 함축성 있는 금언과 아마도 한두 세기 전에 쓰였을 것 같은 기이하기 그지없는 잠언들을 그에게 들려주곤 했다. 욜로는 종종 이렇게 외쳤다. "무슨 말인지 모르겠어." 그러면 그녀는 더 크게 웃으며 말했다. "그러니까 자기가 거길 가봤어야 했는데!"

케이트가 그리워질 것이다. 아니, 이미 그리워하고 있었다. 하지만 당장은 침대로 기어들어가는 것 말고는 달리 할 일이 없었다. 아직 그녀의 온기가 남아 있고 여전히 산뜻하고도 살짝 향긋한 그녀의 향기가 묻어나는 깃털 이불 속으로 파고들 밖에는. 꽃과 양초와 그녀가 자주 틀어두던 음악의 느낌이 가득한 그 방 안에서 말이다. 하이든과 베토벤, 게다가 비틀스와 더 밴드의 로비 로버트슨은 물론이고, 세이드와 앨 그린이 끝도 없이 흘러나왔다. 그들이야말로 사랑하는 법을 아니까! 케이트가 던진 말이었다.

자잘한 절망의 돌풍, 실망의 회오리바람에 뒹굴면서 상실감과 욕정, 그리고 원한이 뒤범벅된 감정에 휩싸여 케이트의 베개를 끌어안고 있다가 그는 잠들었다. 그리고 꿈에 빠져들었다. 그의 바로 앞에 길 하나가 있다. 그런데 그 길 위에는 머뭇거리는 커다란 갈색 발이 보인다. 녹색의 호빗족처럼 생긴 생물이 그 거대한 발가락 위에 마치 조랑말을 타듯이 앉아 있다. 발가락은 옆으로 난 오솔길을 향해 움직이기 시작한다. 그리고 그 오솔길은 붓질을 따라 사라진다. 호빗족 같은 그 생물은 녹색 잎으로 만들어진 모자와 같은 초록색 눈을 반짝이며 시야에서 사라진다. 애야, 넌 길을 잃었단다. 그 영적 존재가 말한다.

기다려요! 그가 부른다. 어느 길로 가야 강이 나오죠?

욜로는 제 목소리와 외쳐 부르는 그 절박함에 잠이 깨버렸다. 그는 케이트의 베개를 베고 누워 있다가, 별안간 그들 관계가 끝나지 않았음을 깨달았다. 그들이 곧 헤어질지는 모를 일이지만, 관계의 단절은 절대 없으리란 걸 말이다. 그는 어떻게든 케이트의 여행에 동참해왔던 것이다.

그는 할렐루야! 라고 외치면서, 이불을 내던지고 퀼트로 만든 덮개를 발로 걷어차고는 그녀의 베개에 쪽 소리 나게 입을 맞추고서 기쁨에 들떠서 샤워하러 갔다.

축복과 같다. 이전에는 한번도 물을 이해한 적이 없었다는 느낌을 받았다. 물은 욜로의 허벅지, 그 건강한 피부에 기운차게 쏟아져 내리며 그를 감쌌고, 햇살이 떨어지는 곳에서 빛을 받아 수정구슬처럼 반짝였다. 아무런 냄새도 없는데 순식간에 그의 몸을 뒤덮는 그 속도와 순수함에 그는 놀랐다. 욜로는 자신에게서 나는 흙내음 같은 풍부하고 친근한 냄새와 손에 쥔 레몬 향의 비누 냄새만을 들이마시고 몰두하며 생각했다. 이것 역시 흙내음이라고.

욜로는 그들이 어떻게 만났는지 떠올렸다. 케이트가 그를 뒤따라왔다. 그가 그린 사막 작품 가운데 하나를 보고 난 후였다. 케이트는 한 커다란 화폭 앞에서 환희에 가득 차서 감탄했다. 우주와 하늘, 갈색 땅과 커다란 선인장 하나밖에 없는 그림이 어떻게 그토록 나를 흔들어놓을 수가 있을까요? 거의 텅 비어 있는 그림인데! 케이트가 외치듯 말했다.

텅 빔, 그러니까 우주야말로 우리의 진정한 집이기 때문일까요? 케이트의 열정에 기꺼워진 욜로가 반문했다. 바로 그 물음을 제기하려고 케이트는 한밤중에 다시 전화했던 것이다.

그래요, 그렇겠죠? 한참을 궁리한 끝에 그녀가 답했다. 그리고 당신 그림 속 하늘의 파란색도요!

그는 침대에서 돌아누웠고, 다행히 옆에서 그를 말릴 아내가 없었으므로 담배에 불을 붙였다. 담배 피우는 습관(끔찍한 데다 멍청하기 짝이 없는 버릇이란 걸 그도 알았다)이 그에게 텅 빔을, 그 내부 공간을 채울 필요를, 우리 모두의 내면에 존재하는 거대한 공간을, 그 어떤 존재를 그에게 가르쳐주었다. 욜로는 담배를 피울 수 있었던 것에 감사해했다. 담뱃불 켜는 걸 보는 순간 퇴짜 놓을 여자들이 있음을 알고 있었지만 말이다. 그녀들로선 담배 피우는 남자와의 입맞춤을 상상조차 못할 것이기 때문이었다.

오키프(20세기 미국 미술계에서 독보적 위치를 차지했던 여류화가—옮긴이)가 파란색에 대해서 뭐라고 말했는지 아십니까? 담배 연기를 한 모금 뱉어내고 그녀의 목소리에 열중하면서 그는 물었다. 전시가 시작되던 날 밤에 보았던 그녀의 얼굴이 선명히 떠오르진 않았지만 말이다.

뭐라고 했어요?

모든 것이 파괴된 후에 남아 있을 색깔이라고요.

욜로는 그녀가 생각하고 있음을 느낄 수가 있었다. 이 문장을 곱씹고 있다는 걸. 그녀의 정신은 흙이 더이상 존재하지 않게 될 오랜 후의 하늘과 공간의 극점까지 그녀를 밀고 갔다.

하지만 그것을 확인할 우리는 여기에 존재하지도 않을 텐데, 여전히 파란색이 있는 것일까요? 마침내 케이트가 말문을 열었다.

욜로는 웃음을 터뜨리곤 그녀에게 어디 사느냐고 물었다.

욜로는 케이트를 다시 보았을 때 대번에 알아보았다. 그가 분간해낸 것은 어떤 기운이었다. 케이트를 앞서가는 어떤 기운. 그녀의 넋이 미지의 영역으로 스스로를 밀어붙이면서 나아가고 있는 듯, 케이트는 눈부시고 매력적이며 도전적이고 기대로 가득 차 있고, 신비로움에서 힘을 얻길 좋아하고, 놀라움으로 인한 흥분이 밀려오는 걸 사랑하는 이였다.

케이트는 그보다 몇 살 연상이었는데 어린 척하지 않았다. 그녀의 머리칼은 희끗해지고 있었다. 나중에 욜로에게 말하기를, 자신은 애써 기억하려 해도 염색하는 걸 까먹어버리는 그런 사람이라 했다. 케이트는 힘들여 얻은 존재의 일부를 뿌리째 뽑아내는 것 또한 자존심 상해했다. 젊어보이려고 노력하는 사람들은 삶의 일부를 잃어버리는 건 아닐까? 라며 그녀는 진지하게 고심했다. 욜로에게 말하지 않은 미신도 하나 지니고 있었다. 만약 자신의 나이에 대해 거짓말을 한다면, 그 햇수만큼 전인류의 나이를 덜어내는 짓이라는 미신이었다. 그토록 많은 사람들이 생각보다 빨리 죽어가는 이유가 그것이었다. 케이트는 나이에 걸맞게 아랫배와 엉덩이에 살집이 두툼했고, 풍만한 가슴은 예전보다 아래로 처졌으나, 눈은 여전히 생의 한가운데 있음을 보여주며 빛났다. 아무리 기이하거나 독특하다 할지라도 실제적인 것에 매료되어 열광적으로 매혹을 느끼는 예술가인 그로서는, 케이트를 보는 즉시 안식처라는 느낌을 받았다. 그들은 첫만남에서 오직 눈으로만 서로를 어림하며 서 있었다. 그들은 키가 비슷했다. 일순 입을 맞추기에 안성맞춤이겠다는 생각이 그를 스쳤다. 사실 그녀가 흡연자에게 입맞춤을 허락해야 될 일이긴 했다. 다른 것들에도 맞춤임이 확인될지도 모르겠다는 생각도 들었지만 그는 신중한 사람이었고 실없이 그리 가지는 않으려 애썼다.

케이트가 차를 대접했다. 모자에서 짠 하고 토끼를 꺼내는 것처럼 그녀의 수놓인 셔츠의 녹색 벨벳 소매에서 튀어나온 듯한 복숭아 하나도.

그렇게 시작됐다.

우리는 정말 무에서 만났던 거야. 이후에 케이트는 친구들에게 웃음지으며 말하곤 했다. 텅 빔. 우주에서. 이 사람이 자기 그림에 얼마나 몰두했는지, 내가 그 속에서 얼마나 안식을 느꼈는지 믿을 수 없을 정도였어.

욜로는 케이트의 설명을 들으며 미소짓곤 했다.

어떤 그림이든 이 사람 그림 앞에 서 있는 순간이면, '새'라는 내 본성이 되살아나거든. 날 수 있을 것 같은 느낌이 들어! 그녀는 세심하게 묘사했다.

새 같은 본성이라고? 어디에서 누구와 있든, 이런 방식으로 말하는 사람, 여자를 만날 수가 있겠는가?

처음에 그는 전율을 느끼며 틀림없이 그녀는 뉴에이지일 거라 생각했었다.

강은 흐른다

강을 타는 첫날엔 누구나 불안하고 두려우리라. 케이트는 아프리카계 유라시아인 친구 아보아와 함께 배 깊숙한 곳에 앉아 있었다. 황적빛 도는 주황색 구명조끼가 무겁게 목 주위를 짓누르는 게 맘에 걸렸다. 그들이 앉은 쪽 강물은 잔잔했다. 허나 케이트에겐 배를 덮쳐버릴 기민한 그 힘이 전해져왔다. 습지와 자갈 많은 강기슭을 순식간에 사라지게 만드는 그 힘이.

하늘엔 거대한 새들이 그랜드 캐니언을 향해 날아와, 시야에서 나타났다 사라졌다 하며 선회했다. 케이트는 시험 삼아 물에 손을 담갔다. 얼음장같이 찼다. 태양이 하늘 높이 솟아, 따뜻하다 못해 더울 지경이었다.

3주 가까이 강에서 보낼 예정이었는데, 그 정도면 강 전체를 넉넉히 일주할 만한 시간이었다. 여정의 말미쯤엔 그녀는 어떤 사람이 되어 있을까?

왜 가려고 하죠? 케이트의 치료사가 언젠가 물었다.

치료사의 머리 너머 벽에 붙어 있는 말 포스터들을 훑어보며 앉아 있던 케이트가 답했다.

지난 수개월 동안 함께 이야기 나눴던 내 안의 말라붙은 강이, 지구상의 어딘가에 존재하는 마르지 않는 강과 떨어져 있다고는 믿을 수가 없어요. 나는 부름을 받고 있어요.

그런데 콜로라도 강이라고 했습니까? 그건 인간들이 만든 것 아닌가요?

아니죠. 케이트가 말했다. 하지만 강과 같은 무언가를 만들어낼 만큼 너무나 신비롭고 강력한 고대의 인간을 떠올리자니 웃음이 났다. 콜로라도는 마침내 그랜드 캐니언을 조각해낸 강이다.

하지만 이젠 댐으로 통제되지 않나요? 치료사는 말을 이어갔다.

통제된다고요? 아닌 것 같은데요. 조절되는 건가? 아마 그럴 거예요. 케이트로선 둘 다 모르는 상황이긴 했다. 케이트는 떠나기 전에 꼼꼼히 준비하는 부류의 여행자가 아니라는 사실을 인정했다. 그녀는 자신의 무지함을 일면 즐기기도 했다. 아, 저 무덤에 잠들어 있는 사람들이 바로 그들이구나! 아, 그래서 그들이 구슬 허리장식을 차고 있구나. 어, 이렇게 열기로 뜨거운데도 어두운 색 두꺼운 옷을 입는 이유를 이제야 알겠어. 자기 그림자와 그늘을 스스로 짊어지고 다니는 것 같은 거야! 케이트의 마음 한구석에서는 콜로라도 강이 로스엔젤레스의 수영장과 욕조들을 어떻게 채우는지 자신이 조금이라도 알고 있는지 이미 궁금증이 일어나고 있었다. 그게 어떻게 가능했을까? 그리고 인간의 힘이 더해진다 하더라도 사막으로 끝도 없이 흘러가면 강은 어떻게 되는 걸까?

넷째 날, 처음으로 급류와 맞닥뜨리자 케이트의 배는 집채보다 더 높이 솟구쳐 올랐고, 그녀는 아프기 시작했다. 배가 솟아올랐다가 강으로 처박히는 동안 케이트는 삶의 어떤 초현실성 속으로 미끄러져 들어간다는 느낌을 받았다. 그랜드 캐니언의 깎아지른 듯한 붉은 절벽 속, 추처럼 오락가락하는 작고 비좁은 공간에서 사는 삶으로 말이다. 배는 멈추지도 않으면서 저항할 수도 없게 미친 듯이 앞으로 곤두박질쳤다. 매일 저녁이면 그들은 여정을 멈추었는데, 그날 저녁에는 케이트와 상의하기 위해 평소보다 오랫동안 머물렀다. 케이트는 열이 40도까지 올랐다. 케이트를 위해서라면 사람들은 무슨 수를 써서라도 헬리콥터를 불러줄 터였다. 철수하기를 바랐던가? 집으로 가고 싶었던가?

케이트의 머리와 몸속에 강으로 돌진하는 야생의 인간이 있는 것만 같았다. 안내와 조타를 맡은 여자들이 케이트에게 말을 하는 도중에도 그 포효하는 소리 때문에 그들의 말이 잘 들리지 않았다. 케이트를 위해서 마련한 임시 은신처 가까이에 있는, 사람들 바로 뒤에서 생생한 굉음을 일으키고 있는 강물 때문이 아니었다. 일생 동안 어마어마하게 축적된 말들이 이제 그녀의 몸을 떠나려 안간힘을 쓰면서 한꺼번에 터져나오는 소리, 그 내면의 웅웅거림 때문이었다. "당신은 집으로 가고 싶은가요?"라는 질문에 대한 응답으로 쌓이고 쌓였던 그 말들이 입술까지 올라오자, 케이트는 팔꿈치 가까이에 있는 누런 풀 한줌에 몸을 숙여 토해냈다.

수십 년 동안 담아두었던 그 모든 말들이 케이트의 목구멍을 막았다. 수년 전에 돌아가신 아버지께 말했거나 말하려고 생각했거나 말하려다가 삼켜버렸던 말들. 그녀의 남편들에게, 아이들에게, 연인들에게 했던 그 모든 말. 정신적인 혼란이라는 병균을 흩뿌리는 텔레비전 수상기에 대고 고함질렀던 말들.

일단 시작되자 토악질은 끝없이 이어졌다. 숨을 헐떡이느라 멈추면, 잠시 쉬었다가 다시 터져나왔다. 케이트의 몸에서 엄청난 체액이 흘러나오자, 아보아와 다른 노 젓는 여자들은 경악했다. 곧이어 탈진한 채로 그녀의 구토는 완전히 그쳤다.

아니요. 그녀는 기운 없이 말했다. 집에 가고 싶지 않아요. 이제 괜찮을 거야.

아보아의 눈이 휘둥그레졌다. 아보아의 눈에 자신이 분명 끔찍하게 보였음을 케이트는 알고 있었다. 그녀는 건네받은 소금물을 마시고 잠시 후에 미음을 먹었다.

그녀는 미소지으려 안간힘을 쓰며 말했다. 정말, 괜찮아질 거예요.

다들 회의적인 눈치였지만, 야영지를 마련하는 아보아를 거들어주었다.

그는 놀라워했다

그는 집 안을 이리저리 서성이면서 놀라워했다. 버려야 할 것과 지녀야 할 것을 케이트는 어떻게 구분해냈을까. 그녀의 집은 앙상한 모습이었다. 우수리라곤 아무것도 없었다. 케이트는 선물을 건네고픈 매력을 지닌 사람이고, 스스로에게 선물을 주려고 물건을 사기도 하는 그런 사람이었다. 그러나 오랫동안 하나에 매달리지는 않았다.

가령, 문 옆에는 양탄자가 말려 있었다. 유고슬라비아인 친구가 그녀에게 선물한 양탄자였다. 유고슬라비아인들이 아직 나라를 지키고 있어서 전통적인 수제 양탄자를 만들 만큼은 분별력을 지니고 있을 때 받은 것이었다. 수년 동안 케이트가 좋아했던 양탄자였다. 하지만 더이상은 아니었다.

어찌된 영문인가?

욜로는 물건을 영원히 간직하는 그런 사람이었다. 케이트네서 몇 구역 떨어진 그의 집은 더 작은 데다 잡동사니들로 가득 차 있었다.

매년 콴자(아프리카계 미국인들의 새해맞이 행사—옮긴이) 때면 케이트는 그에게 똑같은 선물을 주곤 했다. 『아무것도 못 버리는 사람』이라는 책이었다. 매년마다 그는 이 책을 처음부터 끝까지 읽고, 저자가 말하는 모든 것에 공감했다. 한번 청소를 하면 더욱 활기찬 기운이 인생까지 말끔하게 치워줄 것이기 때문에 현관을 깨끗이 치워야 하는 필요성에서부터, 신선한 삶이 몸 전체를 휩쓸도록 몸을 완벽하게 비우고 대장을 정관할 필요성에 이르기까지 말이다. 케이트는 눈을 치켜올리며 근심스레 말하곤 했다. 세상 모든 사람들이 숙변을 몸에 지닌 채 돌아다니고 있다고 한번 생각해봐!

그들은 누우면 발이 끝에 닿는, 두툼하게 속을 채운 커다란 2인용 소파에 나란히 누워 있었더랬다. 각자 조용히 책을 읽으며. 욜로는 이따금 책장 가장자리를 접어두어 표시하면서 자신을 바라보는 케이트의 시선을 느끼곤 했다. 기대에 찬 케이트의 얼굴엔 모두 이해한다는 듯한 미소가 흐르고 있었고, 욜로는 결심이 밀려온다는 느낌에 사로잡히곤 했다. 잡동사니 때문에 겪는 갖가지 부작용, 이를테면 일이 지연되거나 물건을 잃어버리거나 생각이 산만해지는 등의 일을 생각하면서, 욜로는 잡동사니들이 말끔하게 정리된 자신의 집을 그려보곤 했다.

그러고 나선 집으로 돌아와 온갖 잡동사니들을 전에 없던 눈으로 바라보곤 했다. 먼지로 뒤덮인 운동용 자전거와 문간에 쌓아둔 《프리벤션》과 《유튼 리더》 과월호들. '굿윌'(자선기부단체—옮긴이)로 직행해야 할 듯싶은 옷가지 보따리들과 음식 찌꺼기가 말라붙은 접시들. 이런 물건들을 더이상 사용하지는 않았지만, 몽땅 내다버린다고 생각하면 그는 슬퍼졌다. 물건들이 인생의 어느 시기를 보여주고 있으며, 그것들이 없으면 자연히 기억도 사라질 것이라고 느꼈다. 사물들은 이야기를 품고 있었다.

다리선이 고왔던 스웨덴 여자와 사랑에 빠져서 그녀에게 탄탄한 몸매를 보여줄 욕심으로 운동용 자전거를 사지 않았더라면, 그 먼지 쌓인 기계가 환기시키지 않았다면 이즈음엔 그녀를 떠올릴 일도 없었을 것이다. 그 시간 역시 그의 삶에서 실제적이고 생생한 한 부분이었다. 최소한 그때는 말이다. 그리고 갑자기 그의 몸이 변하고 있다고 느꼈던 그때. 나이 들어간다는 느낌. 영양제나 비타민이 필요하게 되면서부터 그는 《프리벤션》을 정기구독했지 싶었다. 얼마 지나지 않아 '뉴스'와 '매체'의 목소리에 단절감을 느끼면서부터는 《유튼 리더》를 구독했다. 그리하여 한동안은 매달 앞표지부터 뒤표지까지 모두 읽어냈다. 자신이 아는 범위 내에서 그는 잡지 《미즈》(글로리아 스타이넘이 창간한 최초의 페미니스트 잡지—옮긴이)를 12년 동안 쌓아둔 유일한 남성이었다. 70년대 초, 옅은 남빛의 샤크티(여성 생식력의 상징—옮긴이)가 일고여덟 개쯤은 되는 팔을 빙빙 돌리고 있는 창간호 표지 그림에 마음을 빼앗겼던 것이다. 욜로는 뉴욕의 한 신문가판대 앞에 서서 여자들의 생각을 남몰래 훔쳐 읽으며, 일생 동안 여자들에 관해선 무엇 하나 알지 못했다는 걸 깨달았다. 그 순간을 돌이켜보자니, 그때의 경험이 없었더라면 케이트와 침대를 함께 나누는 남자가 되는 건 상상도 못할 일이었을 터였다.

욜로는 시계를 여러 개 지녔다. 건전지가 닳아서 시계가 멈췄다는 사실을 잊어버렸기 때문이었다. 그는 다른 시계를 보고 갖고 싶어지면 샀다. 이미 지니고 있던 신발도 샀다. 속옷도 마찬가지였다.

마음 깊은 곳에서 시간이 이미 멈춘 거라는 생각이 분명하게 들었다. 시계들은 그 순간들의 유물이자 장식품이었다. 골동품들. 그 물건들은 사람들이 여전히 살아 있고 마치 어디론가 가고 있는 것처럼 행동했던 시절을 상기시켰다. 어딘가 중요한 곳으로 말이다. "우리가 우주의 제왕이다"라는 문장은 대다수 사람들 내면의 진언이었다. 게다가 우리는 어딘가 더 나은 곳에서 무언가에 대한 소명을 행하는 사람들인 것이다.

하지만 그렇지 않았다. 이젠 대부분의 사람들이 알고 있었다. 종말은 거칠고 급격할 것인가? 아니면 길고 지루할 것인가? 태양 아래 모든 질병으로 서서히 죽어가는 사람들. 밀림의 바위 아래서 스며나오는 병원균으로 인해. 몸을 섞을 때 옮는 감염으로 인해. 동포 살해, 집단 학살로 인해. 전국민, 전인종, 전대륙을 뒤덮고 쓰러뜨리는 걸 그 무엇도 막지 못하는 지점까지 수십, 수백 년에 걸쳐 증폭된 증오로 인해. 오늘날 '성'행위가 폭력적 행위 속에서 일상적으로 표현되듯이, 다음 세대의 열정과 기쁨은 증오의 행위로 표현될 것인가?

호주 원주민들에게 '시간'은 '영원'과 동의어였다. 그래서 팔목에 시계 차는 것을 우스꽝스레 여겼다. 인간의 짧은 현재의 삶을 생각한다는 것은 '시간'에 강한 인상을 남기는 것에 불과했다.

시계로 잴 수 있는 그런 '시간'은 끝났다고 그는 생각했다. 우리는 시계를 몽땅 내다버려야 한다고. 하지만 정작 그는 그러질 못했다. 오히려 더 많이 사댔다. 멈춰버린 각종 시계들을 포함해서 잡동사니들로 가득 찬 방을 둘러보며, 그는 시계를 사면서 시간을 간직하고 쌓아두려 했음을 알게 됐다.

그 사실에 직면하니 스스로 어리석다는 생각이 들었다. 그러면서도 여태 그는 마음에 차는 시계라면 어떤 종류건 사들이고 있었다.

케이트는 왼쪽 팔뚝 너머 노르스름한 풀밭, 그 먼지 쌓인 황록색 덤불 쪽에 토사물을 게워내면서, 첫번째 남편과 아이들이 발렌타인 데이를 기념해서 그녀에게 선물했던 접시를 떠올렸다. 하얀색 꽃으로 뒤덮인 강렬한 붉은색 접시였다. 그녀의 입에서 이제 막 쏟아져나온 것은 그 하얀 꽃, 수십 송이였다. 선물을 받았을 적에 그녀는 실망감을 배터지게 먹었던 것이다. 연인들을 위한 특별한 날에, 이젠 접시 선물이나 받고 기뻐 넋이 빠질 사람으로 여겨지다니.

장미 좀 보세요! 아이가 소리쳤다.

남편은 케이트를 보며 활짝 웃었다. 애들과 같이 고른 거야. 남편은 당당하게 덧붙였다.

그녀는 텅 빈 머릿속으로 억지 미소를 짜냈다. 그러곤 인내심을 갖고서 상냥하게 아이에게 말했다. 아니야, 이건 데이지란다.

그러자 남편이 말했다. 생화처럼 보이지 않아?

그녀가 답했다. 그래요, 그렇게 보이네.

하지만 케이트는 내내 이런 생각에 잠겼다. 이제 내가 그렇게 나이 들었나? 에로스는 차치하고라도 큐피트나마 살아 있는 삶이 내겐 끝난 건가?

이젠 그녀도 이따금은 몸을 섞는 일이 노고를 치르는 행위라 여기게 됐던 것이다.

목울대에서 뭔가가 울컥 솟았다. 슬픔이. 낙담이. 인생에서 낭만이 사라진 단계로 이토록 빨리 진입해버렸다는 노여움이. 케이트에게 이런 끔찍한 선물, 그러니까 세월이 지나갔음을 비춰주는 거울을 선물하려고 딸아이가 자기 아빠와 공모했다는 노여움이.

몇 년이 더 흐른 후에, 가족들이 더이상 그녀를 보고 있지 않다는 사실을 알게 되었다. 그들은 대신에 시중드는 하녀를 보고 있었던 것이다. 가족들의 탐욕스런 눈을 응시하자니, 쥐어 짜이면서 지낼 여생이 보였다. 케이트는 삼키고 또 삼켰다.

그래. 지금은 햇살을 받으며 이 세상에서 가장 기운 넘치는 강가에서 고약한 냄새를 풍기며 이렇듯 누워 있다. 그런 선물을 받기에는 자신의 깊숙한 곳 저 아랫부분은 너무나 젊고 넘칠 만큼 활기차다는 느낌이 영혼 속에서 일 적에, 그들은 한때는 눈부셨을 테지만 이젠 누더기일 뿐인 가짜 꽃을 찬사랍시고 케이트에게 떠넘겼던 것이다. 기쁨을 가장하기란 물먹은 솜처럼 무거운 일이었다.

매일 밤마다 남편의 몸 아래 짓눌려 있으면서, 그곳을 빠져나가 햇살을 쬐며 언덕 높이 자리잡길 꿈꿨던 그 시간들을 떠올렸다. 더이상은 몸에 맞질 않는 가족화된 부르주아의 삶의 방식 대신, 우주와 무無를 환대하는 그녀의 눈썹은 부드럽고 짙었으며 등에서는 날개가 자랐다.

여자들은 케이트에게 자상했다. 칫솔, 치약, 비누나 안경 같은 소소한 그녀의 소지품을 모두 케이트의 팔이 닿는 곳에 놓아두었다.

무슨 생각해? 아보아가 물었다.

무언가가 죽음을 맞이하는 순간에 대해서. 어떻게 본능적으로 그걸 깨닫게 되는지에 대해서. 그리고 변화와 타협하는 법을 익히지 못했기 때문에 알면서도 애써 모르는 척하게 되는지, 그런 생각들.

죽음에서 삶으로 돌아오는 거 말이야?

죽음에서, 죽어가는 것에서 삶으로 돌아오는 거라면, 그래. 케이트가 답했다.

매일 밤마다 사람들은 상상가능한 가장 절묘한 장소에 야외용 수세식 변소를 마련했다. 오늘밤엔 별이 총총한 거대한 천체 아래, 은빛 월광을 받으며 웅웅대는 강물의 반짝임 속에서 케이트는 여왕처럼 앉아 있었다. 그녀는 자유로워지고자 얼마나 바지런히 일했는지 떠올려보았다. 어느 날 문득 그녀는 스스로 덫에 갇혀 있음을 깨닫곤 그 충격으로 힘겨웠다. 소유에 온통 포획되어 있었던 것이다.

그들 부부는 방이 일곱 개인 데다 집 전체를 새 주인의 손길로 채워야 하는 이층짜리 꽤 넓은 집 한 채를 샀다. 지금 여기 화장실에 앉아 떠올리자니 신음이 흘러나왔다. 하지만 그 둘은 집을 채워 넣는 임무에 매진했다. 흥분되는 일이었다. 양탄자들을 뒤지다 완벽한 놈으로 하나 샀다. 은식기도 샀다. 아마포 테이블보도. 의자와 만찬 식기류도. 언제쯤인가는 전동 칼을 살까 말까 망설이기도 했더랬다! 지금이야 전동 칼을 지니거나 산다고는 생각할 수도 없지만 말이다. 그들은 소파와 스탠드와 발걸이, 등받이 없는 의자, 그리고 지금 애써 떠올리기도 힘들 만큼 많은 그림도 사들였다. 케이트는 다른 무엇보다 그림이라는 예술을 사랑했다. 하지만 떠나야만 할 때라는 걸 깨닫게 되자 그림은 제일 묵직한 구매품이 되어버렸다. 남편 역시 그림을 너무 좋아했다. 그런데 설사 인쇄된 작품이라 해도 마티스의 그림을 어떻게 둘로 가를 수가 있겠는가?

끔찍한 울렁거림과 구토감이 가시고 몸에 수분이 보충되자, 케이트는 주위 열린 공간 속에서 존재의 가벼움을 느꼈다. 지금 그녀에게 벽은 그랜드 캐니언의 깎아지른 절벽이었으며, 그 벽은 그녀의 소유가 전혀 아니었다. 거실이라면 강변이 거실이었고, 전망이라면 하늘이 전망이었다. 지금 케이트가 속해 있는 이 자유의 공간은 그녀가 꿈속에서 갈망하던 성당이었다.

여행을 떠나기 전에 욜로는 케이트의 허리를 가볍게 안고서 그녀를 내려다보며 이렇게 말했다. 당신은 완전히 다른 사람이 되어 돌아올 거야. 지난 몇 달 동안 그는 케이트를 안을 때마다 그녀의 몸에서 어떤 진동을 느꼈다. 웅웅대는 소리. 축적되고 저장되어 서서히 터져나올 순간을 향해가는 어떤 기운을. 하지만 욜로가 그걸 털어놓았을 때, 케이트는 전혀 그런 움직임을 감지하지 못했다고 말했다. 대신 그녀는 마치 굳어가고 막혀가는 듯 어떤 둔감함과 무기력함을 느꼈을 뿐이었다.

그렇지 않아. 그는 힘주어 말했다. 당신 세포 하나하나가 노래하고 있어.

내겐 들리지 않는걸. 그녀는 건조하게 답했다.

근데 내가 만약 변한다면? 케이트는 그에게서 즉각적인 반응을 잡아내려는 마음에 유심히 그를 바라보며 물었다. 당신에겐 어떤 의미가 될까? 속으로는 이런 생각을 곱씹으며 말이다. 물론 나는 변할 거야! 적어도 그러길 바라. 그리되길 기도해. 변화 없이는 현재의 자아에 머무를 운명에 처할 테고, 그런 내 모습에 난 너무나 지쳐버렸으니까!

나는 여전히 당신을 사랑할 테지. 그는 케이트의 정수리 쪽에 입맞추며 말했다. 아마도 조금 더 많이.

케이트는 웃음지었다. 종종 그래왔듯이 그로서는 가능한 최상의 답변을 제시한 것이었다. 그 말이 그녀를 자유롭게 해주었다. 그제서야 돌아온다는 걸 생각할 수가 있었다. 케이트는 자신을, 집까지 날아와서 창문 안으로 활강하는 커다란 검은 새 한 마리라고 상상해보았다. 변신한, 하지만 여전히 환영받는. 그제서야 그녀는 떠날 수가 있었다.

케이트는 노 젓는 여자들에게 더도 말고 설사에 대해서만 언급했다. 몸에 경련과 쥐가 나고 아보아가 공급해주던 귀중한 수분이 그 우아한 곳에 자리잡은 임시 변소 속으로 사라져버리자, 설사에 '재주' 있는 사람들이라고 영국인을 규정해놓은 프랑스식 이야기(영국 책에서 이 내용을 읽었더랬다)가 떠올랐다. 영국인들은 여행을 할 때면 항상 도착해서 밥을 먹고 설사할 자리를 찾아 헤맨다는 것이다. 어찌 보면 영국인을 인간답게 만들어주는 이 이야기에 케이트는 즐거워졌고, 현기증이 걱정되면서도 미소를 잃지 않았다. 어쨌거나 집에 돌아가지 않을 것이었다. 강에서의 여정이 끝나기 전에 돌아간다는 건 말도 안되는 일이었다.

케이트는 그랜드 캐니언 테두리 너머로 보름달이 떠오르는 모습을 경이로운 눈으로 지켜보면서 임시 변소를 떠났고, 몇 번인가는 지팡이에 몸을 의탁하면서, 한순간이긴 했지만 지난 수년 동안 느껴보지 못했던 평화를 맛봤다.

이 행성 어디서나 인간들의 삶은 여일한 것처럼, 케이트의 삶 역시 평화라는 것이 도저히 존재할 수 없는 지경까지 빠르게 더 빠르게 흘러갔기 때문이었다. 동요와 소음, 피할 길 없는 산만함이 이어졌다. 간신히 하루를 빼내어 아무도 연락하지 않을 만한 조용한 장소까지 마련해놓아도, 전화선 뽑는 걸 잊었던 전화에서는 불쾌한 벨소리가 터져나온다. 전화선 너머로는 아이들이나 연인의 목소리가 아니라, 신문 정기구독이나 전화 서비스 교체를 광고하는 목소리가 들린다. 지상은 광기에 사로잡혀버렸다. 속도의 광기. 의미 있는 곳으로 가는 실질적인 방법이 속도를 높이는 것뿐이라는 듯 말이다. 그래서 결국엔 어디로 가게 되는 걸까? 미래에 기대든 과거에 기대든 지금 존재하는 것은 온통 현재일 뿐이다. 강가에 서서 이 땅의 물이 영원히 돌고 돈다는 사실을 깨달으면, 두 종류의 '현재'가 있다는 사실을 깊이 이해하게 된다. 하나는 '순간'이라는 현재고, 다른 하나는 역사와 사람들이 알고 있는 지식을 포함하는 보다 긴 순간, 그러니까 '계기'다. 그리하여 케이트는 여신 이시스(태양신인 오시리스의 아내이자 여동생으로 대지와 풍요를 상징—옮긴이)가 흘리는 눈물이 지금 이 강의 일부를 이룬다면, 자신과 이시스를 포함하고 있는 이 긴 '현재', 자신이 마음속에서 그릴 수 있는 이 긴 '현재' 속에서 자신은 그녀와 어떻게든 이어져 있을 거라는 생각을 곱씹었다.

방수 샌들 한 짝에 지푸라기가 달라붙었다. 케이트는 그것을 떼어내려 몸을 숙였다. 지푸라기는 햇볕에 바짝 마른 노란 꽃대였다. 몸의 소리는 그걸 입에 집어넣으라며 케이트를 채근했다. 그것을 씹으라고. 케이트는 그대로 따랐다. 당장 배가 잠잠해졌다. 현기증이 물러갔다.

야생 카밀레였을까. 그녀는 궁금했다.

이걸 뭐라고 부르죠? 케이트는 같은 배의 노 젓는 여자에게 물었다.

케이트가 묻는 순간 그녀는 인상을 쓰면서도 꽃이름을 떠올리지 못했다.

케이트는 상관없다는 걸 깨달았다. 인간들이 꽃에 부여한 이름을 알 필요는 없었다. 그녀가 그 꽃을 '친구'라고 부르자, 그때부터 강둑을 따라 눈으로 꽃을 좇게 되었고 꽃이 건강한지 관심이 갔다.

케이트의 등을 떠다밀어버린 것이, 떠나겠다는 그녀의 말에 대한 남편의 응답이었다. 그 말을 꺼냈을 때 그들은 산행 중이었고, 케이트는 산세가 특히 험한 길에서 남편 바로 앞을 걸어가고 있었다. 지난 겨울 동안 바위들은 톱날처럼 벼려져 있었고 어떤 부분은 너무나 날카로워서 단단한 등산화 바닥마저 뚫릴지 모르겠다 싶었다. 그들은 60미터도 넘을 법한 가파른 비탈이 그들 바로 오른쪽에 버티고 있는 골짜기의 한 자락을 타는 중이었다. 케이트는 남편에게 서서히 말을 꺼내려 노력을 기울이던 차였다. 주차장 근처 저 아래 평지에서 출발할 무렵, 쾌활함을 가장하며 얼마나 겁을 먹었던지 나중에 생각하면 웃음이 날 지경이었다. 케이트는 심지어 그들 부부의 듬직한 회색 볼보 자동차를 잽싸게 두드리기까지 했다. 산행에서 돌아왔을 때 차가 여느 때처럼 믿음직스레 거기 있으리라는 신호로 말이다. 남편은 그녀가 행운을 바라며 두드리는 걸 보면서 미소지었고, 그들은 동료애마저 느꼈다. 적어도 케이트는 그렇게 느꼈다. 케이트는 얘기를 하고 싶다고 말했고, 남편은 아이들이 생기기 전에 종종 그랬듯이 산을 타면서 얘기를 나누자고 제안했다.

함께 산을 오르면서, 이런 식으로 우리가 어떻게 계속할 수 있을지 모르겠어, 라고 케이트는 어깨 너머로 중얼거렸다. 남편에게는 케이트의 얘기가 제대로 들리지 않았다.

뭐라고? 무슨 말을 한 거야? 그가 소리쳤다. 남편보다 날렵하게 오르는 편이라 케이트는 언제나처럼 그를 수월하게 앞질러 가고 있었다.

나만의 삶이 더 필요해.

당신의 뭐라고? 그가 말했다.

그들은 숨을 고르려고 잠시 멈췄다. 그리고 웅장한 풍경에 취했다. 케이트는 모자를 벗고는 머리칼을 흩뜨려 내렸다. 곧이어 그들은 다시 산을 오르기 시작했고, 여전히 케이트는 남편에게 등을 보이고 있었다.

혼자 살아야겠어. 그녀가 말했다.

케이트는 남편이 걸음을 멈추었다고 느꼈다. 잠시 말을 멈추고 막 뒤돌아보는 그 순간 그가 그녀를 밀었다. 손바닥으로이긴 했지만, 허리가 들어간 부분을 세게 치는 것이었다. 케이트는 좁은 바위 턱에 간신히 발을 지탱하며 기었다. 하마터면 떨어져서 죽을 뻔했다. 그녀는 안정을 되찾고는 남편에게 얼굴을 돌렸다. 그는 케이트가 끔찍한 적으로 돌변하기라도 한 듯 쏘아보고 있었다.

그녀는 아주 조심히 배낭을, 친숙하게 낡은 옅은 자주빛 배낭을 내려놓았다. 생각해보니 그 배낭은 남편을 만나기 훨씬 전부터 지녔던 물건이었다. 그와 함께 밤을 보내려고 기숙사를 몰래 빠져나올 때면 케이트는 배낭에다 잠옷과 칫솔, 청바지와 갈아입을 속옷을 챙겨 넣었었다. 그는 잠옷을 가지고 올 필요가 없다고 말했다. 그래도 케이트는 면 잠옷을 채워 넣지 않으면 배낭이 우스꽝스러울 만큼 가볍고 납작하다고 느꼈다. 더구나 그는 그 구닥다리 옷을 케이트에게서 벗겨내는 걸 즐겼다. 잠옷 속으로 파고들어가서 케이트의 허벅지 사이에 얼굴을 파묻고 있는 것도 좋아했다.

아. 그녀는 생각했다. 추억은 발아래 묻어두고서.

내가 당신하고 9년 동안 살았다는 거 알아? 케이트가 그에게 물었다. 내 몸으로 당신의 아이를 둘이나 낳았다는 걸. 수천 번 당신을 위해 아침과 점심과 저녁밥을 지었다는 걸. 당신이 아플 때 당신 옆에 앉아 있었다는 걸. 당신 부모님을 돌봐왔다는 걸. 당신이 원할 때면 내가 좋건 싫건 상관없이 몸을 섞었다는 걸 말이야. 당신은 알아……?

하지만 남편이 이미 손을 들어 또다시 케이트를 때리려 했다.

케이트는 목에 두르고 있던 밝은 분홍빛 스카프를 천천히 풀기 시작했다. 때마침 남녀 한 쌍이 그 길을 따라 올라오고 있었다. 투실투실한 남자는 소란스레 얘기하고 날씬한 여자는 살짝 몸을 굽히고 있었다. 여자는 두 사람의 짐이 들어 있는 배낭을 지고 있는 듯 보였고, 남자는 뭔가 기록을 남기는 듯 공책 한 권을 가지고 있었다. 남자는 그들을 지나치면서 넘어질 뻔했고, 그 둘이 황급히 그를 잡아주었다. 케이트는 남편을 바라보며 웃음짓고 싶었다. 이런 종류의 작은 소동은 그들 둘을 유쾌하게 만들 법한 일이었다. 하지만 남편에게는 반사적인 행동에 그쳤다. 그의 분노는 잦아들지 않았다. 케이트는 그의 얼굴을 응시했다. 무수한 변화를 겪는 걸 지켜봤던 그 얼굴을. 남편의 얼굴은 너무나 많이 변했다! 열정적일 땐 이랬다가, 공포스러울 땐 저렇게 변했다. 기뻐할 때 그는 아이처럼 얼굴이 붉어졌다. 슬퍼지면 그의 이목구비는 녹아들어 잿빛으로 휘감기는 듯했다.

남편이 그만큼 성내는 걸 한번도 보지 못했던 것은 아니었다. 다만 케이트에게 이렇게 노여워하는 건 이번이 처음이었다.

그는 누구라도 죽여버릴 듯이 노여워했다.

이번엔 오른편에 있는 절벽이 불길하게 느껴졌다. 저 아래서 바위에 부딪치는 물소리가 들려왔다. 케이트는 남편의 의사를 거역하며 이혼하려 했던 그 모든 여자들과 동질감을 느꼈다. 어떤 이들은 해냈음을 그녀도 알았다. 하지만 수천 명에 또 수천 명, 그리고 시간이 흘러 수백만에 이르는 그녀들은 성공하지 못했다. 케이트는 그니들을 위해 짧은 기도를 올렸다.

당신, 알아? 분홍빛 스카프를 이젠 양손에 가볍게 쥐고서 그녀는 말을 이어갔다. 내가 그 모든 것들을 당신과 함께, 그리고 당신을 위해 해왔다는 걸. 그런데 내가 나 자신에 몰두하며 혼자 시간을 보내야겠다고 얘기하는 그 순간에 당신은 나를 쳤어. 당신은 이걸 사랑이라 부를 거야?

케이트는 울고 있었지만 눈물 따윈 개의치 않고, 눈물을 뚫고서 말을 이었다. 심장은 요동쳐도 케이트의 목소리는 침착하다 못해 평온했다.

남편의 얼굴은 서서히 걷혀가는 폭풍 같았다. 그의 얼굴에 끼었던 구름이 그들 주위를 뒤덮을 만큼 점차 퍼져나가더니 창공으로 더러움이 옮아갔다. 그는 이를 악물고 주먹을 쥔 채였다.

케이트는 야트막하게 돌출된 바위 턱 가장자리로 조금 더 움직였다. 그리고 조심스레 옆을 내려다봤다.

스카프를 그의 손에 밀어 넣으면서 그녀가 말했다. 여기서 날 목졸라 죽이고 절벽 너머로 차버릴 수도 있어. 사람들은 몇 달 동안 내 시체를 못 찾을 거고, 이 근처에서는 떠오르지도 않을 거야. 아마 순식간에 하류로 떠밀려 가겠지. 당신 혐의는 깨끗할 거야. 그녀는 조용히 말했다. 난 당신을 두려워하면서 살진 않겠어.

케이트는 남편의 얼굴이 예전에 그녀가 알던 표정으로 다시 한번 변해가는 걸 지켜봤다. 그는 평상시의 모습으로 돌아온 듯싶었다.

씨팔년. 그가 내뱉었다.

왜? 내가 나 자신이 되고 싶다는 것 때문에?

남편은 스카프를 팽개치고 돌아서서 올라왔던 그 길을 서둘러 뛰어 내려갔다.

그를 뒤따라 주차장까지 돌아왔더니 믿음직한 볼보는 자취도 없었다. 케이트는 물 한 병과 건포도 반 상자로 뒤죽박죽인 데다, 돈도 신용카드도 운전면허증도 없는 배낭을 질질 끌고 갔다. 집에서 160킬로미터쯤은 족히 떨어진 곳이었다.

불현듯 좋아하는 배우 말론 브란도 이야기가 떠올랐다. 토크 쇼에 출연한 브란도는 애써 버티고 있다는 느낌을 주었다. 사회자가 브란도에게 한 할리우드 파티에 참석하지 않은 이유를 물었더랬다. 말론은 참석하려고 했지만 사막을 횡단하던 중에 차가 고장났기 때문이었다고 말했다. 황량한 황무지 한가운데서 혼자라는 걸 깨달았다고 했다. 무얼 했습니까? 사회자가 숨죽이며 물었다. 글쎄요. 말론은 느릿한 말투로 이어갔다. 차에서 나와 지붕에 기어 올라가 드러누워서 별을 봤죠.

그녀에게는 별을 구경할 여유가 없었다. 집에는 아이들이 있었다. 하지만 케이트는 당황할 필요가 없음을 깨달았다. 그녀는 주차장 출구에 당당하게 서서 엄지를 치켜들었다.

몇 시간 후 집 앞에, 볼보 자동차가 늘 있던 곳에 주차되어 있는 걸 보고서 케이트는 안도했다. 집 안의 불은 모두 꺼져 있었다. 예쁘게 가꾼 정원에서 돌 하나를 주워 분홍색 스카프로 싸서 조심스레 앞문 유리 한 장을 깨뜨렸다. 아무도 깨지 않았다. 케이트는 어느새 낯선 느낌을 주는 집 안으로 몸을 밀어 넣었다. 집은 남아 있는 자들의 것이지 떠나는 자의 것이 아니었다. 남편의 코고는 소리가 들렸다. 케이트는 소파에 덮어둔 담요 밑으로 몸을 뉘었다. 고개를 불편하게 돌린 까닭에 그녀의 코골이가 남편의 코고는 소리에 더해 지치고 의기소침한 합주를 이뤘다. 새벽녘에 둔중한 남편의 몸이 그녀 위에 느껴졌다. 남편은 케이트가 저항해도 아랑곳하지 않았다. 마치 자기 소유물인 양 그녀의 몸 안으로 밀고 들어왔다. 그녀는 조용히 저항하다 마침내 그만 포기해버렸다. 케이트는 남편 아래 누운 채 이런 생각을 잘근거렸다. 되돌릴 수 없어, 다시 함께 하는 일은 절대 없을 거야. 그녀는 이런 명백한 느낌을 선물이라 생각하려 애썼다.

남편은 산길에서 그녀를 밀었던 것을 사과했다. 하지만 간밤의 강간에 대해서는 일언반구도 없었다. 그는 남자들의 모임에 참석했다. 그리고 자기 같은 남자들이라면 으레 오직 두 가지의 이른바 부정적인 감정, 그러니까 분노와 공포만을 내보여야 한다는 걸 배웠다. 그는 둘 다 느꼈다고 했다. 그녀가 그를 떠나고 싶다 했을 때는 분노를, 어떻게 대처해야 할지 모를 때는 공포를. 케이트는 그를 바라보다 가슴속에 쟁여두었던 메스꺼움이 파도처럼 일어나는 걸 느꼈다. 자신이 내주고 싶지 않던 그 무엇을 가지려는 사람에게 수년동안 스스로를 바쳐왔다니. 어떻게 이런 일이 일어났을까?

6개월 만에 그는 자기 비서와 연애를 했다. 비서는 케이트가 집에서 해주던 모든 것을 처리해주었고, 거기에 더해 직업적인 일까지 해주었다. 그는 잔물결 하나 일으키지 않고 세상일에 대처하는 듯했다.

여자들은 케이트가 나아지고 있음을 알아차렸다. 애잔한 미소이긴 했지만 어쨌건 미소를 지었으니 말이다. 첫번째 결혼의 쓰디쓴 기억이 마지막 한 조각까지 몸에서 떨어져나가자, 배를 타는 오랜 여정을 훨씬 수월하게 견뎌낼 수 있는 어떤 가벼움을 실감했다. 그제야 케이트는 이번 여정의 충만한 주술을 품을 여유가 생겼다. 충격적이리만치 시퍼런 깊이의 하늘이 협곡의 틈새로 쪽지만큼 살짝 드러났다. 깃털처럼 하얗게 부서지는 물살에도 케이트는 더이상 어지럽지 않았고, 오히려 기꺼이 맞아들였다. 물결에 손을 맡겨보세요! 노를 젓는 여자들이 권했다. 쏜살같이 날아가는 새들의 모습과 매일 밤 천막을 치는 발 아래 희미한 잿빛의 돌 색깔에 케이트는 즐거이 눈을 맡겼다. 또한 지금까지 마음을 쓰지 않았던 다른 여자들에게 신경이 미치기 시작했다.

그날 밤에 그들은 모닥불 주위에 둘러앉아 나이 들어간다는 것에 대해 어떻게 생각하고들 있는지 얘기를 나눴다.

못 견디겠어요. 마저리가 뭉뚝하게 내뱉었다. 이 세상에 마지막 남은 머리 염색약이라면, 설사 용이 지키고 있다고 해도 상관 않고 가서 구해 올 거예요.

나도 한때는 그런 느낌이었어요. 셰릴이 말을 받았다.

난 염색해본 적 없어요. 이번엔 수였다.

농담하는 거죠? 마저리와 셰릴이 수를 바라보며 물었다. 수는 사려 깊은 푸른 눈의 자그마한 여자였다. 그녀는 식물의 이름과, 약초로서 어떤 효능이 있는지 알고 있었다. 케이트가 입에 넣고 씹었던 노란색 꽃이 엉겅퀴라고 일러준 이도 수였다.

아뇨. 수는 불 속에 막대기 하나를 찔러 넣고, 말아놓은 자기 침낭 위에서 몸을 들썩이며 말했다. 어릴 적에도 그런 건 꿈도 꾸지 않았어요. 여자들이 머리에 무언가를 해야 한다는 걸. 난 무슨 색이든 정말 멋지다고 생각했거든요. 머리칼이 뭐가 잘못된 건지 도대체 짐작할 수가 없었어요.

그녀는 웃었다.

뭐가 잘못된 거냐면, 머리칼이 하얗게 세기 시작한다는 거겠죠. 마저리가 말했다.

회색으로. 셰릴이 말했다. 회색이란 정말 끔찍한 연상들과 맞닿아 있다 생각하곤 했어요. 평범함이나 무딘 색깔이잖아요. 생기도 없고. 하지만 돌이나 물, 잿빛 하늘을 불만스레 대할 것이 아니라 감사해야 한다는 걸 알아차리게 됐죠. 가뭄을 한 번 겪고 나면 잿빛 하늘에 감사하게 되거든요. 비 말예요. 비는 회색이죠.

셰릴의 머리칼은 은회색에 길었다. 배를 타는 동안에는 하나로 묶고 있었다. 이제 풀어서 늘어뜨리니 달빛이 사랑스럽게 내려앉았다. 거대한 바위나 나무가 모두 자연색 그대로인 여기 그랜드 캐니언에서, 회색의 아름다움을 부정할 수는 없는 일이었다.

케이트가 웃음을 터뜨리자 여자들이 그녀에게 시선을 돌렸다.

나는 늘 사람들에게 넋 놓고 있다가 머리 염색을 잊어버린다고 말했는데, 사실을 털어놓자면 허영심이 너무 센 거예요. 케이트가 말했다.

여자들은 다음 말을 기다렸다.

오, 한동안은 시도했어요. 사실 꽤나 능숙하게 염색하게 됐고요. 학교 다닐 때는 단 한 달도, 머리칼 한 올까지도 그 색깔이 아니었어요. 두 달에 한 번씩 꼬박꼬박 완벽하게 염색하는 데만 신경 쓰는 그런 사람 쪽이었죠.

사람들은 절반쯤은 케이트의 생기 띤 모습에 웃음지었다. 전에는 몸이 너무 안 좋아 대화에 끼어들 수가 없었던 때문이었다.

하지만 그 후에 고등학교 이후로 한번도 겪어보지 못한 느낌을 경험하기 시작했어요. 처음으로 머리칼을 펴기 시작할 무렵이었죠. 부끄럽다는 느낌에 사로잡혔어요. 나 자신을 학대하는 것 같다는 느낌이었죠. 잘못하지도 않았는데 뭔가 중요한 것을 감추는 짓. 게다가 나는 나 자신에게 일어나는 무언가를 잃어간다는 느낌도 가졌어요. 이 굉장한 변화, 분명 대단한 의미였죠. 무슨 의미일까? 하고 나는 궁금해했어요.

케이트는 침낭에 기대어 원형으로 둘러앉은 여자들을 둘러봤다. 모두 다섯이었다. 나머지 네 명은 몇 미터 떨어진 데서 여기보다 작은 모닥불 주위에 둘러앉아 있었다. 성숙한 인격을 지닌 여성들 여럿과 함께 야영한다는 것이 호사스럽게 여겨졌고, 케이트는 그 친밀함에 흥건하게 빠져들었다. 익숙한 지인들과 익숙한 사물에서 거리를 둔 이들이 자아내는 그 친밀한 느낌에 말이다.

난 60년대에는 머리칼을 직모로 펴곤 했죠. 로렌이 말했다. 그녀의 밝은 빨간색 짧은 머리카락은 귓가에서 곱슬거렸다. 당시에는 머리가 아주 길었는데 전기다리미로 머리칼을 폈더랬죠. 다리미대 위에서 말예요. 곡예 꽤나 부렸어요.

여자들은 젊은 애들의 유행을 떠올리며 웃었다.

케이트는 머리칼을 뜨거운 빗으로 펴느라고 고문을 당하다시피 하는 여자들을 지켜보면서 미용실에 앉아 있던 모습이 기억났다. 당시 미용실은 청결하거나 밝은 곳이 아니었다. 케이트는 그때 그런 행동에 의문을 품지 않았었다. 우리의 본래 머리칼이 뭐가 그렇게 잘못된 것일까? 시간이 흘러 대학 때는 물론 화학약품 '직모제'가 있었다. 미용사가 약품을 과다하게 들이붓거나 너무 강하게 타지 않는 한 고통은 없었다. 하지만 케이트는 미용실에 가는 걸 끔찍하게 여겼고, 다른 어린 여자애들이 어떻게 즐겨 다니는지 이해할 수가 없었다. 그들은 기꺼이 고통을 겪었고, 아니, 이제야 돌이켜보면 여자애들이 그 과정을 모르는 체했다는 편이 사실에 더 가까울 것이었다. 차라리 결과에만 관심을 쏟는 편을 택한 것이었다. 여자애들이 스스로를 위험에 빠뜨린 상황을 망각하고선 무심한 듯 앉아 잡지에 코를 박고서 자기 차례가 돌아오기를 기다리던 모습을 케이트는 떠올렸다.

케이트는 이제 자기 머리칼을 이따금 물들이지만, 그건 그저 재미로 하는 염색이었다. 절대 나이를 속이려는 마음을 먹은 적은 없었다. 이런 방어적인 허영을 인식하고 있다는 사실은 결국 케이트에게 위로가 되었다.

나는 쑤셔 넣거나 흡입하는 성형수술도 좋아요. 나는 둘 다 했죠, 그리고······. 마저리가 말했다.

얘기해줘요. 수가 말했다.

이야기는 잠들 무렵까지 이어졌다. 하나의 이야기가 다른 이야기로 옮아가는 식이라, 어느 누군가의 이야기가 더 중하게 대접받지는 않았다. 모든 여자들의 선택이 있는 그대로 존중받았다.

강에서 맞은 열번째 밤에 케이트는 꿈에서 어머니를 봤다. 어머니의 몸은 사고 때문에 엉망으로 짓이겨져 있었다. 하지만 머리 부분은 흠집 하나 없이 온전했고 눈과 얼굴은 또렷이 보였다. 어머니의 손을 내려다보는데, 한쪽 손이 사라진 채였다. 다른 손은 고기잡이 그물처럼 생긴 무언가를 푸느라 분주했다. 그들은 망망대해를 앞두고 앉아 있었고, 엄마는 바다 쪽을 내다보며 입을 열었다. 네가 이해하지 못해서 곤혹스러웠다. 엄마가 말했다.

하지만 어떻게 제가 이해할 수 있었겠어요? 케이트가 답했다. 나는 아무 말도 듣지 못했어요.

그 누구의 말도 들을 필요가 없단다, 그게 열쇠야. 어머니는 그물 손질을 마치더니 온전해진 두 손으로 그물을 쥐고 바다에 던질 준비를 하면서 말했다. 이 그물에는 배가 필요 없어. 어머니는 케이트가 묻기를 기대하며 그렇게 덧붙였다.

잠에서 깬 케이트는 여명을 지켜보며 침낭 속에 누워 있었다. 노 젓는 여자들이 배 띄울 준비를 하는 소리가 들려왔다. 잠시 후면 근처 나무 옆에 곱게 개켜놓은 야외용 방수 가방에 소지품을 쑤셔 넣어야 할 터였다.

꿈에서 보았던 것처럼 엄마의 얼굴은 인자하고 지혜로웠다. 얼마나 아름다웠는지! 밝은 갈색 피부에 굵고 검은 머리칼을 지녔고, 인정 많고 빈틈없이 영리한 눈은 무엇 하나 놓치지 않았으며, 기민하게 농담거리를 만들고 잘 웃어서, 엄마를 아는 이들이리면 누구나 좋아하게 만들었다. 케이트의 아버지는 여섯 살 때부터 동갑인 어머니를 숭배하다시피 하셨다.

엄마는 손이 자라나자 배도 없이 낚시를 했다. 그물은 어째서 필요했던 걸까 하는 생각이 들었다.

온종일 조그만 평저선 안에서 케이트는 그 꿈을 곱씹었다. 엄마와 함께했던 그 불가해한 순간을 위해서 케이트는 이번 강 여행에 올랐는지도 몰랐다. 적을 거리를 하나도 가지고 오지는 않았지만, 케이트는 한 모녀에 대한 이야기를 써야 한다는 걸 알았다. 그녀는 꿈을 꾸는 것과 다른 사람의 꿈 얘기를 듣고 해몽해주길 좋아하는 아보아에게 작은 포스트잇 한 묶음을 빌려 쓰기 시작했다.

엄마를 묻은 날은 찌는 듯한 여름이었다. 전날 밤새워 시신을 지키면서 나는 엄마의 머리를 똑바로 쳐다보려고 해봤다. 생의 마지막 수년을 싸웠던 암으로 인해 엄마의 몸은 오그라들어버렸고, 입매는 통증을 견뎌내느라 비틀렸다. 엄마의 관 주위에 자리잡은 꽃들에서 무겁고 축축한 냄새가 났다. 신선한 공기가 간절했다. 왜 그렇게 날 탐탁지 않아하셨나요? 나는 엄마에게 물었다.

부엌에서 여동생이 나를 껴안으며 반겨주었다. 우리는 거의 십여 년 동안 얼굴을 못 보고 지냈다. 나와 달리, 여동생은 늘씬하고 검었다. 머리칼은 이젠 간간이 은색으로 물들어 있었다. 치마와 신발에 어울리는 적갈색 머리칼의 언니 토냐는, 그녀의 전문인 감자샐러드를 만드느라 분주했다. 아버지는 부엌 탁자에 앉아서 카밀레차를 천천히 마시고 계셨다.

"아빠, 뭐라도 드셔야 해요." 토냐는 언제나 이런 식으로 뭔가를 말했다는 생각이 들었다. 그녀는 남을 위로하는 성정을 타고났다.

토냐가 몸소 나서지 않았다면 밤새는 것은 도무지 상상할 수도 없었을 터였다.

엄마가 그랬듯이 토냐는 이제 아빠 곁에 서서 아버지의 어깨를 팔로 감싸 안았다. 그들 부녀는 무척이나 닮았다. (아빠가 아주 늙어 보이시긴 했지만) 단단하고 검은 피부에 얼굴을 밝혀주는 눈을 가진 두 사람의 모습은 좋았던 시절의 생기와 사랑을 쉽사리 떠오르게 했다.

아버지는 컵에 대고 고개를 끄덕였다.

"그건 소용없어요. 차잖아요. 닭요리를 좀 드셔보세요. 감자샐러드도요." 토냐가 말했다.

"입맛이 없네." 아버지가 답했다. 그리고 거실 쪽으로 고개를 돌렸다.

"엄마도 아빠가 드시길 바랄 거예요." 토냐가 말했다.

해리엇은 내 앞으로 무심하게 음식 접시를 밀었다.

"언니도 좀 먹어, 로버타."

내 이름은 아버지 이름을 땄다.

"아빠." 이젠 찻잔을 쥐고 있는 아버지의 손을 잡으며 내가 말했다. "저랑 같이 저녁 드셔야죠." 아버지는 중얼거리며 불만을 내비치셨다.

거부하거나 주저할 여지는 없었다.

"어, 그래." 아버지가 고개를 들고 말했다.

아버지는 나를 귀히 여겼다. 내가 옳다고만 생각하셨다. 이름을 물려받았지만, 니는 이삐의 외모는 하나도 물려받지 않았다.

식탁 위에 쌓아둔 접시 가운데 두 개를 들고서 가스레인지 위의 냄비 쪽으로 움직였다. 나는 두 자매의 얼굴에 떠오른 낙담한 표정을 보지 않고도 느낄 수 있었다. 아버지는 언제라도 내 뜻이라면 군말 없으셨다. 언제나 아버지는 내 말만을 들으셨다.

"음." 나는 칼러드 잎을 포크로 찍어 올리며 소리냈다.

"로버타가 권하면 드실 줄 알았어요." 음식 준비를 도맡았던 토냐가 말했다.

해리엇은 아무 말이 없었다. 우리가 나눴던 포옹은 이제 잊혀져버린 느낌이었다.

포스트잇에 적을 수 있는 분량은 이 정도였다. 그녀는 이 이야기를 등산화, 화장품 등속이 들어 있는 배낭 속에 찔러 넣고 배 안에 편안하게 자리잡았다. 그랜드 캐니언 내벽의 적갈색을 배경으로 검고 우아한 모습의 독수리와 까마귀 떼가 머리 위를 날고 있었다. 케이트는 표류하는 자신의 삶에 대한 낮꿈에 빠져들었다. 그녀의 집, 그녀의 침대에 누운 연인. 꿈속에서 되풀이 등장하는 말라붙은 강. 케이트가 무얼 하고 있는지, 그러니까 꿈 밖의 삶에 존재하는 실제 강을 탐험한다는 것이 무슨 의미인지를 그녀가 알고나 있는지 미심쩍어하던 그녀의 치료사.

케이트의 마음은 동요하지 않았다. 어머니의 방문이 한 번으로 그쳤다 해도. 케이트가 어머니 꿈을 꾼 건 아주 오래전이었다. 사고 이후 시신을 확인하고서 케이트는 악몽으로 두려움에 떨었지만 꿈은 끊이지 않았다. 가련한 아버지의 몸은 마치 아코디언처럼 짓이겨졌다. 지금 떠올리는 것만으로도 몸서리쳐질 정도였다. 하지만 케이트는 기억해야만 한다고, 자신의 반응을 오래 곱씹어야만 한다고 느꼈다. 바로 거기, 훤히 뚫린 무방비의 하늘 아래, 돌진해 들어오는 물길 한가운데, 부딪쳐오는 바위들 앞에 무력한 그곳에서 말이다. 케이트는 아버지의 몸에서 온전한 어딘가를 쓰다듬어보길 애타게 바랐다. 그러다 형체가 온전한 한쪽 발을 발견했다. 그녀는 아버지의 발가락을, 그 길쭉하고 윗부분에 털이 난 발가락을 꼭 쥐고서 마음이 차오를 때까지 쓰다듬고 또 쓰다듬었다. 아버지의 발가락은 케이트의 손길에도 조금치의 온기도 되찾질 못했다. 그것이 죽음의 의미이리라 생각했다.

언제부터인가 눈시울이 살짝 젖어 있었고, 오랫동안 익숙해졌던 어깨 통증이 살갗 가까이로 옮아가고 있음을 깨달았다. 케이트는 어깨를 돌려보았다. 곁에 앉아 있던 아보아도 어깨를 움직이기 시작했다. 잠시 뒤에 그들은 간소화한 요가 동작을 그 조그만 배 안에서 하고 있었다.

앞서 가던 배가 심상치 않게 거센 급류로 진입하는 참이었다. 그 모습을 지켜보고 깜짝 놀라던 찰나 앞쪽 배가 전복됐다. 그들 역시 미처 생각할 겨를도 없이 같은 급류로 흘러가고 있는 듯했다. 하지만 아니었다. 노 젓는 여자들이 강 한가운데 빙산처럼 솟아 있는 거대한 암석 왼쪽으로 살짝 뱃머리를 틀어 노를 저었던 것이다. 사력을 다해 강가로 헤엄치고 있는 이들을 스쳐 지나 그들의 배는 질주했다.

그날 밤 다들 모닥불 주위에 둘러앉자 케이트는 감사함에 벅차올랐다. 안전한 그녀들의 모습을 보고, 놀람과 공포의 감정을 우스개로 풀어내는 걸 듣고 있다는 사실이. 오로지 자신들의 힘과 용기만으로 강둑에 다다랐음을 알고 있다는 사실이.

그날은 살아남았다는 기운찬 흥분 속에서 자연히 성性에 대한 이야기가 흘러나왔다.

얼마나 많이 얼마나 자주, 그래? 마저리가 머리칼을 말리면서 마른 가지 한 움큼을 불 속으로 던져 넣으며 말했다.

얼마나 길고 큰가도 중요하지 않아? 셰릴이 이럴 때를 대비해서 따로 남겨두었던 초콜릿바를 오물거리며 말했다.

여자들이 웃음을 터뜨렸다.

"딱딱하지 않은 걸로 줘요, 어서, 어서."

수가 '더블 판타지' 앨범에 나오는 존 레논과 오노 요코의 노래 〈내게 뭔가 줘요〉의 후렴구를 불렀다. 생생한 오르가슴처럼 들리게 노래를 녹음했기에 수는 오노를 좋아했다.

딱딱한 걸 정말 바라지 않게 되는 시기가 온답니다. 케이트가 말했다.

난 아녜요. 난 크고 딱딱하고 긴 걸 꿈에 그려요. 셰릴이 말했다.

그리고 검은색을요? 케이트가 물었다.

셰릴은 유색인종이었다. 네, 이따금은요. 전 '굿 바이브레이션'(여성용 자위 기구의 상표—옮긴이)을 향해 느릿느릿 걸어갔던 그날을 절대 잊지 못할 거예요. 그건 거기 벽에 걸려 있었죠.

여자들이 환호성을 질렀다.

환상이 있다고 친다면, 아, 만질 수 있는 진짜 살도 있죠. 그들과 함께하려고 자리를 옮긴, 다른 여자들과 동년배인 애니가 말했다. 단단한 거랑 딱딱한 건 다르잖아요. 애니는 텍사스 사람으로 비쩍 마른 데다 매부리코에 날카로운 회색 눈동자를 지녔다. 드문드문 희끗한 머리칼은 빛바랜 빨간색 야구모자 주위로 부채처럼 제멋대로 펼쳐져 있었다. 젊은 사람들은 딱딱해도 다를 수 있지만, 우리 나이가 되면 단단한 게 훨씬 만족스럽죠. 그녀는 편안한 자세로 생각에 잠긴 채 모닥불을 지켜봤다. 내게는 한때 '가득 찼다'라는 단어를 즐겨 썼던 연인이 있었어요. 그 사람은 내 안에 딱딱한 것이 들어오면 고통스러울 거라 생각했고, 실제로도 그랬죠.

그런 건 자연스레 해결된답니다. 마저리가 말했다. 남자들에게 괜찮다고 말하기만 한다면 말예요. 돌처럼 딱딱하지 않아도 되고, 침대가 부서져라 여자를 몰아붙일 필요도 없다고 말해주면 말예요.

건너편 모닥불에서 건너와 서성이던 샐리가 우연히 이 말을 들었다. 그녀는 여자들과 더불어 웃으며 말을 꺼냈다.

글쎄요, 어느 지점에서 탐구정신이 필요한지 이해하겠는걸요.

셰릴이 덩치 좋은 여자들과 함께 와서 앉더니 말했다. 아, 세상에. 지금 밤이 얼마나 깊었는지나 아세요?

난 여러분들이 모두 이성애자라는 사실을 믿기 어려워요. 수가 말했다.

다들 한참 침묵했다.

나는 이루 말할 수 없이 오랫동안 이성애자로 지냈죠. 심사숙고 끝에 마저리가 말했다.

여자들이 "우우" 하고 탄성을 질렀다.

머리 위 우윳빛 달은 둥글었다. 강은 그랜드 캐니언을 꿰뚫는 낙낙한 한 가닥 노란색 실이었다. 더이상 말은 이어지지 않았지만, 여자들은 가만히 관계의 끈이 생겼다는 느낌을 받았다. 잠이 들었을 때조차 그들의 몸을 통해서 무언가가 흐르고 있는 듯했다.

케이트는 수에게 끌렸다. 수는 아주 담박하고 명석했으며 또한 수수했다. 둘은 사람들에게서 멀어져 그랜드 캐니언 골짜기 저 위쪽에 있는 동굴과 암각화를 살폈다.

나는 처음부터 지금까지 쭉 여자들하고만 살아왔어요. 수가 말을 꺼냈다.

남자친구가 그립지는 않았어요? 케이트가 물었다.

한번도 가져보지 않은 것을 내가 왜 그리워하겠어요? 출산하는 한 여자의 당당한 모습을 뜯어 살피면서 수가 반문했다. 이 여인의 태도가 뿜어내는 기운은 충격적일 정도였다. 어느 예술가가 고른 그 돌은 배가 튀어나온 사람처럼 길쭉하고 둥글었다. 출산하는 여자는 배에 조각되어 있었다. 세월에 관계없이 예술가들에게는 서로 닮은 구석이 있다는 것이 경이로웠다. 출산이 똑같은 것처럼. 하지만 한 여성의 힘에 대한 무아지경의 감각은 그렇지 않았다. 그것은 철저히 변해버렸다. 이제 여자들은 하나같이, 아이를 분만시키는 이가 의사라고 실제로 생각하게 되었다. 놀라울 따름이었다.

케이트는 남자친구와 사귀기 훨씬 이전에 어떻게 해서 남자친구를 사귀고 싶어하기 시작했는지 생각하며 침묵에 잠겼다. 남자친구를 갖는 것은 당연한 듯 여겨졌다. 고학년 여자애들은 온종일 남자 얘기를 했고 남자친구도 사귀었다. 케이트는 매일같이 눈앞의 양친을 보면서 지냈으며, 엄마는 따뜻이 돌봐주고 아빠는 절대적인 사랑을 보내주는 사람이었다. 그것은 지극히 자연스럽고도 유일한 삶의 방식인 듯 보였다. 학교의 여자 친구들은 케이트에게 매력적으로 보이지 않았다. 그 친구들은 케이트와 너무도 닮아보였다. 늘 어떻게 보일까, 뭘 입을까, 머리칼이 어떻게 되고 있나를 걱정했다.

케이트는 친구들과 물건 사러 다니고 함께 밥 먹고 공부하는 걸 좋아했다. 하지만 그들 가운데 누군가와 입맞춘다는 생각은 절대 들지 않았다. 사실 지금까지도 걔네들 중 한 명과 입을 맞춘다는 생각만으로도 메스꺼워졌다.

남자애들에게는 관심이 가질 않았어요. 수가 말했다. 나는 언제나 남자들과 어울렸지만 연애감정을 품어본 적은 단 한번도 없었어요. 지금 내가 독신인데도.

그래요. 케이트가 말했다. 강한 햇살을 새겨놓은 자리 근처에 케이트는 손을 갖다 댔다. 염소를 닮은 조그만 형상이 햇살을 쬐는 듯 고개를 들고 있었다. 계곡에서 뻗어 나온 골짜기에서 인간 삶의 기호들을 찾아내리라곤 전혀 기대하지 못했다. 그들은 폭포의 뒤쪽에서 시작하여 한참을 오른 후에야 강에서 떨어진 한 장소에 다달았다. 호피족(푸에블로 인디언의 일파로 조상들이 4개의 지하 공간을 통해 지상으로 올라왔다는 신화를 가지고 있다—옮긴이)이 그곳을 통해 현재의 세계인 네번째 세계(호피족이 언급한 인류 진화의 마지막 단계—옮긴이)에 이르렀다고 주장하는 장소였다. 그 이전의 세계들은 모두 파괴되었으나 그곳에는 늘 한 인간의 손도장이 찍혀 있었다. 케이트는 마치 악수라도 한 듯 그 조그만 손바닥 도장의 자장을 느꼈다. 수세기, 어쩌면 수천 년 전의 누군가가 그녀에게 손을 뻗은 것처럼. 손을 뻗기에는 위태로운 장소였기에 만질 수는 없었고 대신 감사의 입맞춤을 날려 보냈다. 그러곤 깊이 고개를 숙여 절했다. 고마워요, 예술가여. 어느 누구도 도와주지 못할 때 당신은 우리를 돕는군요. 그녀가 속삭였다.

처음엔 엄마가 날 사랑하지 않았기 때문에 내가 남들과 달라진 거라고 생각했어요. 수가 말했다. 항상 사랑을 베푸는 엄마를 찾아 헤매고 있는 걸까? 그것이 끊임없이 나를 위축시키는 질문이었죠. 하지만 그렇게 생각하지는 않았던 것 같아요. 그녀는 씩 웃었다. 결국 많은 사람들을 찾아냈죠. 마침내 충분할 정도로 많은 이들을 만났다고 생각할 정도로.

충분할 정도로 많은 이들이요? 케이트가 물었다.

네. 사랑을 주는 엄마들 말예요. 수가 답했다.

난 한쪽 성에 그다지 선호가 없는 것 같아요. 케이트가 말했다.

정말요? 수가 반문했다.

각각의 개인들과 관계를 나눌 때면 사람들은 놀랄 만큼 비슷해요. 케이트가 말했다. 햇빛 비치는 거대한 암석에 함께 앉아서 그녀는 생각에 잠겼다. 글쎄, 내가 좋아하는 건 열정과 친절함, 그리고 따뜻한 유머……

어떤 남자들이 그런 걸 지니고 있다고 쳐도, 여전히 난 관심 없어요. 수가 말했다.

케이트가 웃음지었다.

그들은 지금 어느 시대에 살고 있나 케이트는 생각했다. 최소한 그들은 여자들의 삶의 시계가 중세에서 멈춰버린 중동이나 세계 다른 지역이 아니라, 현 세기 서구에서 살고 있었다. 허나 중동에는 얼굴을 드러내지도 못하는 여자들도 있다. 맞을 각오 않고는 친척이 아닌 남자에게 웃음짓는 것도 금지된 여자들, 다리나 머리칼이 보였다고 돌에 맞는 여자들도 있다. 하지만 그랜드 캐니언의 암각화는 지금보다 훨씬 이전의 다른 시대를, 심지어는 선사시대보다 오래된 과거를 말해주고 있었다. 여자들이 자신의 나체에 기뻐할 수 있었던 시절, 자유롭던 시절을.

케이트는 어떤 영특한 여권주의자가 만들었던 자동차 스티커의 문구가 떠올랐다. "궁금해 죽지 마라." 그러진 않을 것이었다. 케이트는 마침내 여자들과 연인관계를 맺는 기쁨을 알아냈다. 하지만 그녀로선 여자들이 연인으로서나 파트너로서 남자들보다 낫다고 주장할 수는 없었다. 그래도 그녀에게는 실제 굉장한 위로가 됐다. 마침내 정서적으로나 관능적으로 조화를 이뤘다는 느낌이 들었다. 부모님을 꽤나 공평하게 사랑했던 그녀는, 성인이 되면 특정한 관계의 층위에서는 반드시 양쪽 가운데 어느 한 성만을 앞서 선택해야만 한다는 사실이 오랫동안 곤혹스러웠다. 이건 대체 누구 생각이었나? 궁금증이 일었다. 프로이트의 생각인가? 어린시절에 겪은 성적 학대를 대면하지 않으려고 프로이트가 지어냈던 수많은 거짓말들. 프로이트 때문에 여러 세대의 사람들은 세 살짜리 아이들이 자기 할아버지를 일부러 유혹한다고 믿었던 것이다! 케이트는 그녀 앞에 닥친 모험을 받아들였고, 지금까지는 잘해왔다. 황홀경과 힘에 대한 지식을 바위에 새겨 넣은 고대의 예술가들처럼, 이제 케이트는 자기애에 대한 친절하고도 지워지지 않는 전언을 세상 모든 이들에게 남길 수가 있으리라.

그리고 이젠, 아마도 탐험지를 떠나서 수가 그런 것처럼 다른 곳으로 입문해야 할 시기였다. 온전히 자신에게 전심을 다하는 처녀적의 삶으로.

당신은 바로 그렇게 비꼰 거군. 케이트가 돌아오자 욜로가 말했다. 한번도 상상해본 적 없는 그런 변화야!

그들은 침대에 편안하게 누웠고, 그녀는 그의 발 위에 자신의 발을 걸치고 있었다. 옛날에는 이런 자세만으로도 무언가 유혹을 뜻했더랬다.

정말 확신하는 거야? 그가 물었다.

응당 그래야겠지만 이건 마음으로 내리는 결정은 아니야. 케이트가 답했다.

그는 다음 말을 기다렸다.

영원히 그럴 거라고는 생각 안해. 하지만 내가 어떻게 알겠어?

제발 너무 노여워하지는 마. 그가 말했다. 난 준비가 안됐는데, 조금씩 조금씩 줄여가는 건 어떨까? 난 아직 내 삶에서 이 부분을 잃을 준비가 안됐어.

케이트는 한순간 숙고하며 누워 있었다.

나 역시 준비가 안됐다고 생각해.

그가 싱긋 웃었다.

아, 너무 으스대지는 마. 그녀가 말했다.

서서히 섹스를 줄여가는 것은 그들 둘 다에게 관대한 방식이었다.

이렇게 그의 팔에 안겨 누워서, 그녀는 이제 자신이 떠나려 하는 친밀함의 그 풍성함과 달콤함, 날카로운 격렬함을 음미하며 마음 아파했다. 케이트는 자신이 육체 그 자체를 떠날 것이라고 느꼈다. 하지만 수와 같은 친구들이 증명해주듯이 성적性的인 육체를 넘어선 땅이 있었다. 그들은 이미 그 밖, 새로운 숲에서 살면서 새로운 바다를 향해 항해해가고 있었다.

다른 길

　분명 샤먼의 입에서 나온 말은 "섹스는 안돼요"였다. 그는 작은 키에 갈색 피부였고, 관대하고도 친근한 표정의 둥근 얼굴이었다. 그리고 젊었다. 놀랄 만큼. 으레 영매란 어김없이 늙고 마른 데다 예지력으로 앙칼진 얼굴이지 싶었던 탓이었다. 조금은 그늘지기도 하고. 하지만 아니었다. 아르만도 후아레스는 손자들이 있긴 했지만 사십대였고 소년처럼 명랑하고 민첩했다. 검은 직모의 머리칼은 귀밑까지 길렀고, 검은 눈으로 모여 있던 사람들을 기쁘게 바라보고 있었다. 사람들은 모두 일곱 명이었다. 마흔에서 쉰다섯 살까지 나이대의 여자 다섯과 호리호리하고 젊은 뉴요커로 나이를 짐작하기 힘든 한 남자와 좀더 나이 든, 유타 출신에 아마 마흔다섯쯤 된 듯한 남자로 구성되었다.

　자위도 안됩니다. 아르만도가 농담했다. 다른 사람과도 마찬가지고요.

　이유를 여쭤봐도 될까요? 케이트가 물었다.

아마 그 약초가 질투가 심한가 보네요. 유타 출신의 그 남자가 껄껄 웃으며 말했다.

아르만도는 진지하게 말했다. 원래 그러했기 때문입니다. 시간이 존재하기 이전부터. 물론 우리는 성교를 즐깁니다. 하지만 정사는 나름의 시공간을 지니고, 그건 할머니약Grandmother medicine*과는 다른 시공간의 일이죠. 이 치유약은 당신도 알겠지만, 할머니에게서 나온 것입니다. 그것이 핵심입니다. 할머니들은 성적이지 않습니다.

그건 당신 생각이죠, 라고 여자 한 명이 중얼거리자 모두가 미소지었다. 아르만도도 함께.

침묵이 오래 지속됐다.

존중을 표하는 겁니다. 그가 마침내 신중하게 말을 꺼냈다. 욕망으로 흩어지지 않은 영혼의 체험을 위해서예요.

아, 이런 세상에. 그 젊은 뉴욕 남자가 입을 열었다.

케이트는 이 사람들을 바로 몇 시간 전 공항에서 만났다. 그들은 하나같이 이 나라에 처음 와보는 사람들이었다. 게다가 남미 여행도 다들 처음이었다. 공항에서 그들은 서로 치유약을 찾아 나선 이들임을 단박에 알아챘다. 다들 거기 서서 조금이나마 구사할 수 있는 앞뒤 안 맞는 기초 스페인어로만 얘기했던 것이다. 배낭들을 짊어진 채 야구모자나 밀짚모자를 쓰고 방수용 야영옷에 튼튼한 샌들이나 장화를 신고서 말이다.

그들은 자기네 문화가 정의한 중심에서 의식적으로 멀찌감치 거리를 둔 모습이었다. 가장자리, 변두리를 찾으며. 하지만 역설적으로 그곳은 변두리인 동시에 중심이었다. 최소한 그들은 그러리라

희망했다.

다시 한번 케이트는 소형 배에 몸을 싣고 지인들이 사는 곳에서 수천 킬로미터쯤은 족히 떨어진 강, 이번에는 그 아마존의 숲을 향해 가고 있었다.

욜로는 케이트가 떠나는 모습을 지켜봤다. 이번에는 그 역시 어딘가로 떠나는 길이었기에 그들은 집에서 공항으로 함께 출발했다. 그는 케이트의 갈색 야영옷과 빛바랜 옅은 자줏빛 배낭을 옮겼고, 케이트는 자신의 주황색 가방을 들었다. 비행기 탑승객 줄 맨 뒤에서 짐 꾸러미들을 바닥에 놓고선 그들은 서로 꼭 붙어 있었다. 마침내 케이트의 탑승 시간이 되자 그는 그녀를 포옹했고, 케이트는 발을 약간 들어 올려 입을 맞췄다.

하와이에서 즐겁게 지내. 케이트가 말했다. 나도 당신하고 같이 가야겠다고 욕심낼 뻔했잖아. 안전한 어딘가로, 달콤한 사람들과 춤추기 좋은 음악, 아름다운 여자들이 있는 곳으로.

그가 웃었다. 아니, 그러면 안되지.

왜 내가 다른 길을 가려는지조차 잘 모르겠어. 케이트는 승무원이 비행기표를 받아가자 짐짓 얼굴을 찡그리면서 말했다.

당신은 가야 해. 그가 말했다.

누군들 알겠어! 케이트는 비행기를 향해 멀어져가면서 그렇게 말하곤 어깻짓했다.

무릇 어떤 종류건, 계몽은 상당한 '역류'의 명을 이행한 후에야 가능하다는 사실은 명백했다. 케이트는 '주술버섯'이라는 걸 먹어

보고 친구에게 이야기해주던 때를 떠올렸다. 슬픔에 속속들이 마비되었던 그녀에게 그 버섯이 얼마나 큰 도움이 되었는지에 대해서 말이다. 70년대 어느 무렵, 케이트는 지구가 파괴되어간다는 사실을 마침내 깨달았다. '시간'이 닳아가는 시절을 인간들이 살고 있다는 것을. 그리고 케이트는 도움받으리라는 기대 없이 그 치유약을 먹었다. 미지의 장소에서 나타난 듯한 한 기이한 방문객이 그것을 가지고 왔더랬다. 사실 케이트로선 아무래도 상관없었기 때문에 그 약을 먹은 셈이었다. 어떤 현실이건 그녀가 속해 있는 곳보다는 나을 성싶었다. 인간들이 자신의 둥지를 그토록 형편없이 더럽혔다는 걸 알게 된 이상, 더는 인간들을 돌보지 않을 것이었다. 약을 먹고 제일 먼저는 고약한 멀미가 났다. 구토감. 임신했을 때보다 더 나빴다. 그러다 게워냈다.

케이트는 친구에게 이 약을 시도해보라고 채근했다. 하지만 친구는 퇴짜를 놓았다. 난 메스꺼운 상태를 견딜 수가 없어.

하지만 구토감에는 다른 면모가 있어. 케이트가 말했다. 그 다른 방향을 타게 될 거야. 게다가 네가 다다르고 싶었던 그런 상태라니까. 네 입에 구역질만 들어차는 그런 게 아니야.

사양할래, 고맙긴 하지만. 친구는 못을 박았다. 배겨낼 수가 없을 것 같아.

케이트는 몸서리치며 쪼그리고 앉아 땅에 파놓은 구멍에 몸을 굽히면서 그 생각을 했다.

그들은 비누거품 맛이 나는 거품투성이의 액체 2리터 정도를 마셔야 했다. 구토와 설사를 일으켜 몸을 비워내기 위한 것이었다. 오염된 신체에 신성한 약초를 투약해서는 안될 일이었다. 육고기를 즐겨먹는 사람에게는 특별히 경고를 주었다. 다행히도 케이트는 지금까지의 삶의 방식과는 달리, 이번 여행을 위해서 식물치유약 경험이 어떤 것인지 손에 닿는 자료는 몽땅 구해서 읽었더랬다. 케이트는 집에 있을 때 지역의 주술사를 찾아가기까지 했는데, 차를 몰아서 갈 수 있는 지근거리에 주술사가 살고 있다는 사실에 놀랐다. 그들의 말을 쓰는 주술사에게 전화를 걸고, 그이가 다시 전화를 걸어 음성을 남겨서 시간이 날 거라고 전하는 일이 가능해진 이 세계란 대체 어떤 세상인가 싶었다. 그녀는 주술사에게 가서, 끔찍한 맛이 나는 약을 먹고서 곧장 일곱 시간 동안 창자가 뒤틀리는 듯한 구토감과 설사를 겪었다. 그러고 나서 눈에 검은 안대를 쓰고 앉아 식물 벗들이 그녀에게 그려준 그림을 지켜봤다. 학교 교실에서와 똑같은 경험이었다. 교과서가 매혹적이라는 점이 다르긴 했지만. 게다가 선생님도 독특했다. 선생님은 할머니였다. 인간 세상에서 가장 늙은 존재, '나무와 같은 원시의 여자 인간'이 그녀의 존재성이었다. 놀랍게도 그녀는 화를 내지 않았다. 차라리 겉보기엔 훨씬 복잡한 심경 같았다. 마치 그녀는 자신이 몸소 후원했던 교육과 훈련 계획이 어쩌다가 어그러져버린 것인지 설명하고 있는 듯했다. 하지만 이건 극히 일부분일 뿐이었다.

이번 구토감은 실제 파도처럼 엄청난 힘으로 휘몰아쳐 케이트의 몸은 저절로 앞으로 꺾였다. 내면에 자리잡지 않은 것은 몽땅 구멍 속으로 쏟아져 내렸다. 그 파도는 강력하긴 했으나 반감을 주진 않았다. 온몸이 땀에 절 정도로 거칠었던 구토도 이번에는 달랐다. 차이가 간지됐다. 게워내는 행위는 그것 자체로는 역하기는 했지만, '할머니'와 긴 시간을 통과하면서, 기품 있게 그 사실을 제대로 익혔다 싶었다. 또 다른 파도가 닥쳐 거친 표면의 통나무 자리에서 몸을 일으킨 그녀는 무릎이 부들부들 떨리면서도 입가엔 미소를 지었다. 이런 단계의 불편함은 더이상 괘념치 않았다. 하나의 단계로 끝난다는 사실을 알았기 때문이다. 비누거품을 마시고 구토하는 세 시간을 보내고 숲으로 가면 할머니가 기다리셨다. 병과 두려움으로 앓고 있는 원주민들을 수천 년에 걸쳐 기다려온 것처럼 말이다.

케이트는 생각했다. 나는 미국인이다. 미국에 뿌리박은 사람이다. 다른 어디에서도, 이른바 (아프리카 출신, 유럽 출신, 아니면 인디언 출신) 흑인으로 나는 존재할 수 없었으리라. 아프리카에는 유럽인도 미국 원주민도 살지 않았을 터였다. 유럽에서라면 아프리카인이나 인디언들은 살지 않았을 테고. 날이 저물기까지 세 시간여 흐르는 동안 끊이지 않는 구토감의 파도에 휩쓸리면서, 오직 여기, 오직 여기, 라고 케이트는 읊조렸다. 끝나는 순간까지 견뎌낼 테다. 이 오래된 약물은 틀림없이 날 돌봐주고 지지해줄 거야.

케이트는 아르만도가 분홍빛이 도는 새로운 음료를 가지고 오자 감사해하며 입가로 가져갔다. 즉시 배가 잠잠해졌다. 그가 그녀에게 물을 주었다. 그리고 그날 저녁, 앞으로 열나흘 동안의 마지막 식사가 될 음식을 들었다. 아르만도가 강에서 잡아 올린 생선을 끓여서 만든 묽은 국을 그들에게 나눠주었다.

케이트는 열대우림에 관한 책을 많이 읽었고 숲과 대면하기를 갈망했다. 그녀는 생각했다. 어딘가를 갈 때마다 마치 살아 있는 존재인 양 만나면, 당연히 그렇게 된다고 말이다. 이제 케이트는 강가에서 몇 발짝 떨어진 그녀의 오두막에서 쉬면서 열대우림이라는 이 '존재'에 귀를 기울였다. 어째서 숲이란 늘 고요한 곳이라 여겼던 걸까? 오히려 숲은 지금까지 들어본 중에 가장 거대한 소리를 내는 존재였다. 기차나 비행기, 그리고 러시아워 때의 뉴욕 지하철만큼이나. 사실 그 굉음에 실제 뉴욕이 떠올랐다. 게다가 뉴욕을 '밀림'이라 부르는 게 얼마나 딱 들어맞는 은유인지. 사람들은 별달리 알지도 못했는데도 말이다! 아니, 어쩌면 알았는지도 몰랐다. 식물들과 거대한 나무들, 그리고 나무만한 크기의 덩굴들이 서로 부비적대며 신음하는 소리는 아니었지만, 그녀 귀에 들리는 소리는 하나같이 생명체들이 만들어내는 것들이었다. 모든 존재들은 서로 수다 떨고 얘기하고 휘파람 불고 노래 부르고 있었다. 노래를 말이다, 수많은 존재들이. 게다가 모두 움직였다. 조심스레 들어보면 주르르 미끄러지고 활주하고, 뛰어오르고 깡총거리고 어슬렁거리고 기어다니고 날아다니는 걸 알아차릴 수가 있었다. 그런데 좁은 야영장에 재규어 울부짖는 소리로 공포의 파문이 일었다. 사람들의 오두막은 숲 곳곳에 흩어져서 서로 볼 수는 없었지만 케이트는 공포의 파장을 감지할 수 있었다. 소리는 드셌고 소유권과 권능을 풍기는 울부짖음이었던지라, 누구든 도망갈 마음을 품으리라 싶었다. 케이트는 달아날까도 생각해봤지만, 대체 어디로 간단 말인가? 일본문명보다 더 오래된 듯한, 먼지를 뒤집어쓴 도요타 자동차를 타고 무덥고 먼지 날리는 길을 네 시간가량 달려 강에 도달했고, 강에서 배를 밀어 띄우고 노를 젓다간 모터를 돌리고도 반나절 후에야 야영장에 이르렀다. 배 바깥에 녹슨 모터가 달린 구식 통나무배가 그들을 내려놓고 떠났다. 뱃사공은 2주 후에 오겠다고 약속했다. 강은 악어와 피라니아(남아메리카에 서식하는 육식성 물고기—옮긴이)가 들끓는 곳이었다. 케이트는 악어 떼가 강둑에서 물길을 따라 강으로 미끄러져 가는 것을 지켜봤다. 책에서 읽은 대로라면 피라니아는 피를 흘린 사람만 먹어치우긴 하겠지만, 장화를 야영장 주위에서 신는 샌들로 갈아 신으면서 엄지발가락을 베인 그 몇 초 사이에 돌 위에 있었던 건 순전히 케이트가 운이 좋았던 덕이었다.

케이트는 세면도구 가방을 찾으려고 모기장 안을 샅샅이 뒤지다 마침내 찾아내어, 심홍색 귀마개를 꺼냈다.

＊ 남미 북서 끝에 인디언들의 주술 음료가 있다. 인디언들은 이 음료가 육신의 감옥으로부터 영혼을 자유롭게 하고, 자유롭게 방랑하던 영을 뜻대로 몸에 돌아오게 할 수 있다 믿었다. 속박되지 않은 영혼은 몸주인을 일상적 삶의 '실제'로부터 해방시키고, 영적 세계에서는 '실제'인 불가사의한 영역을 신체에 소개시켜주며, 선조들과 대화하는 통로도 마련해준다. 이 취하는 음료의 케추아어 이름은 '아야후아스카' (영혼의 포도주), 영혼의 자유를 뜻한다. 관련된 약초는 정말 신의 식물이다. 약초의 조직체에 초자연적 에너지가 담겨 있기 때문인데, 이 약초는 지상의 초기 인디언들에게 내려진 신성한 선물이었다.

―『신의 식물들 : 그들의 성스러운 치유력과 환각의 힘』

욜로

욜로라고요? 그게 이름입니까? 창구 직원이 물었다.

그렇다니까요. 욜로가 말했다. 성은 데이입니다.

욜로는 사람뿐 아니라 갖가지 사물들에 붙어 있는 그 모든 기이한 하와이식 이름들을 대하며 하와이에서 살아가는 비非폴리네시아계 백인들에게, 욜로처럼 짧고 기분 좋은 이름은 분명 아무런 문제도 안될 거라 생각했다. 그 남자는 하와이로 가는 백인들이 하나같이 공항에서 구입하는 종류의 셔츠를 입고 있었다. 하얀 히비스커스 꽃무늬가 그려진 빨간 셔츠 말이다. 금발에다 무척이나 창백한 피부와 눈은 여느 하와이 사람과는 한눈에도 달라보였다. 하지만 욜로는 비판적이지 않으리라 마음먹었다. 욜로는 평범하게 작업하는 화가들 형편에 맞는 값싼 항공편으로 하와이에 왔고, 호텔도 마찬가지였던 것이다. 그런데 이 호텔은 신기하게도 바다 바로 근처에 자리잡고 있었다. 호텔 건물은 워싱턴 디시의 사무실 건물과 마찬가지로 담갈색에 꼴사납게 생기긴 했지만, 물가에 자리잡아 등

뒤로 바다가 펼쳐질 터였다.

욜로는 나이 든 그의 여인이 그리웠다. 너무나 멀리 떨어져 있어서 그로선 상상조차 못할 밀림 어딘가에서 해먹에 매달린 채로 그녀가 정신세계에 취해 있을 모습을 떠올렸다. 어째서 어떤 이들은 자신을 그렇게 못살게 구는 걸까 하는 생각이 들었다. 케이트의 고집스러움이 그를 주춤거리게 했다.

해변이 보이는 그의 방으로 올라가 욜로는 옷을 벗었다. 벼룩이 들끓기라도 한 듯 본토에서 입었던 옷들을 벗어 던졌다. 짐을 푸는 대신에 욜로는 여행 가방 속의 내용물을 모두 거실 바닥에 쏟아부어 버렸다. 짐 더미 속에 새로 산 야자나뭇잎 색의 수영복이 있었다. 욜로는 수영복을 입고서 방 전체를 비춰주는 거울을 향해 서서 씩 웃으며 몸매가 얼마나 매끈하고 멋진지 들여다봤다. 그는 프레데릭 더글라스(흑인 노예해방운동가이자 연설가—옮긴이)와 비슷한, 철사처럼 억세고 활기 있는 머리칼이었고, 조금은 그를 닮기도 했다. 같은 가계의 후손이었기 때문이다. 욜로의 어머니는 앵글로색슨계 인디언에 가까웠고 아버지는 아프리카계 쪽이었다. 그렇게 섞여서 근사한 피부를 물려받은 거라고 그는 괜스레 찬탄했다. 또한 혼잣속으로 숱이 많은 자신의 머리칼이 사실은 다루기 좋다며 일없이 칭찬했다. 그의 머리칼은 길었고, 늘 땋아놓는 머리를 풀어내리면 족히 등까지는 늘어뜨릴 수가 있었다. 다른 식으로 섞였다면 아마 머리칼에서 한두 가지쯤 맘에 들지 않았을지도 모를 일이었다. 욜로는 미소를 머금으며 선탠 로션을 찾았다. 선탠이 아니군. 항상 착각을 했다. 자외선 방지 로션. 끔찍한 일이었다. 인간들이 이제는 햇살까지 막아야 한다는 사실이. 하지만 감사하게도 욜로는 이렇듯 섞인 가계로 인해 굉장한 천연 자외선 차단제를 아버지로부터 물려받은 셈이었다. 감사합니다, 어머니 아프리카여! 유럽적인 성정을 버리지 않았던 어머니로부터 그는 만물을 깊이 유추하는 면모를 물려받았다. 너무 강한 햇살이 어머니에게서 백인 유전자 한 조각을 떨어내버렸을 거라고도 상상해보았다. 아무리 생각해도 피부암으로 고생할 걱정은 그에겐 없었다.

그의 정신은 이 모양이었다. 오랜 시간 스스로에게 사로잡힌 채로. 가끔은 케이트에게 숨기려 들었으나, 그녀는 그저 웃기만 했다. 다른 사람들도 보통 그래. 케이트는 그렇게 말했다. 우리들이야말로 우리의 가장 흥미로운 주제잖아. 애들이나 차, 집이나 물건 사는 비용이나 일감이나 그런 생각이 아니라, 스스로에 대해 자유로이 생각할 적에, 음, 어떨 것 같아? 우린 우리 자신에 대해서 재잘거리지.

그들은 둘 다 허영이 있었다. 그런데 뭘 가지고 우쭐대야만 하지? 그들은 이따금 스스로에게 질문을 던졌다. 우리는 2등, 3등 시민이라는 대접을 받으며, 이 나라 정부가 절대 바라지 않는 사람들이잖아. 유색인종들이 정당한 몫을 갖게 되기도 전에, 바로 이 정부 때문에 세계는 산산조각이 나리란 걸 알고 있지만 우리는 의료보험을 납부할 여유도, 아니 적용 대상자도 되지 못할 게 뻔한 것이 세상 물정이지. 우리 말고는 흑인이길 바라는 사람은 아무도 없어. 하지만 여전히 우린 허영이 있어.

우린 우리의 고집을 마음에 들어하잖아. 욜로가 말을 꺼냈었다.

우리의 외고집 말이지. 케이트가 답했다. 우리는 절대 남들이 하는 방식 대로는 뭔가를 하려 들지 않아. 무슨 일에건 두 가지 선택지가 주어진다면, 남들은 지루한 쪽으로 기울 거라고 생각하지.

우린 갈색 피부를 좋아하잖아. 욜로가 그녀의 겨드랑이에 코를 파묻으며 말했다. 경악시킬 일만 아니라면 사람들은 쉽사리 그런 선택지를 택할 수도 있었을 테지. 갈색 피부의 자손들에게 사람들이 무슨 짓을 했지? 그들은 자식을 팔았어. 피부색이 어떻든 간에, 아이들에게 전해줄 만한 교훈 있는 얘기는 아니지.

그리고 '사람들을 팔아가며' 고조부들과 그 이전의 부모들은 어쨌건 살아남았지. 절대 이해할 순 없다 해도, 그 어머니들이 없었다면 그들이 어떻게 살아남기라도 했겠어. 욜로는 나이를 먹어도, 노환으로든 죽음에 준비가 되어 있든 간에 어머니가 돌아가신다는 생각만으로도 눈물이 날 지경이었다. 아프리카인들은 유럽인들이 만났던 사람들 가운데 자식에 대한 애착이 가장 강한 사람들이라는 얘기를 들었다. 자기 아이에게 위해를 가하겠다 협박하면 아이 어머니에게 무슨 일이건 시킬 수가 있을 것이었다.

그리고 우리의 이 독특한 머리칼. 케이트가 말했다. 지구상에 존재하는 다른 사람들은 모조리 직모라는 걸 당신은 알고 있었어?

글쎄, 우리 머리칼과 비교해보면 그런 셈이겠지. 욜로는 케이트의 회색빛 머릿단에 입을 맞추고 웃음을 지으며 말했다.

마침내 그는 한 손에 『아발론의 안개』를 들고 다른 손엔 진토닉을 든 채 환희에 가득 차서 해변에 서 있었다. 케이트는 욜로에게 『탐욕스런 대화』라는 제목의 다른 책 한 권을 읽어보라고 건넸다. 케이트의 말에 따르면 '진짜 하와이'에 관한 책인데, 그만 방에 두고 와버렸다. 바다는 눈물이 날 만큼 푸르렀다. 욜로에겐 이곳이 천국이었다. 아마도 지금쯤 밀림 어디선가 한 마리 뱀과 대화를 나누려고 시도하고 있을 욜로의 여인과 함께였다면 더 바랄 나위 없을 터였다.

긴장이 풀어지고 멍멍한 마음 상태에서 욜로는 까무룩히 선잠이 들었다.

어이, 형씨!

더디, 그리고 마지못해 눈을 뜨자 커다란 덩치의 한 남자가 보였다. 배가 튀어나온 갈색 피부의 남자였다. 짙은 눈동자에 길고 곱슬거리는 머리칼. 그는 너덜거리는 데님 반바지만 하나 걸치고 있었다. 그는 뭐랄까…… 제길, 그는 욜로가 하와이에 오기 전까지는 한번도 보지 못한 어떤 모습이었다. 그러니까 그 남자는 하와이 사람처럼 생겼던 것이다.

이봐, 형씨, 자네가 '쩌기 쩌쪽'에 가야겠는데. 그 남자는 손가락으로 한 장소를 가리켜보였다.

무슨 말을 하고 있는 거야? 욜로는 진토닉의 왕국과 유쾌한 꿈속에서 가까스로 몸을 일으키곤 남자가 가리키는 해변 끝을 향해 눈길을 주었다. 아무것도 보이지 않았다.

뭐죠? 무슨 일이십니까? 그가 물었다.

그 남자는 놀란 듯 보였다.

아, 나는 당신이……

욜로는 자리에서 일어났다. 그리고 밀짚모자를 집어 들면서 황급히 발을 샌들 속으로 밀어 넣었다. 모래가 살을 찌를 듯 뜨거웠기 때문이었다.

실례했소. 나는 형제라고 생각했소. 그 남자가 말했다.

사실, 그렇긴 합니다만. 욜로가 말했다.

잠깐 침묵이 흘렀다. 그 남자는 호텔 쪽을 쳐다보면서 뭔가 잠시 궁리하고선 욜로에게 얼굴을 돌리더니 입을 뗐다. 미안하오만, 부탁 좀 합시다. 얼마 걸리지는 않을 거요. 내가 집에 가서 뭘 가지고 와야 하는데, 그동안 저기에 있는 뭔가를 당신이 봐줬으면 싶소이다. 해변에 놔둬야 할 것 같아서 말이오.

아, 운 나쁘군. 욜로에게는 먼저 그런 생각이 떠올랐다.

어부십니까? 욜로가 물었다.

그렇소. 고기 낚는 일을 합니다. 남자가 답했다.

마리화나를 실은 배를 잠시 지켜달라고 부탁하는 것 같다는 생각이 들었다. 욜로는 거절하고 싶었다. 자신의 휴가에 대해 얘기하고 싶었다. 얼마나 바랐던 시간이고, 얼마나 즐길 만한 자격이 있는가를 말이다. 욜로는 한 해 내내 맹렬히 그림을 그려서 어렵사리 각종 고지서 요금을 납부하고 난방비를 대고, 마침내 이 휴가 비용을 마련했던 것이다!

그런데 한편으로 보자면, 다른 누군가가 일하고 있는 곳에서 휴가를 보내려 하고 있었던 것이었다. 그는 생각했다. 케이트라면 어떻게 했을까? 욜로는 남자에게서 한 걸음 물러나 그를 위아래로 훑어보았다. 남자의 눈이 어딘가 슬퍼보이고 조금 충혈되어 있었다. 머리칼은 사방으로 흩날렸다. 고요함이 풍기는 그 모습은 욜로의 아버지가 종종 얘기하시던 '선한 얼굴'이었다. 위협이나 악의라고는 한번도 품어보지 못했을 법한 얼굴. 아마 그는 일생 동안 끼니를 거른 적도 없었을 테고, 그만큼 견실하게 살아왔으리란 짐작이 들었다.

가시죠. 그가 말했다.

해변 아래로 그들은 함께 걸어갔다. 커다란 덩치에, 이름이 제리에다 엄청 복잡한 무슨 이름이라고 소개했던 그 남자가 앞장섰다. 해안은 더없이 안락하던 그 의자에서 바라보던 것보다 훨씬 길었다. 좁고 얕은 물길이 바다로 흘러들어가고 있었고, 그들은 함께 그 물길을 건너갔다. 강물 건너편에는 의자도 파라솔도 없었다. 아직 개발되지 않은 곳인 듯했다.

해변 이쪽 편이 지역민들을 위한 곳이라오. 제리가 마치 설명이라도 하려는 듯 얘기했다.

그렇다면 당신들은 호텔 쪽 해변으로 갈 수 없다는 말입니까? 욜로가 물었다.

누가 그럴 여유나 있겠소? 제리가 어깻짓하며 답했다.

해안은 왼편으로 흥미롭게 굽어졌고, 주위로는 깊이 파인 검은색의 화강암들이 보였다. 호텔이 시야에서 사라지는 곳쯤에 작고 찌그러진 어선 한 척이 정박해 있었다. 그들은 배 쪽으로 걸어갔다. 가까이 다가가면서 욜로는 배를 향해서만 시선을 보내고 땅을 보지 않고 걸었던 탓에, 모래밭에 누워 있는 젊은이에 걸려 넘어질 뻔했다. 그 젊은이는 햇살 아래서 졸고 있는 듯 너무나 평화로워보여서 욜로는 그가 죽었다는 사실을 믿을 수가 없었다.

욜로의 얼굴에 드러나게 충격받은 표정이 비쳤나보았다.

그래요, 그는 죽었소이다, 형제. 제리가 말했다.

할머니약

    지독한 맛이 나도 사람들이 먹으려 든다는 사실이야말로 '할머니약'의 흥미로운 점이었다. 끔찍한 맛은 혀에 익지도 않을 뿐더러, 먹으면 먹을수록 더 지독해진다는 사실은 더더욱 흥미로운 점일 테고 말이다. 이제 케이트는 그 약물을 떠올리는 것만으로도 목젖이 졸아드는 걸 느낄 수 있었다. 주술사의 병 속에 든 약물을 실제로 보면 구토할 것 같았다. 아르만도는 원형 모임을 위해 사람들을 부를 때마다 그들을 보며 웃음지었다. 그들은 하나같이 처량한 표정으로 다가왔으며, 아르만도는 도살장에 끌려가는 소에게 하듯 그이들을 짓궂게 놀렸다. 아르만도는 구역질 나는 약 맛에 눈 하나 깜짝하지 않는 척하면서, 사람들이 여정에 오를 때마다 약물을 조금씩 마셨다. 오늘밤 케이트는 이엉지붕 아래로 나른하게 철벅거리며 흘러내려가는 강물을 마주보며 앉았다.

    그녀는 요 며칠 거듭되는 장 청소에 기력이 쇠해진 느낌이었다. 다른 사람들도 핏기를 잃었고 제대로 서 있기도 힘겨워보였다. 날은 무지막지하게 뜨거웠다. 그래도 모래밭에 들어 있을 기생충과 독뱀들, 그리고 어디에 뭐가 있는지 모를 것들 때문에 온종일 긴 고무장화를 신고 있어야만 했다. 의식을 위해 커다란 이엉지붕집에 들어서면서 그들은 장화를 벗어 밖에 두었다. 사람들은 몸을 쭉 펴고 각자 자리를 잡고는 발가락을 꼼지락대며 주물러주었다.

케이트에게 약이 돌아오자, 늘 하던 대로 그녀는 지구상의 인간들과 다가올 세대와 동물과 식물, 그리고 돌에게 도움을 청했다. 또한 이 세상에서 지고至高의 선을 위해 행동하는 법을 전해 달라고 청했다. 케이트는 할머니의 정령에게 그녀가 배움을 하사받는 동안 자신을 보호해주십사고 기도했다. 목이 죄는 듯한 느낌을 숨김없이 인정하고 애써 느긋해지려 하면서 케이트는 약을 한입에 꿀꺽 삼켰다. 하지만 그렇게 하면서도 메스꺼워 목이 막힐 지경이었다. 무슨 맛이 이럴까? 아마 배설물이라도 이보다는 분명 나을 거라 그녀는 생각했다.

그런데도 수천 년 동안 사람들이 이 약을 기꺼이 복용했다니! 이렇게나 비위에 거슬리는데. 어떻게 이런 사람들을 그녀가 사랑하지 않을 수가 있을까? 아르만도까지 해서 다들 약을 복용하고 나면, 혼곤하고도 몽롱한 시간이 찾아들었다. 무언가 막을 내렸다는 느낌. 무슨 일이 벌어지건 간에 다시 돌아오는 일은 없으리라. 케이트는 이 시간을 어느 때보다 즐겼다. 강의 굽이굽이를 함께 겪으며, 그들을 환영하는 어느 풍요로운 땅, 그 목적지까지 다다르게 되리라 짐작하며 사람들과 함께 작은 배 안에 들어앉아 있는 것과 같은 느낌이었다.

뉴욕 출신 젊은이가 맨 처음 숲으로 향했다. 출입문 앞에 놓여 있던 장화나 슬리퍼도 신지 않고 황급히 달려갔다. 이어서 그가 구토하는 소리가 들렸다. 그 소리에 메스꺼워진 여자들이 서둘지 않고 차분하고도 조심스레 밖으로 빠져나가서 몸을 굽혀 슬리퍼를 발에 꿰어 신고 바깥으로 나갔다. 다음으론 유타에서 온 남자가 야자수 잎으로 만든 이엉지붕에 머리를 스치며 기다란 몸을 살짝 곱송그려 키 낮은 출입구를 빠져나갔다. 어떤 이들은 각자 마련한 구멍에 가서 몸을 숙였다. 다른 이들은 숲속까지 걸어나갔다. 케이트도 숲으로 갔다. 머리는 하늘을 향하고 발은 땅을 향해 서 있는 고대의 여자처럼 생긴 한 나무를 발견하고선, 그녀는 용서를 구하려 가볍게 나무를 만진 후에 몸에 남아 있을지도 모르는 독이란 독은 모조리 쏟아내었다.

돌아오는 길에 케이트는 대기의 빛깔이 바뀌었음을 알아차렸다. 늦은 오후였다. 모기들이 밤 사냥을 시작하기 전에 최소한 네 시간은 앉아 있었던 모양이었다. 벌레에 물리면 알레르기 반응이 생기는 체질에다 벌써 몇 군데는 부어오르기도 했지만, 그녀는 크게 괘념치 않았다. 거울은 없었지만 눈자위가 부어올라 거의 감겨 있다는 걸 느꼈다. 케이트는 눈을 감았다.

처음으로 할머니를 찾아 떠났을 때 그녀는 자신에게 흠칫 놀랄 만한 동물적 면모가 있다는 사실에 달아나려 했다. 이젠 인간이 사슴이나 영양, 혹은 물소나 북극곰과 같은 입장에 처해 있다고 그녀는 여겼다. 그들 누구에게도 더이상 안전한 곳은 없었다. 그래서 케이트는 두려움을 싫어했다. 두려움이란 사람을 너무나 무력하게 만들기 때문이었다. 그녀는 알았다. 지구적인 차원에서 다른 생물체들처럼 인류가 멸종되고 소모될 수도 있다는 두려움에 굴복한다면,

인간들은 절대 자신의 딜레마에서 빠져나가야 한다고 생각하거나 느끼지 못하리라는 것을 말이다.

그리하여 케이트는 새로운 벗의 손을 잡고, 길고 긴 은빛 다리 위를 달리는 자동차에 앉아 있었다. 이 사람은 자신이 있어야 할 바로 그곳에 자리하고 있는 듯한 여자였다. 긴장으로 인해 공황에 가까운 상태 속에서도. 가서 나무들에게 물어보자! 여자가 말하자 케이트는 처음으로 그녀의 눈을 바라보며 물었다. 안녕, 무슨 일이 벌어지고 있는 거니?

총을 맞았나?

총을 맞았나, 질식사했나, 아니면 익사한 건가? 시신을 보는 것만으로 분간할 방법은 없었다. 욜로는 시신 가까이에 쪼그려 앉았다. 따스하고 촉촉한 모래와 뜨겁고 마른 모래가 만나는 바로 그 지점에 시신이 놓여 있었으니, 물의 흔적은 시신에서 흘러내린 것이 분명했다. 피는 보이지 않았다. 찔린 상처도 눈에 띄지 않았다. 젊은이의 목 주위에 밧줄로 맨 흔적도 없었다. 그를 만지고 싶었다. 인적 없이 황막한 해변 위아래를 내리 훑어 신중하게 주변을 살피면서, 욜로는 몸을 굽히고 그 평화로운 얼굴에 흩날리는 흑갈색 머리칼을 쓸어 올렸다. 아버지가 된 듯한 느낌이 들었다. 어쩌면 할아버지라는 느낌마저. 그 젊은이는 너무나 어려보였고 매우 잘생겼다. 그는 닳은 반바지를 입고 있었고, 파란 유리알 줄을 목에 걸고 있었다. 오른편 귀에는 은귀고리를 한 채였다. 그 아이가 인생에서 맞닥뜨렸을 그 어떤 어려움도 지금은 망각되었다. 아이의 목숨이 붙어 있던 동안에도 그랬기를 욜로는 바랐다.

시신 옆에 그렇게 기다리고 있자니 현존감이 들었다. 현존하면서 실질적이라는 느낌. 그는 다리를 끌어당기고 결가부좌를 틀고 앉아 묵상에 잠겼다. 30분 후에 그는 몸을 꼼지락거리며 다리를 뻗고는 자신이 속임수에 걸려든 건 아닌지 의심하기 시작했다. 하지만 그렇지는 않았다. 뒤돌아 지역민 구역 쪽의 주차장을 바라보니, 비포장에다 들쭉날쭉한 나무들에 가려 분간도 되지 않는 주차장 너머로 언뜻 일군의 사람들을 거느리고 돌아오는 제리의 모습이 보였다. 그이들은 하나같이 나쁜 소식에 체념이라도 한 듯 고개를 떨구곤 무거운 걸음새로 걸어오고 있었다.

제리는 고갯짓으로 그를 소개하고, 그가 거기 있는 이유를 간단히 설명했다. 욜로는 즉시 남자들의 무리 바깥으로 발을 뺐다.

하지만, 떠나지는 않았다. 시간이 흐른 후, 왜 떠나지 않았던가 그는 곱씹어보곤 했다. 욜로는 서서 젊은이의 시신을 바라보는 남자들 하나하나의 표정을 지켜보았다. 어떤 이들의 얼굴에 눈물이 비쳤다. 그들 가운데서 죽은 청년의 나이 든 얼굴이다 싶은 남자 하나가 즉각 무릎을 꿇더니 시신을 안았다. 그는 담배를 피우고 있었고, 욜로는 보기 드문 이 장면이 얼마나 기이한가 생각했다. 살아 있는 형이 죽은 동생의 시신을 든 채 담배 연기를 두 사람 뒤로 흘려 보내는 그 장면이.

침묵 속에서 남자 둘이 시신을 해진 침대보로 싸서는 어깨 위에 들어 올리고 있었다. 욜로는 그들을 따라 주차장으로, 그리고 흠집투성이인 황록색 트럭까지 갔다. 시신을 조심스레 안에 눕혀두고 나서 남자들은 차 문을 닫았다.

욜로는 흙이 드러난 땅에 발자국과 껌 포장지와 맥주 깡통이 여기저기 흩어져 있는 모습을 지켜보며 그 주차장에 오랫동안 머물렀다. 그러곤 눈을 들어 바다를 보았다. 바다를 보니 지금 휴가 중이라는 생각이 났다. 욜로는 호텔 쪽으로 뒤돌아서서 안락의자와 소설책을 향해 걸어가기 시작했다. 그러나 어느 것에든 예사로이 몸을 얹을 수나 있을까 그는 의심스러웠다.

케이트가 찾았을 때

케이트가 지역의 한 주술사를 찾아갔을 때, 치유 과정에서 의식의 죽음에 이르기 전에 〈이카로스〉라는 치유의 노래를 부르는 아르만도의 음성에 매료되었더랬다. 아누누라는 이름의 그 영매는 아프리카계 미국 원주민으로 수년 전에 아르만도와 함께 공부했던 여자였고, 그녀가 아르만도의 노래를 테이프에 담아두었던 것이다. 그 노래는 누대를 거쳐 그에게까지 전해져 내려온 곡이었다. "야 에스 엘 티엠포 파라 아비리르 수 코르존." 이제 당신의 마음을 열 때입니다. 이 부분은 여정 초기 그토록 산란하고 불안하던 때에도 끝끝내 담아두고 있던 행이었다. 어디서건 그녀의 결정이 옳았다는 느낌을 잃지 않게 해주던 구절이었다. 어둠 속에서 그 독 같은 맛의 듣도 보도 못한 나무와 머나먼 대륙의 덩굴 식물 수액을 혼합한 약을 들이켜고 앉아, 그 나무나 덩굴 식물만큼이나 낯모르는 여자에게 전적으로 의지한 상태로 있으면서도 말이다. 이누누는 작고, 검은 피부에 나이를 짐작 못할 만큼 기민하게 밝은 눈을 지녔으며, 자

기 자신의 모습으로 그녀에게 기꺼이 다가가려 하기 전까진 아무것
도 묻지 않는 여자였다. 그것만 해도 대단한 데다 여느 사람들은 가
지지 못한 미덕이었다.

할머니는 당신의 모든 걸 알고 싶어하실 거예요. 그녀는 미소지
었다. 그리고 모든 걸 알아내실 거고요. 그녀가 웃었다. 오늘 당신
이 어째서 이곳까지 왔는지 제게 조금이라도 말씀해주시면 이번 여
정에서 당신을 돕는 데 수월할 거예요.

케이트는 주저하지 않고 말했다.

우리에겐 남은 게 하나도 없다는 확신이 들어요. 우리 인간들에
게 말예요.

당신에게 그런 확신을 심어준 것이 대체 뭔가요? 아누누가 싱긋
이 웃으며 물었다.

케이트 역시 웃음지었다.

모든 게 너무나 씨팔스러워졌어요. 케이트가 말했다. 그런 단어
를 사용하다니, 스스로에게 놀랐다. 여간해선 자신의 언어에 사려
깊었던 그녀였다. 이를테면 저주를 퍼붓는 상황에서도 '씨팔'이라
는 말을 쓴다면 어딘가 잘못된 거라 결론지었더랬다. '씨팔'이라는
말이 저주로 쓰인다면, 그건 이내 '씹'의 행위가, 그렇게 몸을 섞는
이들에게 자기 파괴를 초래하게 될 터였다. 케이트로선 몸을 섞는
다는 건 건강하고 양식이 되는 행위였다. 이런 생각의 줄기에 이르
면 에이즈 역시 그녀에겐 놀랄 일이 아니었다. 섹스를 맡아두고 있
는 인간의 거대한 그림자 가방에서 에이즈가 기어나오는 것인 양
여겨졌기 때문이었다.

제 삶에서 뭔가 더 욕심낼 만한 것이 있는지조차 모호해졌어요.

케이트가 말했다.

아누누는 입을 닫은 채 그녀를 유심히 바라보았다.

아주 근사한 인생이잖아요. 아누누가 말했다.

케이트는 놀랐다. 자신의 책이 널리 출간되고 어느 정도는 공인
이라 해도, 여느 때는 사람들이 알아보지 못하리라 싶었고, 그리하
여 익명이리라는 의식을 갖고 지내기 때문이었다. 어릴 적, 자신이
사람들 눈에 보이지 않는 존재라고 종종 느꼈던 탓에 투명인간의
능력을 지녔다는 느낌을 받았더랬는데, 거기서 자라난 감각이었다.

케이트는 아누누가 침묵을 지키는 동안 말했다. 게다가 섹스 문
제가 있어요. 성생활 말예요. 사람을 사랑한다는 건 대상이 남자건
여자건 그다지 차이가 없는 것 같아요. 누군가가 근사하고 성적으
로 매력적이고 멋지면 다가가 껴안고 매료되고 싶어져요.

둘 다 웃음지었다.

글쎄요. 그건 문제 될 것 없죠. 앞의 두 가지라면 문제가 되겠지
만, 그건 괜찮아요. 아누누가 말했다.

저 역시 그렇게 생각해요. 사람들은 어째서 그토록 어려운 시기
를 보내고서야 비로소, 단 하나의 기준에 맞춰 똑같아지기란 불가
능하다는 사실을 깨닫게 되는지, 저로선 이해하기가 힘들어요. 하
나의 성이나 한 인종만을 사랑한다는 것이 적어도 내게는 불가능하
게 여겨져요. 푸른 눈을 가진 사람만 미인이라고 생각하는 거나 마
찬가지잖아요. 제한을 둔다는 건 고집스럽고 유치해요. 게다가 형
편없이 재미없는 일이죠. 케이트가 말했다.

그럼요. 그렇게 재미있진 않죠. 하지만 지난 수천 년 동안 사회의
노동력을 충당시켜온 탁월한 방식이에요.

아누누의 말에 케이트가 고개를 끄덕였다. 케이트의 머리는 한층 기운을 찾았고 생각은 열리고 있었다. '속기'로 말을 나눌 수 있는 누군가를 만났을 때처럼 말이다. 아누누와 얘기하면 어쩜 '아야후아스카'를 복용하지 않아도 되겠다는 생각이 들었다. 혹은 '예이지'라고 알려진 '할머니약'도.

아누누는 더없이 따스한 눈길로 케이트의 얼굴을 바라보며 부드러운 음성으로 말하고 있었다!

아누누는 탄식했다. 아, 내가 깨달은 사실은, 세상 모든 것처럼 연인들과의 사이에도 주기나 계절이 있다는 거예요. 자유를 잃는 것이 아니라 오히려 자유로워지는 방향으로 인생을 걸어갔다면, '인생'이 사람들에게 규칙적으로 봄과 여름, 가을과 겨울을 선사한다는 걸 알게 될 거예요. 남성성이 당신의 이해와 관심을 불러들이는 시절이 있겠죠. 여성성이 솟아올라서 그 몫을 요구하는 시절도 있고요.

아누누는 저녁놀 빛깔의 심홍색 의자에 편안히 기대어 앉아 긴 손가락으로 깍지를 끼며 말을 이었다. 가령, 할머니가 나를 부르는 소리가 내게 들리기 시작하자 남자들이 점점 더 내 삶에 개입해 들어오고 있음을 알 수가 있었어요. 외모와는 무관하게 그들 모두는 할머니예요! 그녀는 싱긋이 웃으며 말했다. '종교과학교회'(철학, 과학, 신, 진리의 상호작용을 통해 개별화된 인간의 영성을 일깨우고자 하는 교회—옮긴이)에서 묘사하는 신처럼 말예요. 온통 그런 남자들이었죠. 그 이유를 아시겠어요?

케이트는 고개를 가로저었다. 아니요! 그리고 난 남자들이 멋지게 생겼으면 좋겠어요.

아누누가 말을 받았다. 어떤 이들은 그랬죠. 어떤 이들은 분명 그렇지 않았고요. 그녀가 웃음지었다. 하지만 한 남자에게는 그들이 '민속 식물 학자'였죠.

민속, 뭐라고요? 케이트가 물었다.

사람들과 그곳 식물의 관계를 연구하는 이들 말이죠. 그때 말하는 식물이란 사람들 주변에서 자라는 것들을 말하는 거예요.

케이트는 자리에서 몸을 앞으로 내밀었다. 머릿속에서 종이 울린 것만 같은 느낌이었다. 둥. 단 하나의 단어가, 그녀가 기우뚱하며 제대로 된 길에 접어들었다는 인식을 불러일으킬 때면, 언제나 이런 느낌이 찾아들었다. 사람과 그들의 식물. 식물과 그들의 사람. 케이트는 어쩌면 엄마 뱃속에서부터 사람과 식물이 일가를 이룬다는 사실을 본능적으로 이해하고 있었는지 모른다. 어려서부터 케이트는 나무에게 말을 걸고 쓰다듬고 내내 앉아서 입도 맞추며 한편으론 나무와 대화하려고 애를 쓰며 시간을 보내왔던 것이다. 아주 꼬마 적에 케이트는 나무에도 입이 있었을 것이라는 심증을 굳히고서, 나중에 키가 자라서 힘들여 찾아내기만 하면 나무에서 입을 발견할 수 있으리라 여겼다.

왜 나무들은 말을 못해? 언젠가 케이트가 엄마에게 물었고, 어머니는 웃으면서 자신의 조그만 딸이 제기했던 그 재미난 물음을 사람들에게 이야기하곤 했다.

케이트는 아누누 속에서 영감을 선사해주는 무언가를 만났고, 그리하여 그들은 오후까지 쉼 없이 얘기를 이어갈 수가 있었다. 케이트의 친구가 자기 면담 차례를 기다리며 문 밖에서 앉아 있었는데도 말이다.

나중에 그들이 약물을 취하러 방 안으로 돌아갔을 때, 아누누는 그들에게 마지막 충고의 말을 건넸다.

이제 알게 될 거예요……. 하긴, 당신들이 뭘 찾게 될지 누군들 알 수 있겠어요. 그녀는 웃으며 자기 말을 삼켰다. (아누누는, 이 약을 충분히 먹고 난 후에 처음으로 맞닥뜨릴 영상이, 두 마리의 거대한 뱀이 아마도 교미를 하느라 휘감겨 있는 모습이리라는 사실을 말해주고 싶지 않았다.) 하지만 케이트에게는, 아무 일도 일어나지 않는구나, 할머니를 만나는 길은 자신에겐 차단되어 있구나 생각드는 바로 그때 뭔가가 일어나게 될 터였다. 그녀의 눈 가장자리 너머쯤에서 뭔가가, 엄청나게 큰 벽돌로 된 벽 같은 것이 보일 것이고, 처음에는 넘어가거나 돌아가거나 아니면 뚫어내지 못하리라는 느낌이 찾아들 것이었다. 그러곤 정신의 힘으로 벽돌 한 장을 옮길 수가 있다는 것을 기억해내리라. 그녀는 그렇게 하리라. 불시에 그 반대편에서 그녀의 자아를 찾아낼 것이었다.

그들은 기저귀를 차야만 했다! 그 사실이 케이트에게는 참을 수 없이 재밌게 여겨졌다. 가랑이 사이에서 느껴지는 낙낙한 기저귀의 감촉이 좋다는 사실을 깨달으면서 흥겨워졌다. 다시 아기가 되는 것이었다. 아기가 된다는 사실이 얼마나 그녀를 기껍게 해주었던가를 깨달았다. 엉덩이에 기저귀의 감촉을 느끼고 있자니, 아기 적에 사람들이 언제나 그녀에게 입을 맞추곤 했었던 일이 기억나는 것만 같았다. 음, 행복해. 그녀는 생각했다.

화장실 가는 동안 일이 벌어질지 몰라서 그러는 거예요. 아누누가 말했다. 아누누와 검은 머리칼에 따스한 개암색 눈동자를 지닌 그녀의 조력자 에노바는 사람들의 손을 잡고서 거실 문 밖으로 걸어나가 화장실로 사람들을 데리고 갔다. 화장실이 어디에 있는지 기억해낼 수 있도록 확인하는 절차였다.

우리가 그 모든 것을 잊어버리게 되는 건가요? 케이트가 근심스레 물었다.

우리가 여러분 바로 곁에 있을 거예요. 에노바가 말했다. 여러분들은 잊고 있더라도 말예요. 우리 가운데 한 명은, 바로 지금처럼 여러분과 함께 걸어나가서 여러분이 다시 나올 때까지 밖에서 기다리고 서 있을 거랍니다.

마지막으로 누군가 화장실 밖에서 그녀를 기다리고 서 있던 때는 언제였던가? 케이트는 혼잣속으로 물었다. 아마 그녀가 어릴 적 어머니가 그러셨을 테다. 아니면 출산할 때 병원에서 간호사가 마지막이었는지도 모른다.

기분이 좋았다. 나는 응석받이가 되는 걸 즐기는 사람이야! 그녀는 아이들을 키우는 동안 단 한번도 그렇게 소중한 대접을 받아본 적이 없었다. 다른 이들에게 늘 베풀 뿐이었다. 자기 자신의 욕구는 잊고 있었던 것이다. 그녀는 생각했다. 나는 기저귀를 차고 있어! 여정이 시작되기도 전에 그녀는 즐기고 있었다.

욜로는 읽었다

욜로는 하와이에 오기 전에 파도타기와 화산 등 하와이에 관한
모든 것을 읽었다. 그는 한때 하와이인 여자친구를 사귀었는데, 재
능 있는 훌라 무용수였던 그녀를 한 파티에서 만났다. 그녀는 평범
하기 그지없는 한 백인 남자와 동행하고 있었고, 각양각색의 수많
은 군중들 속에서 안절부절못하는 듯 보이던 그 남자는 그녀가 춤
을 추길 바랐다.

정말 그럴 기분이 아냐. 여자는 담배를 물고 있었고 조금은 지루
해보였다.

아, 그러지 말고. 그가 채근했다.

의상도 제대로 안 갖춰 입었는데. 여자가 말했다. 그녀는 검은색
터틀넥 스웨터에 검은색 양모 바지를 입고, 커다란 갈색 가죽 보머
재킷을 걸치고 있었다. 여자는 어깨를 움츠려 재킷을 벗고선 바닥
에 떨어져도 내버려두었다. 욜로가 옷을 집어 들고 의자에 걸쳐놓
았다.

짜잔! 백인 남자가 소파 뒤에서 가방을 끌어당기며 소리쳤다.

여자는 남자를 쳐다보며 인상을 썼다.

모인 사람들은 작가나 화가, 시인과 음악가 등, 모두 이런저런 예술가들이었고, 그때쯤엔 다들 얼근히 취해서 쉽사리 흥이 돋았다.

욜로는 공연하라는 제안에 그 여자가 딱 잘라 거절하기를 은근히 바랐다. 결국 이곳은 여기가 고향인 사람들이 베푼 파티였다. 그녀는 손님이었다. 그녀가 내키는 대로 시간을 보내며 앉아서 수다를 떨지 못할 이유가 뭐란 말인가?

남자는 집요했다.

당신 굉장하잖아. 남자는 거의 우는 소리를 하고 있었다. 여기 사람들한테 당신이 선을 보여줘야 한다고.

욜로는 그가 소리를 질러대지나 않을지 궁금해졌다. 그런데 잠시 후에 욜로 자신이 그러고 있다는 걸 알았다.

그들은 창문가 키 큰 나무탁자 위에 놓여 있는 대합 소스 쟁반 가까이에 서 있었다. 여자는 60년대 이후로 하와이 여자들이 다시 찾기 시작한 머리 모양 그대로, 긴 머리채를 풀어서 파도처럼 늘어뜨리고 있었다. 그들은 '흑표범단'(1965년에 결성된 미국의 급진적인 흑인 결사—옮긴이)의 캐슬린 클리버와 '흑인 해방 운동'의 안젤라 데이비스에게 많이 감화를 받았는데, 그 두 여자는 굉장히 거대한 머리채를 지니고 있었다. 그녀의 머리채는 그보다는 유연하고 가벼워보였다.

여자를 내려다보며 욜로가 말했다. 당신이 춤을 출 필요는 없어요. 그녀의 팔을 손으로 잡고 있는 그 백인 남자는 무시하고서 말이다. 여자의 팔을 잡고 있기에는, 정말이지 너무나 하얘보이는 손이었다. 하지만 욜로는 그 생각을 짓눌렀다.

그때쯤 해서 파티는 무르익을 만큼 무르익었고, 술이 오른 파티가 종종 그러하듯 지각은 단순해지게 마련이었다. 하와이라는 단어를 들었으니 그 장소에 대해 단 한 가지 사실만 머리에 들어오겠지. 아름다운 갈색 피부의 여인들이 춤추고 있는 곳이라고.

내 여자친구 라일라니를 여러분께 소개하게 되어 정말 기쁩니다. 백인 남자 하는 양이 분명 자기 자신을 소개하는 꼴이었다.

야이! 얼큰히 취한 남자 하나가 소리질렀다. 그 남자는 방 건너편에 있는 주류가 제대로 갖춰진 조그만 바의 끝자리, 보드카 가까이에 자리잡고 있었다.

별달리 움직이는 것 같지 않더니만 이내 그 젊은 여자는 화환 비슷하게 스카프 하나를 머리에 둘러 묶고 꼼지락거리며 스웨터와 바지를 벗더니 파레오(허리에 천을 감아 두른 것—옮긴이)와 비키니 상의만을 남겨두었다. 남자친구가 따뜻한 시럽같이 흘러나오는 어떤 하와이 음악을 틀자 여자는 춤추기 시작했다.

지금껏 텔레비전에서 늘 봐왔던 그런 훌라와 비슷했다. 게다가 아주 길게 느껴지기도 했다. 그녀는 손을 들어 한 번은 이렇게 또 한 번은 저렇게 물결을 넣었다. 엉덩이는 휘감겨 돌아갔다. 언젠가 이 춤은, 제대로 어울리는 달빛과 야자수 아래서 그대로 매혹과 욕망의 풍경이 되었으리라, 욜로는 생각했다. 그러나 지금은 틀에 박힌 기교로 보였다. 얼굴을 깁스로 고정시킨 듯 어떻게 내내 판에 박힌 미소를 유지할 수가 있는 걸까 놀라웠다.

상냥한 태도의 그 미소만으로는 그녀가 화가 난 건지 알 길이 없었다.

욜로는 그 표정이 무엇이었나 궁리해보지 않았을 터였다. 나중에 파티장소를 빠져나온 후에, 한 커플이 거리를 걸어 내려가며 자동차로 다가가는 동안 언쟁을, 그것도 달아오른 언쟁 소리를 우연히 듣기 전까지는 말이다. 그들과 우연히도 나란히 걸어가던 바로 그 무렵에 그는 라일라니가 무용 의상을 가지고 다니던 가방으로 그 백인 남자의 뒤통수를 때리고, 남자가 망설이다 그녀에게 주먹을 날리는 모습을 보고야 말았다. 당연히 욜로는 그 남자를 잡아챘고, 그는 금세 눈물을 떨구기 시작하더니 잘못했다고 말하는 것이었다.

하, 세상에. 라일라니는 울고 있는 사나이에게 코웃음을 치며 코에서 흘러내리는 핏방울을 닦아냈다.

그녀가 신고 있던 매끄럽게 윤이 나는 검은 가죽 부츠는 눈길에 더 반짝거렸다.

여자는 자신의 은색 사브 자동차 문을 열었고, 안으로 미끄러져 들어가려 했다.

기다려. 집까지 갈 차편이 없다고. 남자가 외쳤다.

여자는 발 근처 시궁창에 거칠게 침을 뱉으며 뇌까렸다. 망할 배나 한 척 잡아타시지.

이 상황이 욜로에게는 더없이 익살스러워 웃음을 터뜨렸다.

어느새 그들은 함께 웃어젖혔다.

미안해. 사울이라고 소개했던 그 백인 남자가 사과했다.

난 미안할 것 없어. 라일라니가 받았다.

욜로와 사울은, 그녀가 물결치는 머리채를 딘딘히 쪽지더니 차에 시동을 걸고 아슬아슬하게 그들을 비켜서 빠져나가는 모습을 지켜봤다.

뉴잉글랜드의 하와이인이란! 사울이 발로 눈을 짓이기며 내뱉었다.

그거 책 제목으로 제격이겠군요. 욜로가 입을 뗐다.

욜로는 수주 후에 시내 어느 거리에서 그녀와 다시 마주쳤다. 그녀는 이번에는 주차 요금계를 발로 걷어차고 있었다.

뭐가 잘못됐습니까? 그가 물었다.

그녀는 이렇게 말하려는 듯 욜로를 쳐다봤다. 내가 알아서 해요.

여자는 차를 탄 채 30분가량을 헤맨 끝에 한 주차장을 찾았고, 가슴을 쓸어내리며 동전을 요금 기계에 집어넣으려는데, 이번에는 동전이 당최 내려가질 않는 거였다. 커다란 붉은색의 '만료' 글자는, 쉴새없이 돌아다니면서 딱지 많이 떼기로 악명 높은 주차 요금 담당 아가씨 눈에 선명히 들어올 터였다.

이놈의 문명이라는 걸 이해할 수가 없어요. 라일라니가 말했다.

그렇죠, 저도 마찬가지예요. 라일라니. 여기 종이 가방이 있으니 이걸로 어떻게 가려보죠. 그가 말했다.

날도 더럽게 춥네요. 주차하는 데 어째서 요금을 내야 하는 거죠?

그녀는 종이 가방을 받아서 요금계에 뒤집어씌웠다.

자, 됐네요. 욜로가 말했다. 그렇게 하면 요금계 아가씨가 차에서 내려 종이 가방 아래를 들여다봐야 할 것이었다. 그러면 25센트짜리 동전을 발견할 터였다.

내 이름은 라일라니가 아녜요. 알마예요. 그녀가 말했다.

뭐라고요? 그가 물었다.

라일라니는 하와이인 여자라면 으레 가져야 한다고 믿는 그런 이름이죠. 무엇보다 훌라를 추는 여자라면 말예요.

당신 춤 정말 잘 봤습니다. 욜로는 정중하게 칭찬했다.

이번에도 알마는 자신의 커다란 검은 눈동자와 어울리는 검은색 옷을 입고 있었다. 긴 캐시미어 코트는 목까지 단추가 채워져 있었고 머리에는 커다란 러시아식 검은색 털모자를 썼다.

미국이야말로 제3세계라고 욜로는 생각했다. 지금 여기에 살고 있는 세계 각지에서 온 그 모든 사람들을 생각해본다면 말이다. 그러다 갑자기 하와이도 미국이라는 생각에 그는 멈칫했다. 믿을 수가 없을 지경이었다.

커피와 패스트리 빵을 먹으며 그들은 정식으로 서로를 소개했다.

욜로라고요? 그녀가 물었다.

포원족 인디언 말이죠. 내가 붙인 이름이에요. 강에서 급류가 불어나는 곳, 급류가 모여 있는 지점을 말하죠. 급류란 맥박이고 기운이라고 생각했거든요. 내게 어울려서요. 부모님에게서 받은 이름은 헨리입니다. 그는 빵을 한 입 베어 물면서 말했다. 글쎄요, 헨리는 제가 아니에요. 게다가, '헨리'라는 말은 뜻이 뭐랍니까?

알마가 말을 받았다. 내 이름은 '카후나'의 이름을 그대로 땄어요. 카후나란 하와이의 정신적 지도자를 말하죠. 나는 사실 진정한 알마라고 할 수도 없지만 진짜 자기 이름을 찾는 데는 시간이 걸리겠죠.

'알마'는 넋이라는 뜻이에요. 나쁘지 않아요. 욜로가 답했다.

아직까지는요. 알마가 말을 이었다.

욜로는 그녀를 세심하게 바라보고선 눈을 감았다. 그러다 눈을 뜨며 이렇게 말했다. 당신에게서 나무 향기가 나는군요. 귀하고 키 크고 곧지만 아마 멸종될지도 모르는 그런 나무 말이에요.

흠…… 코아요? 그녀가 물었다.

코아가 뭐죠? 욜로가 되물었다.

당신이 묘사한 걸로만 하면 그래요. 만약 코아가 아니라면, 샌들 나무? 우리 군도 어떤 섬들은 온통 샌들 나무들로 뒤덮여 있었거든 요. 바다 멀리에서도 향기를 맡을 수가 있을 정도였죠.

덮여 있었다고요?

네. 하지만 숲은 완전히 황폐해져버렸어요. 나무 한 그루도 남지 않았어요. 아시아와 유럽, 아프리카로 보내졌죠. 향이나 성냥갑, 싸 구려 장식품을 만드는 데 쓰였어요.

글쎄, 어쨌건 샌들이라고 불리고 싶지는 않으시겠어요. 꼭 신발 같이 들리잖아요. 욜로가 말을 건넸다.

그녀는 슬프게 미소지었다.

그렇다면, 코아.

그거 좋네요. 중성적이기도 하니까요. 그녀가 말했다.

우선, 버리시게나

우선, 그대 인간들이 끝내 나를 파멸시키게 되리라는 생각이 있다면 남김없이 버리시게나. 내가 당신들 어머니이기 때문이에요. 자기 어머니를 죽이는 건 불가능해. 백 번쯤 총으로 쏜다 해도, 이를 어째, 슬프지만 그 여자는 이미 당신들을 출산했으니. 그 여자는 영원히 당신들 것이야. 당신들이 파괴시키는 건 당신들의 행복, 당신들의 안위야. 그걸 창조해내려고 나는 그렇게나 무수하게 갖가지 유쾌한 노력을 기울였어요. 그대 마음의 평화, 그대의 환희.

당신들이 창조해낼 수 있는 독극물, 독은 없어. 내가 이미 만들어놓은 그 무늬들을 다시 옮겨놓지는 못할 거야. 그리고 이 말을 덧붙여야겠군. 그대들은 이걸 하게끔 창조되었다고. 그러니 파괴마저도 총체적인 구도의 일부분인 게지요.

제일 중요한 문제는 세상의 운명이 그대에게 달려 있다는 생각이에요. 그러면서도, 그렇지 않지. 그대 인간들이 생각하듯, 이 지구의 '구원'은 뜻밖에 쉽사리 이뤄질 수가 있어요. 필요한 건 다만 모든 이들이 하나의 마음을 갖게 되는 것뿐이야. 사실 그 마음이란 흙의 마음이지. 그녀는 그렇게 말하더니 웃었다. 텔레비전이 이런 지구적인 하나의 마음을 어느 정도까지는 일궈냈지만, 그 내용이란 형편없어. 인간들이 구사하는 언어들, 그건 완벽하게 불필요한 구획이 되었지. 사실 말할 필요는 없어요. 아주 오래전에 인간들이 만들어낸 무엇인데, 왜 그랬는지는 기억도 안 나는군. 그러고선 그들은 거기에 매달렸지. 언변에 매달리자 서로를 읽어내고, 서로를 느끼고, 한눈에 서로를 알아보는 능력을 잃게 됐어요. 혹은 냄새만으로. 그런 능력은 인간들 속에 완벽하게 갖춰진 거야.

지구 어딘가에서 매일같이 열리는 갖가지 평화 회담을 목격하게 되면, 그대들은 모든 인간들이 평화에서 얼마나 멀리 떨어져 있는지, 회담의 주체들이 말을 길게 하면 할수록 어떻게 더 가까워질 수가 없는 건지, 알게 될 테지요. 자, 이러면 문제의 실마리는 준 셈이야.

케이트는 생각했다. 한 인간을 알게 되면, 그들을 진실로 알게 된다면, 어떻게 그들을 죽일 수가 있을까? 그들의 냄새를 맡게 되면 더더욱 말이다. 케이트는 텔레비전에서 보았던 평화 회담들과, 늘 보는 뉴스에 등장하는 평화 회담의 단편적인 모습들을 곱씹었다. 진지하고 중요한 인물로 보이려고 애쓰면서 리무진을 타고 도착하는 이들. 하지만 그 누구도 다른 이들의 냄새를 맡거나 바라보게 되길 바라지 않는다. 이젠 인간의 공포와 고통의 냄새는 인간들을 화나게 만든다. 냄새를 없애버리면 공포와 고통을 지워버릴 수 있으리라 그들은 생각했다. 공포와 고통, 이는 언제나 적의 냄새다.

내게 감히 고통을 보이려 하지 마라. 그들은 서로에게 이렇게 말하는 듯하다. 나를 경악시킬 만한 일은 아무것도 일어나지 않은 듯 행동하라. 내가 당신의 집에 폭탄을 터뜨려서, 당신 할머니가 피 흘리는 모습을 경악하며 지켜보게 만들었다는 사실을 모르는 척 행동하라. 당신의 슬픔의 냄새를 내게 풍기지 마라. 저기 카메라가 있다. 우리는 모두 남자니까, 우리가 모든 것들의 꼭대기에 올라 있는 모습을 보여줘야만 한다.

이것이야말로 진정 문명이 뜻하는 것이다. 그리고 마침내 그렇게 되어버렸다. 멸종되리라는 동물적 공포, 그 고통의 냄새를 지워버린 청정구역. 다른 사람들 속에서 알아차리기를 바라지 않고, 우리 내면에서 그 냄새에 직면하기를 바라지도 않게 되었다. 이 남자들은 평화 회담 자리를 떠나, 탱크를 집결시키라고 지시 내린 군대 요새로 되돌아갔다. 그리고 적의 눈에 깃든 공포의 기억을 폭파해버리라고 명령했다. 또한 자신의 내면에 그 느낌이 너무 깊이 뿌리박히기 전에 터뜨려버리라고도. 어떤 측면에선, 그들은 모를 리가 없었다. 폭격이 폭격수에게 구멍 하나를 남겼다는 사실을 말이다. 그리하여 자신을 비워내야 하게끔 만들었다는 사실을.

아빠가 왔어. 전쟁터에서 집으로 돌아오셨으니, 달려가서 입을 맞춰!

아이가 달려가서 남자의 얼굴에 입맞춘다. 그리고 당황한다. 꼬마가 정확하게 냄새를 알아채고 제대로 봐낼 만큼 어린 나이라면 말이다. 그는 어디에 다녀온 걸까, 아이의 아빠는?

달리 어떻게 할 수 있었을까?

엘리자베스 테일러처럼

엘리자베스 테일러처럼 케이트는 수차례 혼인했다. 어떤 혼인은 아주 짧게 끝나기도 했다. 세 번은 각각 1년 동안 지속됐다. 아이들을 낳아 길렀던 때를 포함해서 다른 경우는 더 길었다. 욜로를 만났을 때 케이트는 다시는 혼인하지 않으리라 맹세했다. 서로 함께 사는 문제로 의견을 나눌 때 케이트가 우선 꺼낸 말 가운데 그것도 포함되어 있었다.

난 함께 사는 문제라면 아주 잘해낼 수 있어. 하지만 혼인하는 건 이제 취미 없어.

멋진데. 욜로는 케이트에게 입맞추며 그렇게 말했다.

예전에 혼인했던 이들에 비해 욜로에 대한 사랑이 덜한 것은 아니었다. 어쩌면 더 깊이 사랑했다. 그래서 그와 틀어진다면 버텨낼 수 없을 것 같았다. 아침에 눈을 떠서 누군가 옆에 누워 있으면 이런 생각이 들었다. 도대체 이건 누구야, 아니 어떻게 이 남자, 혹은 여자가 내 침대에 있는 거지? 공단이 늘어뜨려진 육중한 케이트의 침대는 그녀에겐 특별했다. 은밀한 마음의 침실과 다름없었다. 이 공간이 모독당한다면, 설사 스스로 내린 형편없는 결정 때문이었다 하더라도, 어쩌면 그 이유 때문에 더더욱 끔찍한 느낌이 들 터였다. 마치 칼로 난자당한 것처럼 말이다.

목욕 장소인 폭포로 가기 위해 열대 우림 속을 헤쳐 걸어가면서, 케이트는 어떤 '혼인'을 떠올렸다. 아주 짧았고, 두드러지게 당혹스런 기억이었다. 케이트는 한 여자와 사랑에 빠졌다. 그녀를 다른 사람이라 착각했더랬다. 그 여자는 죽은 사촌 언니와 닮았었다. 언니는 케이트를 사랑했으며 그 존재만으로도 케이트를 기쁨에 웃음짓게 했던 사람이었다. 그녀의 그 초롱하던 눈동자와 사랑스런 미소를 닮았던 롤리는 사기꾼이었다. 무엇이든 제가 원하는 것을 얻을 때까지 감언으로 꾀고 남을 속였다. 아주 오랫동안 케이트는 그걸 깨닫지 못했다. 롤리에게 매료되어 믿으려 들지 않았다. 이모할머니가 그녀에게 물려주셨던 금귀고리와 다이아몬드 목걸이도 어느새 롤리의 귀와 목에 단단히 자리를 잡았다. 오래지 않아 그들은 롤리를 위해 새 차를 샀고, 그때까지 케이트는 고물 자동차로 그럭저럭 버텼다. 여전히 케이트는 롤리에게서 관대하고 사려 깊었던 사촌의 모습을 전혀 찾아볼 수 없다는 사실을 믿지 못했다. 아주 나중에 헤어지고 난 후에야, 롤리와의 경험은 케이트 가슴에 담을 각별한 말 한마디 없이 세상을 등지고 자신을 저버린 사촌 언니를 향한, 한없고도 갈 곳 몰라 헤매는 슬픔을 갈음하려는 시도였다고 깨닫게 됐다.

둘은 캐롤라이나 연안의 한 섬에 있는 친구의 집에서 함께 기획한 의식을 치르며 혼인했다. 이끼가 쏟아져 내리는 거대한 떡갈나

무들 아래서, 채찍에서 벗어나길 절박하게 바랐지만 차마 꿈조차
꾸지 못했던 선조들의 자유를 표현하고 있다고 생각하며 웃어젖혔
다. 급진적인 이들이었다면 은밀하게라도 결코 기뻐하지는 않았으
리라는 의구심이 들긴 했고, 어쩌면 분통을 터뜨린다 해도 무리가
아닐 만한 일이었다. 케이트는 자신과 닮은꼴을 찾아내려 그녀 선
조들의 족보를 더듬어 올라가길 언제나 좋아했다. 선조들은 자기네
가 뿌려놓은 씨앗이 어떤 모습인지 확인하기 위해서라도 거기 있어
야만 한다고 생각했다. 노예였기에 자신들의 혼인 의례를 스스로
만들어내야만 했던 조상들을 기리기 위해, 그들은 혼인하는 노예의
주인이 아프리카 포획노예들에게 유일하게 허용했던 혼례 용품인
빗자루를 뛰어넘었다. 롤리는 머리에서 발끝까지 켄트 천으로 몸을
휘감았다. 케이트는 하얀색 아마포 양복에 테두리가 넓은 흰색 밀
짚모자를 썼다. 거기다 옅은 황갈색의 스웨이드 카우보이 장화를
신었다. 친구들은 두 사람이 모습이, 마침내 제대로 지내는 아프리
카와 식민지 아메리카 같아 보인다며 농을 던졌다.

그들의 친구들과 롤리의 옛날 여자친구들, 그녀의 아이들, 먼 친
척들은 둘이 입을 맞추자 환호성을 질렀다. 무언가 해방의 느낌이
들었고, 그 느낌은 수개월 동안 이어졌다. 롤리가 일할 생각이 있기
나 한 건지 의심스러워지기 전까진 말이다. 그리고 롤리가 정오 직
전에 잠자리에서 일어나는 버릇을 지닌 건지 생각할 무렵까지는 말
이다.

케이트는 일찍 일어나는 편이었고, 점심 준비를 해야 하는 정오
까지 책상에서 착실히 일했다. 혼인 초기에 그녀는 정오가 되면 서
둘러 부엌으로 가서 가벼운 점심을 만들어 쟁반에 받쳐 들고 침실

까지 가곤 했다. 롤리는 눈을 뜨는 순간이면 늘 막 짜낸 오렌지 주스를 마시고 싶어했던지라 케이트가 항상 마련해주었다. 둘은 잠시 껴안고 있다가 함께 점심을 먹으며 햇빛 가득한 침실의 열린 문 밖으로 햇살이 내리쬐는 정원을 바라보면서 저녁에 뭘 하고 싶은지 얘기하곤 했다. 영화, 연극, 비디오, 아니면 어디 새로운 식당에서 저녁 식사를 할까? 이건 케이트가 바라 마지않던 삶의 방식이었다. 아이들은 자라서 멀리 학교에 있고, 일거리는 생활을 쾌적하게 유지시켜주며, 건강도 좋고, 삶에 대한 내적인 호기심과 관심은 어느 하나 쇠해지지 않은 상태. 자연스런 기쁨의 표식이라면 하나같이 억누르는 사회의 규칙과 규제들에 케이트는 결코 동의하지 않았다. 규제와 규칙들은 순응을 강요해서, 결국 공명하는 울림을 삶에서 지워버리고 만다는 사실을 그녀는 알고 있었다. 당시 케이트는 어떤 인간이든 무슨 이유로든 어떤 주어진 순간에든 그것을 위해 죽을 수도 있음을 깨달았고, 이 사실을 받아들이면 자유로워지리라는 것 또한 이해했다.

케이트는 롤리가 직면하고 있는 그 문제를 경험해본 적이 없었다. 바로 만족스런 나태함 말이다.

롤리 말에 따르면 그녀는 선천적으로 약간의 학습 장애를 지녔다고 했다. 아주 가벼운 정도야. 그녀는 방긋 웃으며 그렇게 말했다. 아마도 난독증일 거라고 케이트는 생각했다. 하지만 그것 때문에 롤리의 어머니는 딸이 혹여 눈에서 벗어날까 빈틈없이 예의주시하게 되었다. 롤리는 혼자서 집을 나선 적이 없었다. 성장기에 롤리는 엄마가 다른 사람, 그러니까 가족 아닌 이들에게 이렇게 얘기하는 소리를 들었다. 롤리는 신경 쓰지 마세요, 애가 모자라요. 롤리가 무슨 뜻인지 묻자 어머니는 그녀의 두텁고 곱슬곱슬한 머릿결을 쓰다듬으며 말했다. 그건 말이야 엄마가 너를 더 잘 보살피고 다른 사람들보다 너한테 더 신경을 써야 한다는 뜻이야. 그건 롤리에게 특별한 느낌을 선사했다. 설혹 이따금은 다른 자매들처럼 혼자서 외출하고 싶기는 했지만 말이다.

롤리가 자신의 재능을 발견한 것은 엄마와 함께 물건을 사는 동안이었다. 어머니가 다른 자녀들에게 인정해주는 '영리함', 그러니까 혼자서 어디든 나다닐 수 있다는 의미의 영리함 대신 롤리는 약삭빠름을 타고났다. 그녀는 어머니보다 시장에서 더 빨리 그리고 더 많이 물건값을 깎아내릴 수가 있었다. 게다가 물건값도 누구보다 잽싸게 계산해낼 수 있었다.

롤리는 과일 판매대 앞에서 어머니가 사과 고르는 모습을 지켜보곤 했다. 상인이 다가오면 그녀는 멍한 표정에 숙맥 같은 말투로 말을 했다. 사과가 너무 물렀어. 아랫동네엔 단단한 사과를 파는데. 혹은 단어들을 질질 늘여서 발음하고 손으로는 그녀 앞에 있는 사과들을 더듬었다면, 좀더 값이 떨어질 건 분명했다.

곧 롤리의 어머니는 시장 갈 때면 롤리를 챙기는 게 일이 되었다. 그리고 롤리의 독서치료를 맡았던 선생과 함께 롤리가 집을 떠날 때까지 그녀는 식구들을 위해 물건을 샀다. 이 조그만 갈색 피부의 비너스에게 매료되었던 선생은 롤리를 비너스라고 부르길 좋아했다. 롤리는 직접적으로는 아무것도 요구하지 않는 것처럼 보였지만, 흘려 넘길 수 없는 단서를 남기는 재주가 있었고, 또 그렇게 했다.

언제부턴가 케이트는 자신에게 떨어진 가장 커다란 단서가 집의 절반을 정식으로 양도하는 일임을 알아챘다. 롤리는 마치 정식으로 혼인한 것처럼 집을 공동 재산이라 간주했다. 누군가 어디 살아야 만 한다는 주제로 어떤 얘기를 하건, 설사 강아지 몸에 붙은 벼룩 얘기를 하더라도, 부랑자가 되는 것에 대한 롤리의 공포라는 주제 가 스며들었다. 케이트는 스스로 깨닫지 못했던 자신 속의 영토권 을 발견했다. 일하지 않고 정오까지 잠자리에서 일어나지도 않는 사람에게 그녀의 집 절반을 내준다고? 그러고 싶지 않았다.

몸서리쳐지는 것은 빼앗기고 있다는 느낌이었다. 바보가 되고 있 다는 느낌. 롤리가 세상을 교묘히 조종하는 방식에 케이트가 눈뜨 기 시작하자, 롤리가 무슨 일을 하건 무력하다거나 천진난만하고 금기시된 여신이라 여기던 것이 얼마나 터무니없었나를 깨달았다. 롤리의 정신은 주판처럼 작동했다. 클릭 클릭. 나는 이걸 원하고, 그걸 가지려면 이걸 해야만 하지. 내가 원하는 걸 가진 사람이 누구 지? 내가 그녀 옆에 가서 서 있어야지.

1년 남짓 지나자 케이트는 아픔에서 편안해졌다. 그녀는 롤리가 열심히 일하는 다른 여자를 찍어서 망보고 있다가, 순진하고 영악 하게 자라왔던 자신의 성장 이야기로 무장한 채 그녀에게 가만가만 걸어가는 모습을 지켜보았다. 그래, 아 그래, 내가 세상에서 제일 바랐던 것은 내 집이야. 네가 하나 가지고 있다는 걸 내가 알지.

폭포에서

폭포에서 케이트는 라리카와 마주쳤다. 미시시피 출신의 흑인 여성인 라리카는 예이지 여정 중에 어김없이 울음을 터뜨렸다. 이제 케이트는 여정 중에 사람들 모습이 어떤지 흰했다. 그녀에겐 예이지의 약효가 더이상은 들질 않았던 탓이었다. 하지만 여전히 다른 사람들과 함께 앉아 있긴 했다. 아르만도가 그렇게 부탁했는데, 한마디 말이나 부채, 혹은 그가 원하는 악기를 가지고 그에게 도움을 줄 수도 있었기 때문이었다. 이제 그녀는 다른 이들이 도움을 청하는 사람이 되었고, 그것이 그녀로서는 놀라웠다.

라리카는 목욕을 마치고 강가에 앉아 생각에 젖어 있었다. 케이트가 바지와 티셔츠를 벗고 폭포 아래로 서둘러 들어가자 라리카가 까딱 목례를 했다. 물은 생기를 되찾게 해주었다. 물 속에 뭐가 들었을지는 생각하지 않으려고 애썼다. 그들이 하류에서 보았던 물고기는 어쨌든 폭포를 거쳤을 거고, 어쩌면 악어도 마찬가지일 테지만 말이다. 케이트는 서둘러 머리를 감았다. 집에서처럼 성가시게

컨디셔너 따위를 쓰지 않고서.

케이트는 라리카 근처에 수건을 펼쳤다. 라리카가 그녀에게 말을 걸어야겠다고 느낄 만큼 가까이는 아니었다. 그녀는 스러져가는 오후 햇살 아래서 몸을 쭉 늘였다. 곧 벌레들이 몰려와 야외에 머물지 못하게 되겠지만 그 순간만큼은 평화로웠다. 대기에 푸르스름한 기운이 선연했다. 정처 없는 생각들이 표류했다. 그러다 무슨 소리가 들렸다.

흘긋 쳐다보니 라리카가 흐느끼고 있었다. 한숨을 내쉬며 케이트는 얼굴을 옆으로 돌렸다.

이런 것들이 내게 도움이 될 거라고 생각해요? 라리카가 물었다. 속삭이듯 낮은 목소리로. 그토록 참담한 음성은 들어보지 못했었다.

할머니를 말하는 거예요? 케이트가 물었다.

예, 예이지요. 라리카는 애써 미소지었다. 할머니. 흠, 그 말이 더 좋네요. 그녀가 말했다.

케이트는 라리카의 삶에 대해 조금 알고 있었다. 그녀가 어떤 지역 내에서 평판이 나빴기 때문이었다. 라리카는 살인을 했다.

자기한텐 어떤 게 제일 필요하다고 느껴요? 케이트가 물었다.

라리카가 한참 동안 입을 닫고 있었던 탓에 케이트는 그녀가 자신의 말을 듣지 못했다고 생각했다.

다시 한번 나답다는 느낌을 받고 싶어요. 라리카가 답했다. 그러곤 눈물을 떨궜다. 나는 내가 너무나 그리워요. 이렇게 말하는 그녀의 얼굴은 아이처럼 일그러져 있었다.

처음에 케이트는 생각에 잠겨 수건 위에 가만히 누웠다. 그러다가 일어나 앉아 라리카의 무릎을 안아주었다. 라리카 혼자 울고 있게 내버려두기가 힘들었지만, 그렇게 수분 동안 흐느끼도록 놔두었다. 케이트는 생각했다. 그래, 혼자 감당해야지. 그 망할 고통의 바닥까지 내려가봐요.

고통스런 흐느낌이 잦아들기 시작하자 케이트는 몸을 일으켜 수건을 가지고 강가로 가서 물에 흠뻑 적셔 돌아왔다. 수건을 살짝 짜내고선 햇살에 뜨거워지고 땀에 전 데다 울어서 창백해진 라리카의 머리 위에 드리워주었다.

라리카는 수건의 끝부분을 감사히 움켜쥐고는 턱 아래를 감쌌다.

여기 완벽한 무언가의 한가운데 우리가 있다. 지옥이 어디인지 아는 자는 누구인가. 우리 둘이 가까스로 여기 도달했네. 케이트가 읊조렸다.

우리 둘이 여기 도달했네. 라리카가 혼잣말하듯 이 부분을 되풀이했다. 허나 그 생각이 더한 슬픔을 불러왔는지 그녀는 새로이 눈물을 떨구기 시작했다. 기실 그녀는 울부짖으려는 참이었다.

비탄이 끝없이 이어지고 정글 너머로 울려 퍼지기 시작했다. 여기 열대우림은 말이 뜻하는 그대로 '밀림'이었다. 그들이 걸었던 그 좁디좁은 발자국의 길을 벗어나면 뚫고 나갈 수조차 없는 빽빽한 숲. 그런데 흐느낌이 이어질수록 밀림을 통해 소리가 공명하기 시작했고, 그 소리의 진기한 힘으로 식물이 자란다는 느낌을 받았다. 숲의 나무와 덤불들이 깨어나는 듯했다. 대기 속에서 무언가가 경청하는 낌새가 있었다. 분명 인간의 기운은 아니었고, 주위엔 아무도 없었다. 하지만 라리카의 흐느낌이 청중을 불러 모으는 것만 같았다.

케이트가 라리카에게 말을 걸었다. 흠, 우리만이 아니라는 느낌을 받았나요?

그녀의 어깨에 머리를 기대고 있던 라리카는 금세 말라버린 수건으로 얼굴을 닦아내고, 강 쪽을 바라보며 벌레들이 윙윙거리는 소리에 유심히 귀 기울이더니 불쑥 일어나 앉으며 말을 꺼냈다.

기분이 한결 낫네요. 놀라워요.

케이트는 그녀를 내려다보았다. 라리카는 길거리에서 누구라도 두 번은 쳐다보지 않을 법한 삼십대 중반, 평범하고 흔한 흑인 여자였다. 이런 풍경 속에서 그녀는 놀랄 만큼 아름다워보였다. 그녀의 살갗은 흙을 닮았고 머리칼은 나무처럼 생겼다. 눈은 황토색 강물이 지닌 깊은 빛을 품고 있었다.

당신 정말 아름다워요. 케이트가 말했다.

설마요. 라리카가 부인했다.

그래요. 케이트가 말했다.

그들은 어깻죽지를 맞닿은 채 나란히 앉았다. 모깃소리가 비행기 소리처럼 들려오기 시작했다. 라리카가 방충제를 빌려줬지만, 놈들은 바늘을 꽂으러 달려들기 전에 당의마냥 그것을 핥아 먹어 치웠다. 벌레들은 너무나 크고 건강해서 죽일라치면 죄책감이 들 정도였다.

둘은 물건들을 주섬주섬 챙기곤 뛰었다.

어째서 예이지가 그녀에겐 더이상 들질 않게 되어버린 것인지 생각하다 케이트는 람 다스에게 들었던 얘기를 떠올렸다. 람 다스는 엘에스디의 광신자였고, 그 약이 세상에서 가장 강력한 환각제라고 생각했다. 그는 처음 인도에 가면서 다량의 약을 들여갔는데, 거기 영적 지도자들 몇몇에게 약을 복용시켜볼 심산이었다. 케이트는 그의 불경한 이야기를 감상했다. 그는 '바바'를 만났다. 그가 바바라고 이름 붙인 작은 체구의 인도인은 그의 영적 스승이 되었다. 얼마 후에 바바는 그가 가지고 왔다는 '치유약'에 대해 물어보았다. 람 다스는 엘에스디를 그렇게는 한번도 생각해보지 않았다. 또한 그 노인이 자기가 뭔가를 가지고 왔음을 알고 있다는 데 놀랐다. 람 다스는 그에게 코끼리 몇 마리도 능히 분해시킬 정도의 엘에스디를 주기로 마음먹었다. 그는 마침내 엘에스디의 정체가 무엇인지 듣게 되겠지, 라고 생각했다. 바바가 수시간 동안 앉아 있던 나무 주위를 배회하며 람다스는 약효를 확인하려 기다렸다. 기다리고 또 기다렸다.

이따금씩 바바는 그를 쳐다보며 미소를 지었고, 그의 눈은 번뜩였다.

땅거미가 질 무렵에야 람 다스는 이것이 그의 대답이었다는 걸 깨달았다. 강력한 마약은 바바에게 아무런 영향도 미치지 못했던 것이다. 그에게는 완벽하게 아무것도 아니었다.

할머니와의 첫 여정은 일곱 시간 지속됐다. 케이트는 '벽돌'을 치우곤 할머니가 살고 있는 세상 속으로 들어갔다. 그 벽돌은 아주 거대한 파충류의 비늘 같았다. 케이트를 무릎 위에 앉히려고 할머니는 수천 년을 기다리고 있었다. 가르침은 즉각 시작되었다.

하지만 밀림의 그 이엉지붕 아래선 같은 양의 예이지를 복용하고도 약효가 전혀 없었다. 케이트는 여정 시간 내내 자리에 앉은 채 언제 약효가 나타날지 궁금해했다. 다른 사람들은 분명 여정에 들어서 있었다. 아르만도와 그의 조력자인 영매 코스미는 노래를 부르거나 무언가를 빠르게 외우면서 부채질을 하고 '아구아 플로리다'(꽃물—옮긴이)를 뿌리느라 분주했다. 케이트는 마치 한 편의 연극이나 되는 듯 그 모습을 모두 지켜보았다.

케이트가 지켜보고 있노라니 라리카는 마치 달리는 기차에 앉은 듯 몸을 완강하게 웅크리고 있었다. 그녀 옆에 앉은 키 작고 늘씬하며 밝은 갈색의 땋은 머리를 머리 주위에 감아 붙인 백인 여자는 눈을 감고 자리에 앉은 채 신음을 흘리고 울면서 몸부림치고 있었다. 그녀는 겨우 기어다닐 무렵에 근친에게 강간을 당했다. 그녀는 아누누와 함께하기 전까진 이 사실을 받아들이지 못했다. 그런데 이제는 기회가 생길 때마다 그 사실을 털어놓았고 캠프장으로 타고 왔던, 속을 파낸 카누 속에서 퍽 침착하게 토의하기도 했다. 몸소 겪어가야 할 고통의 심층은 명백히 존재했으나, 이미 연달아 두드려 맞은 그녀는 저항하고 있었다.

케이트는 아르만도와 코스미가 모든 이들에게 여일하게 유지하는 그 부드러운 태도에 감화되었다. 5백 년 전에 스페인 정복자들이 금을 찾아서 밀림을 헤집고 다닐 적에 이와 똑같은, 혹은 거의 흡사한 장면에 맞닥뜨리곤 어떻게 되었을까 케이트는 생각했다.

참여자들이 주술사나 그의 조력자들이 아니라 인디언이었다는 사실만 제외한다면 말이다. 만약 그들이 지옥에서 우리를 몰래 올려다볼 수만 있다면 얼마나 놀랄까 하는 생각을 해보았다. 그들이 믿었던 종교대로라면 지금쯤 분명 지옥에 있을 거라 케이트는 확신했다. 어머니처럼 자애롭고 인내심 깊은 치유자들에게 치유를 받으러 모여든 신앙심 깊은 인디언들을, 금속으로 치장한 냄새나고 씻지도 않은 불청객인 중세 스페인 무법자들이 검과 개를 동원하여 공격하고 신의 이름으로 죽여버린 것이다. 어쩌면 아르만도보다 훨씬 빼어났을지 모를 주술사들이 얼마나 많이 스페인군에게 학살됐던 걸까? 얼마나 많은 영혼의 사제들이 생포되어 노예 신분으로 살아야만 했던 걸까? 얼마나 많은 이들이 금광과 은광에서 죽어갔던 걸까?

하지만 그들은 여기서, 자신들을 몰살시킬 뻔했던 이들의 병든 자손들을 돌보고 있는 것이다. 수백 년 동안 몸조차 그들 것이 아니었다. 아르만도와 코스미는 선조들인 인디언의 영혼을 지녔으나, 그들의 신체는 스페인의 오랜 통치의 자취를 보여주었다. 그들의 성姓이 보여주듯이 말이다.

병든 이에겐 역사도 국적도 없습니다. 아르만도는 과거를 토의하던 자리에서 그렇게 말했다.

그렇게 느끼지 못한다면 큐란데로(치유자—옮긴이)가 될 가망은 없어요.

케이트는 이 말을 곱씹었다. 케이트는 비참하게 살다 죽어간 그녀의 선조들 때문에 여전히 고통을 겪고 있었다. 케이트가 자신들이 겪어야 했던 일의 부당함을 바로잡아주길 바라고 있다고 그녀는 느꼈다. 수주 동안은 매일 밤마다 조상들이 나타나기도 했다. 가령, 이가 없던 그 남자가 그랬다. 피투성이 입을 한 그 남자. 그는 그녀의 꿈에 나타났고, 잠 못 이룰 때는 더욱 자주 보였다.

아, 안돼. 처음에는 어렴풋한 그의 형체가 눈에 잡히면 신음소리가 나왔다.

하지만 그는 거기 있었다. 결국 케이트는 보아내야만 했다.

눈으로 확인하니 뭐가 보이던가요? 아르만도는 그녀의 눈을 따스하게 응시하면서 물었다.

침묵하던 케이트가 입을 열었다. 뭔가 할 얘기가 있는 사람으로 보였어요. 얘깃거리를 지닌 사람, 그걸 얘기하려고 나를 선택했거나, 혹은 나를 선택하려고 애쓰는 사람으로 말예요.

그녀가 말을 이었다. 문제는 내가 다른 쪽으로부터의 그 슬픈 전언을 다른 이들에게 전해주고 싶지가 않았다는 거였죠.

로트로 라도('다른 쪽'이라는 스페인어—옮긴이)? 아르만도가 물었다.

왜 있잖아요, 저승 세계. 조상들의 영역.

아. 그는 짧게 내뱉고는 웃음지었다. 그런 일은 우리에게 결정권이 주어지진 않습니다!

알아요. 그녀가 한숨을 내쉬며 말했다.

특히 그는 자신이 얼마나 괜찮게 생겼는지 알아주길 바랐어요. 얼마나 미남인지 말이죠. 그는 허영이 있었어요. 그렇게 태어난 거죠. 부모가 누구인지 알 길 없는 노예라는 신분인데도, 그는 생긴 모습에 흡족해하고 있었으니. 그는 거울이 있던 마나님의 재봉실에 숨어 들어가 자기 모습에 감탄했다죠.

내면의 영혼은 결코 노예가 되지 않는 법이죠. 아르만도가 말했다.

저도 그렇게 생각해요. 케이트가 말했다.

태어난 그대로, 그 영역 내에서 그렇게 우리는 살아가게 되는 법이지요. 아르만도가 싱긋이 웃었다. 받아들이든가 아니면 떠나든가.

그는 정말 자신이 아름답다고 생각했어요. 그 마나님 역시 그렇게 생각했고요.

저런, 어떻게 그런 말을 합니까. 아르만도가 말했다.

정말이에요. 케이트가 답했다.

그런데 불행히도 그녀의 남편인 주인 양반은 늙고 못생긴 데다 형편없는 영국인의 치아를 가지고 있었어요. 이뿌리까지 굽어져 썩었으니 말이죠. 그 당시 영국인들은 이 상태가 늘 나빴어요. 나쁜 음식에 치아 청결 상태도 보잘것없었으니까요. 유럽 전체가 변비에 걸렸더랬죠.

그래요? 아르만도가 물었다. 아마 즉시 치료법을 생각해냈으리라. 케이트는 짐작했다.

그런데 우리의 그 조상은 아프리카에서 떠나온 지 오래지 않았고, 거기 사람들은 아주 좋은 음식물에 적응되었기 때문에 당연히 완벽한 치아를 지니고 있었어요. 노예이긴 했어도 그는 완벽한 이를 가졌던 거예요. 그리고 이 완벽한 치아를 그 마나님은 칭찬해 마지않았어요. 안주인은 그를 덮칠 (용서하세요) 만한 용기는 없는 대신, 그 커다랗고 단단한 하얀 치아에 홀딱 반할 수는 있었으니 그리했던 거죠.

늙은 주인이 언짢아했던 건 말할 필요도 없죠. 자기는 이도 몽땅 빠진 데다 완벽하게 발기 불능이었으니까요.

케이트는 이야기를 이어가지 못하겠다는 느낌이 들었다. 설혹 아르만도가 그녀의 말 한 단어 한 단어마다 다정하게 격려하며 귀 기울이고 있다 해도 말이다. 그들은 이엉지붕 근처 땅에 앉아 있었다. 아르만도가 넓은 밀짚 자리를 펼쳐 앉을 자리를 마련해두었던 것인데, 사람들이 그녀가 말을 잇길 기다리는 동안 그는 팔꿈치를 대고

뒤로 기대었다. 아르만도의 옆머리와 짧은 콧수염에서 잿빛 머리칼
과 수염 몇 가닥이 케이트 눈에 띄었다. 그의 머리칼은 그들이 도착
한 이후로 계속 자라 지금은 거의 어깨에 닿을 정도였다. 아주 튼튼
하고 굵고 윤기 나는 머리칼은 이곳의 위도와 습도와 대기 속에서
어김없이 풍성해졌다.

그 사람, 그러니까 바깥주인이 그것들을 몽땅 뽑아버렸어요. 케
이트는 건조하게 말했다. 그의 아름다운 하얀 이를 말예요. 말에게
나 쓰는 펜치로 하나씩, 하나씩, 마취약도 없이. 그 말을 하는 동안
케이트는 육체적으로 고통을 느꼈고, 마치 식물이 뿌리째 뽑히는
것처럼 온몸에 격한 진동이 닥쳐왔다.

아르만도가 고개를 끄덕였다. 내 손을 잡아요.

케이트는 손을 내밀어 그의 손에 가만히 얹었다.

그러자 아르만도가 노래 부르기 시작했다.

그는 케이트의 손을 쥐고서 낮고 장엄하게 노래를 불렀다. 야영
지에 있던 이들 모두가 각자의 오두막이나 강가 근처 자리에서 나
와 고요하게 그들 주위로 다가왔다. 모두가 아르만도의 입에서 흘
러나오는 그 경탄할 만한 가락에 귀 기울였다. 그들 다수는 아르만
도가 부르는 노래의 언어를 단 한 자도 알지 못했다. 아마 케추아어
거나 마야어였으리라. 그들은 노래의 넋을 감지했다. 감히 선조들
에게 자비를 내리길 청하는, 진기하고도 대담하면서도 삼가는 노래
라는 걸, 모두들 본능적으로 느꼈다. 노래는 우리의 조상들에게 일
깨워주고 있었다. 아직 살아 있는 우리에겐 짊어져야 할 짐이 많다
고. 우리가 할 수 있는 일은 모두 해낼 시기가 온다고. 우린 충분히
했다고. 우리 가운데 애정 어린 영혼의 소유자, 부탁받은 일이라면

한결같이 해내려고 노력할 누군가에게 끝없이 청원하는 건 어쩌면 그다지 옳은 일은 아닐지도 모른다고. 그 사람의 기질 또한 배려해야만 한다고, 노래는 말하는 것 같았다. 끝도 없는 우리의 악몽을 대신 꾸라고 간청하며 우리를 존경하는 그이들의 가슴을 멍들게 하는 건 옳은 일인가?

놀랍게도 케이트는 흐느끼고 있었다. 피처럼 뜨거운 눈물이 그녀의 팔을 다정히 쓰다듬고 아르만도의 손으로 흘러내려가는 듯했다. 눈을 들어 바라보았더니 정말 그랬다. 그녀의 왼쪽 어깨와 팔과 손은 뚝뚝 듣는 액체로 흥건했다. 마치 아르만도의 노래가 케이트 심장의 묵직하게 물에 젖은 부분을 뚫고 지나간 것처럼 말이다. 고뇌와 비탄으로 날카롭게 긴장되어 있던 그녀의 가슴이 누그러져갔다. 케이트는 숨을 쉬기 시작했다. 깊이, 내면의 공간을 더듬어 느끼며. 그 청명함이란.

코스미가 흔들북과 피리 하나를 가지고 도착했다. 아르만도가 계속 노래 부르는 동안, 코스미는 처음엔 흔들북으로, 이어서 피리로 달콤한 반주를 넣어주었다.

오래전 언젠가 미시시피에서 만났던 '흑인 해방 운동'의 시인 제인 스템브리지가 떠올랐다. 용서할 수 없는 과거사에 너무나 압도되어 있던 일부 흑인들로 인해 남부 지역의 투쟁에서 강제로 밀려났던 한 백인 여자였다. 흑인들은 제인을 만나면 쳐다보려고도 하지 않았다. 자신들에게 고통을 주던 안주인들의 얼굴이 보였기 때문이었다. 하지만 제인은 『나는 피리를 분다』라는 그녀의 책에서 결정적인 질문을 제기했다. 그녀는 이렇게 썼다. "자유의 도래를 알리는 피리 소리는 어디에 있는가?"

케이트는 제인을 존중했다. 백인 여주인이라는 이미지를 덧입어 옴짝달싹 못하게 된 그녀를 자유롭게 해주기 위해서가 아니라, 백인이며 여성이고 비록 노예 주인들의 후손이긴 하지만 그런 그녀의 존재 자체가 곧장 자유의 선율이 되리라는 사실을 인정했기 때문이었다. 그리고 이후에 출현한 여성 운동은 백인 여성의 삶의 근저에 은폐된 예속의 상태를 명명하게 폭로하여 케이트가 옳았음을 증명해주었다. 억압에 맞선 우리의 투쟁이 타인들의 억압이라는 문제와 연대하지 않는다면 무의미하다는 걸 그녀는 알고 있었던 것이다.

아르만도가 노래를 마무리지을 무렵 케이트는 녹초가 되었다. 자고 싶을 뿐이었다. 아르만도가, 케이트에게 특별한 약을 갖다주라고 코스미에게 부탁했다. 그가 케이트에게 설명하는 동안 코스미가 흙색 액체 한 주전자를 가지고 다가왔다. '보빈사나'라는 이 약이 꿈을 맑혀주리라고 했다. 오늘밤 맑은 꿈속에서, 그녀의 조상에게 제대로 얘기할 수 있을 터였다.

두렵지는 않을 겁니다. 그가 말했다. 죄책감도 없을 거고요. 그에 대한 당신의 애정을 여지없이 전하면서도 이젠 자유롭고 싶다고 말할 수가 있을 거예요.

그가 신중하게 덧붙였다. 정작 문제가 되는 건, 그가 당신을 대가 없이 풀어주지는 않으리라는 겁니다. 조상들이 어딘가 고귀한 존재인 양 오늘 우리가 이러니저러니 말들 했지만, 선조들이란 우리들 형제자매나 마찬가지거든요. 그가 웃었다. 어떤 이들과는 협상을 해야 할 겁니다.

스페인군은 침략 후에 편을 짜서 우리네 사람들 몸을 두 쪽으로 갈라버리는 놀이를 일삼았습니다. 알겠지만, 그들은 검을 한번도 본 적이 없는 사람들이었어요. 그러니 그들을 그렇게 죽이면서 틀림없이 재미있다 여겼을 겁니다. 스페인군은 그들의 아기를 자기네 개 먹이로 삼았습니다. 여자들에게 한 짓은 차라리 말하지 않는 편이 나을 거예요. 우리의 육체와 심혼 속에 이런 행동의 결과와 기록들이 남아 있고, 그것과 더불어 살아야만 합니다. 스페인 침략군의 행실이었기 때문이 아니에요, 그게 아닙니다. 인간의 행위였기 때문이에요. 우리 역시 인간이니 말입니다.

우리가 광기에서 면제되어 있다고 생각한다면 절대 통하질 않을 겁니다. 당신 조상의 전언이 이것이었음을 당신이 깨닫게 되면 아마도 놀라겠지요. 그는 허영 같은 미끼로 당신의 관심을 낚으려 했을 뿐입니다. 이유가 뭐냐고요? 왜냐하면 그는 당신에게 허영이 있다는 걸 아니까. 허영심은 당신의 흥미를 돋우지요. 하지만 이 이야기에는 그 이상의 것이 있습니다. 제가 장담하죠.

그때쯤 케이트는 졸음이 밀려와서 비척댔다. 라리카가 앞으로 나와 팔로 그녀의 허리를 감싸 부축해주었다. 원형 모임에서 언제나 라리카 옆에 앉았던 그 여자, 미시라고 불리던 그녀가 다른 쪽을 부축하러 다가왔다. 이 기이한 삼인조는 쓰러질 듯 길을 따라 숲을 지나 케이트의 자그마한 오두막으로 향했다.

케이트 마님. 그가 말했다. 죽을 때까지 얼마나 오래 걸리는지 마님은 모릅니다. 한순간에 모든 게 끝난다고 해도 말입죠. 죽어가면서 시간은 상대적이란 걸 제대로 알게 될 겁니다.

꿈속에서 그들은 시골 어딘가에 있었다. 현대적인 냄새라곤 조금도 나지 않는 곳이었다. 좁다란 흙길 위에 케이트는 서 있고 그는 옆에 앉았는데, 땅바닥이 아니라 공중에 떠 있었다. 그녀를 향해 돌출해 있는 듯 보였던 그의 피투성이 잇몸은 이제 거의 보이지 않았지만, 누덕누덕한 붉은 기운이 때로 드러나 바뀐 건 아무것도 없음을 보여주었다. 그는 그녀에게 자신의 상처를 보여주려 들지 않는 듯했다. 그러나 대신에 그가 알고 있던 무언가를 그녀에게 말하는 데 몰두했다.

왜 내가 케이트 마님이죠? 케이트가 새침하게 물었다.

그가 어깻짓을 했다. 마님은 노예가 아니잖습니까. 신발을 신고 있으니까.

아. 그녀가 발을 내려다보며 탄식했다. 그랬다. 버켄스톡 샌들을 신은 데다 주름 잡힌 하얀색 치마를 입고 있었다.

여기 양산 있습니다. 그는 그녀에게 도토리 하나를 건네며 말했다.

케이트는 웃었다. 머리 부분이 양산 모양이었던 것이다. 도토리는 한결같이 그런 모양이었다. 비를 맞지 않도록 하기 위해서. 비를 맞아 썩지 않도록.

나는 목숨이 끊어질 때까지 수많은 생애를 거쳤습니다. 죽어가는데, 내 인생에서 좋아질 수도 있었던 때가 하나하나 떠올랐습니다. 끔찍했습죠. 심장이 관통했는데 말입죠. 그 사람들 말이 즉사했다고 하더라고요. 내가 그 자리에서 죽어버리자 기분 나빠했습죠. 나를 가지고 놀려고 했는데 말입니다.

'그 사람들'이라면 누구를……?

'밤도적들'(야음을 틈타 흑인들을 괴롭히거나 살해한 폭력단—옮긴이)입죠. 그가 말했다.

케이트는 자신이 꿈꾸고 있다는 걸 알았고, 모기장 아래 좁은 침대에 누워 꿈꾸는 자신의 몸을 바라보기까지 했는데도 불구하고, 흠칫 뒷걸음질친다는 느낌이 들었다.

마님이 생각하는 그런 건 아닙니다. 그가 말하고선 잠시 주저했다. 아니, 이건 마님이 생각하는 바로 그겁죠. 네, 수세기 동안 테러가 일어났고, 이건 흔한 사건이었습죠. 검둥이가 도망가면 백인 악마가 뒤쫓아가고, 개들이 짖어대는 소리가 나고. 재밌게도 그들은 자기네들끼리 즐길 만한 거리를 만들어내는 데 서툴렀고, 그래서 우리에게 집중했던 거지요. 나는 이게 바뀌지 않았다고 생각합니다.

아, 이런. 네가 녀석의 심장을 관통시켰잖아. 그들이 서서 나를 내려다볼 때 누군가 그렇게 말했습죠. 그리고 왜 그런 거 있잖습니까. 나를 괴롭혀댈 기대를 하고 있었는데 좋은 기회를 빼앗겨버리니까 실망해서, 나를 쏘아버린 그 남자에게 돌아서더니 그를 때렸습죠. 바로 거기서, 내가 죽어가고 있는 거기서, 그들은 싸워대기 시작했습죠.

마님이 기억해줬으면 하는 건 이겁니다. 내 이빨이 뽑혀서 얼마나 고통스러웠는지가 아니고요.

케이트가 고개를 흔들었다.

나는 이해 못하겠어요. 그녀가 말했다.

우리는 아주 늙었습죠, 우리네 사람들 말입니다. 우리만큼 고통스럽게 살아남은 사람도 얼마 없을 겁니다. 우리는 인간으로 수많은 생애를 거듭 살아서, 우리가 바라지 않는 수많은 방식들, 수많은 것들을 배워왔습죠. 그가 말했다.

하지만 우리는 인간이잖아요. 그러니 우리는 이미 어디에나 존재하고 있는 거라고요. 그녀가 의문을 품었다.

그건 사실입죠. 하지만 여전히 조금은 선택의 여지가 있습니다. 마님이 마님의 선조와 만남을 유지하는 것이 가치 있는 이유가 바로 그것입죠.

그들은 이제 같은 길에서 나란히 걷고 있었다. 창백한 보름달이 떠올랐다.

마님은 조상들에게 직업이 있다는 사실을 알고 있었습니까? 그가 물었다.

장담하는데, 죽어간 노예들은 그런 얘긴 듣고 싶어하지 않을 걸요! 그녀는 말하며 웃었다.

그가 웃자, 핏방울이 흘러내려 붉은 얼룩을 남겼다.

한 그루 나무가 죽으면 나무의 할 일도 모두 끝나버린다고 생각합니까? 물론 그렇지 않죠. 분해되어 다른 나무들이 자랄 토양으로 바뀌는 과정이 그 뒤에 이어집죠. 이건 아주 조심스러워야 합니다. 나무를 그대로 두어야지 목재하치장으로 끌고 가버리면 안되지요. 목재하치장에 넘겨져버리면 분해될 것은 하나도 남지 않고 어린 나무들을 키울 만한 영양분도 남지 않습죠……. 재앙입니다!

그녀는 말끔하게 베어낸 나무들을 떠올렸다. 북부 캘리포니아의 클라마스 강을 따라가면서 말끔하게 베어낸 나무들을 보았다. 그토록 비옥하고 기운찼던 풍경은 속살을 드러낸 채 황량해져버렸다. 흙을 재로 구워버리는 작열하는 태양으로부터 어린 나무들을 지켜줄 그늘도 없었다. 나무들은 성냥개비만큼이나 쉽사리 부서졌고 크게 자라지 못했다. 어린 나무들은 그들에 앞서 살았던 부모와 조부모들의 장엄함을 알지 못할 것이었다. 자신들의 진정한 본성이 무엇인지 생각이나 해볼 방법이 있을까?

그가 말했다. 후손들에게 그네들이 가고 싶지 않은 길이 무엇인지 일깨워주는 것이 우리의 직업입지요. 이것이 가장 전달하기 어려운 전언이라는 생각이 이따금 듭니다. 우리를 위해서라면 원한을 품게 해야 할 텐데, 그 반대편에 서는 일이기 때문입지요. 게다가 죽은 자들에게 충심을 다한다는 문제도 있습니다. 바로잡으려면 복수해야겠다고 느끼지요. 원한을 풀어서 치유하는 것 말입니다. 하지만 원한을 풀어도 치유가 되질 않습죠.

여기까지 말하고 나자, 바로 그런 생각이 부조리하기나 한 듯 그가 웃었다. 피가 사방으로 흩어져 몇 방울은 케이트의 하얀 치마에까지 튀었다. 하지만 그 순간 그녀의 치마는 들소의 가죽으로 변했고 핏방울은 보이지 않았다. 흠……. 그녀는 생각했다. 바로 그때 아래를 내려다보니 발굽 하나가 보였다.

그런데 성함이 어떻게 되세요? 케이트가 물었다.

레무스. 그가 답했다.

레무스라고요? 『레무스 아저씨』(미국 작가 J. C. 해리스의 단편—옮긴이)의 그 레무스? 농담이시죠?

아닙니다. 그가 답했다. 어떤 사람들에겐 그 이름이 우스개처럼 들린다는 걸 압니다. 노예들에겐 흔한 이름이었습죠. 주인들은 그 이름을 좋아했죠. 우스꽝스러워지니까.

케이트가 말했다. 원래 레무스는 늑대들의 젖을 먹었어요. 형 로물루스와 함께 그는 로마시를 세웠지요.

그래요? 그가 탄복했다. 나는 로마라고는 들어본 적이 없습니다.

어디서 사셨어요? 그녀가 물었다.

오로지 이곳에서만. 당신들하고만. 그가 답했다.

그들은 이제 드넓은 옥수수밭을 통과하고 있었다. 레무스는 맨발에 누덕누덕한 면바지를 걸쳤다. 케이트는 그의 발자국을 바라보며 뒤따라 걸었다. 매번 그가 발을 떼면 한쪽 발자국엔 물이, 다른 쪽엔 피가 흥건했다.

물이 들어찬 한쪽 발자국으로 그녀의 얼굴이 비쳤다.

돌연 그들은 옥수수밭 근처의 길가에 앉아 있었다. 케이트의 손바닥에 옥수수 하나가 놓여 있었다. 그녀는 옥수수 껍질을 벗기기 시작했다.

레무스가 말했다. 나는 매년 이만한 넓이의 옥수수밭에 씨를 뿌리고 추수하고 껍질을 까고 알을 떨어냈습죠. 옥수수알을 무진장 탈곡하고 나서 헐은 손바닥은 겨울이 끝나갈 때가 되어야 새살이 돋았습죠. 그래서 나는 옥수수를 싫어합니다.

아니, 그렇지 않아요. 케이트가 나섰다. 당신은 억지로 옥수수를 키워야 했던 게 싫었던 거예요. 옥수수는 죄가 없어요. 당신을 노예로 만들었던 것과 아무런 상관이 없잖아요.

레무스가 그녀를 내려다보았다. 여기서 누가 조상이죠? 그가 농담을 건넸다.

살아 있는 우리들도 직업이 있어요. 그녀가 말을 꺼냈다. 손에 쥔 반짝이는 진주빛 옥수수에서 은빛 수염을 뜯어내면서. 그사이 옥수수가 돌처럼 단단하게 변해도 그녀는 놀라지 않았다. 아니, 말린 옥수수처럼 딱딱하다고 해야겠지. 그녀는 자신이 뭘 하려는 참인지 불현듯 알아차렸다.

그녀는 레무스의 손, 나무껍질같이 마르고 온통 긁힌 그 손을 잡았다.

여기, 이걸 드세요. 옥수수를 건네며 그녀가 말했다.

레무스가 인상을 썼다.

어서 드세요. 그녀는 강권했다.

그는 자신의 잇몸을 드러내 보였다.

그저 드세요, 레무스.

먹고 싶어도 그걸 씹어낼 이가 없습니다. 그가 말했다.

아, 믿음도 없는 양반. 그걸로 당신이 뭘 할 수 있는지 그저 확인해보세요. 그럼 제가 기쁠 거예요.

맨옥수수는 그냥 먹기에 너무 딱딱합니다. 그가 말했다.

네, 그래요. 그녀가 말했다.

그녀는 레무스가 오직 그녀를 흡족하게 해주려고 그 딱딱하고 마른 옥수수를 입 속에 집어넣는 모습을 지켜봤다. 그러자 옥수수는 피에 젖었고, 그는 마치 한 입 베어 물듯 입을 다물었다. 당장에 옥수수에서 속대가 떨어져나가더니 옥수수알들이 그의 잇몸에 달라붙었다.

놀란 표정으로 웃음짓는 레무스를 향해 케이트가 입을 열었다. 이제는 완벽한 치아를 가지게 됐네요.

그는 거울을 찾아서 이리저리 뛰어다녔다.

케이트가 그를 불렀다. 여기요, 여기 거울 있어요. 내 눈을 들여다보세요.

레무스는 케이트의 눈을 들여다보며 자기 자신의 모습을, 자신의 빛나는 새로운 미소를 보았다. 그의 행복이 그를 약하게 만드는 것 같았다. 그는 비척대더니 그녀에게 무너져 내렸다. 그녀는 육중한 그를 느끼고, 그의 단단한 머리와 건장한 어깨와 긁힌 손들이 그녀의 가슴 속으로 지나가는 것을 느꼈다. 그들은 저기 저 아득한 아래에 이제서야 막 보이기 시작하는 어떤 곳으로 떨어져 내려가는 듯했다. 그녀는 그들이 혹 다치지나 않을까 겁이 나서 어디로 떨어지는지 긴장하며 쳐다보았다. 그는 이제 그녀 안에 들어 있지만, 그녀는 더이상 그의 무게를 느끼지 않았다. 그러다 갑자기 그들이 어디에 내려앉았는지 눈앞에 맑게 보였다. 그건 그녀의 침대였다. 거기서 그녀는 평화롭게 깊은 잠에 빠져 누워 있는 자신의 모습을 보았다.

얼굴

욜로는 옅은 담갈색 호텔 정면에 펼쳐진 해변에서 긴 의자에 몸을 파묻고 있었다. 건물 외벽에 들어붙어 있는 듯한 느낌은 더해만 갔다. 그를 이토록 번민에 빠지게 만드는, 여기 이 고요한 공간의 이면은 무엇인가? 욜로는 의문이 들었다. 매일 아침 그는 산뜻한 녹색 수영복을 입고 책(여신에 관한 이야기와 고대 여신교의 완고함에 관한 이야기를 즐기는 자신의 모습에 기꺼워하면서)을 집어 들고 팔꿈치께 레모네이드를 한 주전자 따라놓고서 차양막 그늘 아래 털썩 주저앉았다. 그는 앉아서 지켜보았던 시신의 젊은 얼굴을 잊을 수가 없었다. 그리고 해안의 지역민 구역 쪽을 응시할 때면 마음이 덧없이 부유했다. 욜로는 여기 오기 전에 읽었던 내용 외에는 하와이에 대해 무엇 하나 아는 것이 없다는 사실을 깨달았다. 그때 읽었던 것들은 오로지 독자를 흡족한 관광객으로 만드는 목적에 충실한 책이었다. 생의 마지막을 욜로의 눈으로 확인했던 그 인생의 시작은 어땠을지 추측해볼 길은 없었다. 생각에 골몰하던 그는 마침내 졸음을 불러오는 바닷가 옆 그의 자리를 떨치고 일어나, 섬에 도착한 직후 빌려두었던 밝은 빨간색 자동차에 올라탔다.

빨간색을 사랑했기에 욜로의 차는 빨간색이었다. 그는 황소자리였는데, 그가 알고 있는 황소자리 사람들 역시 하나같이 빨간색을 좋아했고 빨간색 차를 가지고 있었다. 사실 그는 운전하는 동안 거리에 늘어서 있는 수많은 그의 친족들을 보면서 종종 위안을 느꼈다. 황소처럼 그들은 자동차 뒷바퀴를 홱 돌려서 차를 출발시켰고, 고속도로를 질풍처럼 달리기를 좋아했다. 자동차 앞유리 너머로 흘긋 보이는 풍경의 장막이 마치 투우사의 망토나 되는 것처럼 말이다.

한데, 어디로 가는 중이었나? 그는 알지 못했다. 호텔을 벗어나자마자 그곳은 하와이처럼 보이지조차 않았다. 주변에는 숨 막힐 듯이 대기를 뜨겁게 달구는 고화된 용암 분출물로 가득했다. 그곳을 지나 조금 더 가니 불타버린 듯 보이는 누런 초원에 이르렀고, 수분 후에는 울툭불툭한 소나무를 닮은 아이언트리 숲에 진입했다. 잠시 후에는 소 농장을 지나쳐 달리고 있었다. 푸른 잔디가 깔린 작게 구획된 땅은, 푸릇푸릇한 우표와 햇살에 반짝이는 미세한 물결무늬 구멍처럼 보였다. 해가 넘어가자 어느덧 그는 언덕에 올라 있었고, 지독한 안개는 비가 되어 내릴 참이었다.

차를 타고 산들바람처럼 상쾌한 작은 마을로 진입하려는 순간, 욜로는 자신의 차가 서행하는 긴 자동차 행렬 끝자락에 물려 있음을 발견했다. 제일 앞쪽 차가 옆길로 빠지고 있었다. 그도 따라서 방향을 틀자 아이들 그림에나 나올 법한 자그마한 녹색 교회가 나왔다. 몇몇 차들이 교회 주차장에 차를 대려고 우회하면서 라이트를 켰다. 장례식 행렬과 마주쳤던 것이었다.

속도를 죽이면서 그는 차에서 내리는 일군의 사람들을 응시했다. 제리와 죽은 그 젊은이의 형이 보였다. 놀랍기도 했고, 예를 다하려고 그는 자동차의 속도를 훨씬 줄이고서 길 가장자리에 주차했다.

이 세상이 잃은 것

이 세상이 잃은 건 할머니입니다. 아누누는 그렇게 말했다. 물론 이 세상에는 무수한 할머니들이 있지요, 그냥 할머니들은. 어떤 여성들은 간혹 감지하겠지만, 우리가 말하는 바로 그 할머니를 찾기란 불가능합니다. 우리에게 두려움을 주는 건 그 부재입니다. 그녀가 덧붙였다.

케이트가 말했다. 그런 부재라면 우리가 '그녀'를 제때 찾아내게 될까요?

그녀는 아누누의 책상 뒤편 창문 너머로 파랑어치 한 마리가 민달팽이를 쪼아대고 있는 모습을 지켜보고 있었다. 달팽이는 그녀가 본 중에 가장 컸고, 파랑어치는 신나게 먹이를 쪼는 중이었다. 이내 다른 새 한 마리가 와서 새들은 싸우기 시작했다. 다른 놈이 또 앉았고, 또 다른 놈이 왔다. 이윽고 전면전이 벌어졌다. 그런데 수없이 쪼아 붙여지던 민달팽이가 한창 혼란스러운 틈을 타 서서히 기운을 차리더니 도망가는 모습을 보고 케이트는 깜짝 놀랐다. 웃음이 났다.

아누누가 그녀 쪽을 바라봤다.

케이트가 말을 했다. 삶은, 단념이 너무 이른 자에게는 아무런 보상도 주질 않죠.

누군가 케이트에게 아누누가 예순다섯이라고 일러주었다. 그녀는 서른다섯쯤으로 보였다. 피부는 매끄럽고 생기 넘쳤으며 눈동자는 맑고 반짝였다. 몸은 강인하면서 나긋나긋했다. 어떻게 그럴 수가 있지. 케이트는 아누누를 유심히 뜯어보았다.

모든 여자들의 삶엔 할머니의 부재를 깨닫는 시기가 있어요. 아누누는 그렇게 말하고 있었다.

모든 여자들이라고요? 케이트가 물었다.

아누누가 답했다. 네. 흔치 않은 일인 데다, 대개는 그것을 다른 무엇이라고 착각하게 될 테지만 말예요. 어떤 여자들은 난데없이 말 꿈을 꾸기 시작할 거고요. 어떤 이들은 꿈속에서 온통 검은 황소들이 보일 거예요. 당연히 이런 꿈이 그녀들에게는 꽤나 충격적인 일일 테죠. 그녀는 웃으며 말을 이었다. 황소가 생명을 유지하도록 만드는 할머니의 능력을 가리키는 초기 상징이라 해도 말예요. 황소보다 앞서서 나타나는 건 암소였을 거예요. 어떤 여자들은 춤에 입문을 하는데 가르쳐주는 선생이 없기 때문에 추는 방법도 모르면서 춤을 추게 되죠. 그런데 음악은 마음을 빼앗길 만큼 낯익지만 따라하기는 불가능해요. 어떤 사람들은 물이 나오는 꿈을 꿀 거예요. 끝없이 드넓은 물. 그들은 배운 적이 없어 수영도 할 줄 모르는데 거기엔 배도 없을 거예요. 어떤 사람들에겐 꿈에 강이 나오기 시작할 거고요. 하지만 그 강들은 말라 있을 거고요.

제 꿈에 말라버린 강이 나오기 시작했어요. 그래서 배를 타고 콜로라도 강을 탔습니다.

그래서 '그녀'를 찾았나요? 아누누가 물었다.

케이트는 잠시 생각했다. 그 여정은 과거의 나를 비워내는 편에 가까웠어요. 수많은 내 옛날 삶들이 올라와서 문자 그대로 토해내면서, 협곡 그 깊은 곳에서 과거의 모습이 드러났죠. 어떤 의미에선, 이후의 삶의 단계를 위한 최후의 예행연습이었다고 하면 될까요? 여정의 막바지에 사람들과 함께 강에서 멀어져갈 때, 내 삶에 필요하지도 않은데 지금껏 지니고 있던 모든 것들이 헐거워져서 떨어져나간다고 느꼈어요. 경이롭게도 당신 같은 사람들이 속해 있는 삶의 이런 부분으로 스며들게 되었죠.

뭐가 경이로운 거죠? 아누누가 물었다.

언젠가 페요테(선인장의 한 종류로 마취성 물질 함유—옮긴이)나 버섯 같은 종류를 먹고서 여정에 들어섰을 때였는데, 당신들이 수백수천 년 동안 늘 거기에 있었다는 느낌을 받았어요.

정말인가요? 아누누가 말했다.

네. 케이트가 답했다.

내게 약이 더이상은 필요 없으리란 사실을 갓 이해하기 시작했던 건 그 기간 동안이었어요. 나는 그 기간 거의 내내 별달리 약도 복용하지 않고서 정신이 맑은 상태로 거기 누워 있었어요. 그러다 당신과 에노바를 흘긋 쳐다봤는데, 그 순간에 당신들이 머리에 깃털 장식을 쓰고 있더라고요.

깃털 장식이라고요?

그래요. 가지고 계시기는 한가요? 케이트가 물었다.

아누누가 웃음지었다. 아뇨, 이젠 하나 구해야겠는데요.

녹색과 붉은색, 자주색의 깃털들이었는데, 당신은 그 깃털 장식을 서양식 옷을 입은 기간보다 훨씬 오래 걸쳤어요. 시간이 그토록 혼재되어 있다는 사실이 내겐 경이로워요. 분명 우린 이런 일들을 예전에도 함께 했지 싶어요.

약의 효력이 사라졌다는 사실이 더이상 기묘하게 다가오지는 않았다. 아침이면 케이트는 간밤의 꿈을 기록해두려고 일찍 깨어 아침 보빈사나를 한 잔 마시고 강가로 목욕하러 걸어 내려갔다. 케이트는 피라니아나 악어에 대해서는 걱정하지 않고 오직 내면의 평화에만 몰두하기로 마음먹었다. 내면의 평화가 그녀 주변에 평화의 인력을 형성하리란 느낌을 갖게 되었다. 그런 마음으로 강물에 몸을 담그면 어떤 생물체도 그녀를 성가시게 하지 않으리란 느낌은 옹골찼다.

이엉지붕 아래서 케이트는 이제 더없이 필요한 존재였다. 어떤 특별한 일을 부탁받지는 않았지만, 그녀는 참석해야만 했다.

아르만도는 라리카가 슬퍼하는 이유를 케이트에게 물어보았다. 그리고 그녀가 한 남자를 죽였다는 얘기에 아연하고 어두워졌다.

나쁜 사람이었죠. 케이트가 말했다.

아르만도는 회의적인 눈치였다.

그 남자가 라리카를 겁탈하고 그녀의 친구도 강간하려 들었어요.

아. 그가 탄식했다.

원형 모임에서 케이트는 라리카가 치유약 기운에 젖어, 얼굴엔 눈물이 흥건한 채로 앉아 있는 모습을 지켜보았다.

살해한 후에 라리카와 친구는 도망치려고 했지만 붙잡혔고, 창문도 없고 비좁은 교외의 감옥에 갇혔어요. 둘은 붙잡히면서 경찰에게 얻어맞았고, 감옥 안에서는 간수들과 입소자들 모두에게 수개월 동안 정기적으로 강간을 당했어요. 감시 카메라가 두 사람의 감방에 설치되어 밤낮으로 감시당했고요. 경비 두 명은 구타와 야만적인 강간을 비디오에 담아서 시장에 내다 팔았어요. 감방 안에선 단 한순간도 사사로움은 허락되질 않았다고 해요. 마침내 그들의 상황에 대한 말이 새어나와, 다른 주에서 그들에게 법적 지원을 원조할 때까지 말예요.

라리카가 자신의 이야기를 케이트에게 털어놓으려 했을 때, 케이트는 말이 잠시 끊긴 동안 그녀에게 치료를 받은 적이 있었는지 물었더랬다.

라리카는 웃어보였다. 처음으로 보는 웃는 얼굴이었다.

지금 라리카는 케이트 건너편 바닥에서 몸을 뒤틀어대고 있었다. 마치 자신의 몸을 벗어나려는 것만 같았다.

케이트는 일어나 그녀 곁에 가서 무릎을 꿇었다. 그녀에게 노래를 불러주는 아르만도처럼, 그리고 나뭇가지를 태우며 자극적인 연기가 소용돌이쳐 뿜어나오도록 입김을 불어넣는 코스미처럼. 연기가 수의처럼 사람들을 뒤덮었고, 케이트는 그들에게서 무언가가 죽어가기 시작한다는 걸 깨달았다. 아르만도를 바라보며 허락을 구하자 그가 고개를 끄덕였고, 케이트는 라리카의 손을 잡았다. 손은 이미 죽은 듯 마르고 차가웠다. 라리카의 눈은 뒤집혀 있었다.

아르만도는 용서를 구하는 노래를 부르고 있었다.

용서를 갈구하는 이 누구인가?

고통을 통감하는 이 누구인가?

진실로 비상하려는 이 누구인가?

멀리 저 멀리

비처럼

자유롭고 온화하게

회귀할 수 있는 이 누구인가?

그건 '자기', 내 사랑,

내 흠모하는 이,

죽음의 지류를 통과해

삶을 향해

생명을 위해

지금도 달려가는 이

그건 '자기'.

허나 '자기'의

작고도 다정한 벗들인

우리 지금 여기에

우린 오직 '자기'만을

껴안고 있다오.

사랑하는 이가

돌아온다고

우린 말하고 있다오.

그는 이 노래를 되풀이했다. 매일 밤 저녁 식사가 끝나면 자신의 막사에서 케추아어 아니면 마야어 가사일 아르만도의 노래를 코스미의 도움을 받아 스페인어로 옮겼다가 다시 영어로 옮기면서 시간을 보냈던 케이트는, 아르만도의 그 온전히 아름다운 음성에 눈물이 샘솟았다. 아누누가 케이트를 위해, 녹음된 그의 목소리를 틀어주어 처음으로 들었을 때는 남자인지 여자인지 분간하지 못했었다. 나이가 아주 많은 사람이리라 짐작했더랬다. 하지만 그는 젊었고 겨우 사십대였다. 어떻게 그는 타인을 치유하려는 시도에 그토록 강렬한 확신을 갖게 되었을까?

이 세상이 너무나 뒤죽박죽이어서, 젊은이들은 자기들 내면의 고대인들을 불러일으키고, 늙은이들은 내면의 청년을 불러일으켜야만 하기 때문이었던 걸까? 영혼의 영역에서는 무슨 차이가 있는 걸까?

라리카가 말했다. 나는 그를 죽일 수밖에 없었어요. 그는 너무나 거대했어요. 내가 주먹으로 쳤지만 그는 코웃음쳤죠. 불알을 발로 찼는데 흥분된다 했어요. 자기가 어디까지 가는지 확인하고 싶은데, 그러려면 껌둥이하고만 가능하다고 했어요. 라리카가 그녀의 눈을 슬피 바라보며 말했다. 케이트, 그게 무슨 뜻인가요?

스스로 승자라고 느끼기 위해서 영원한 희생자가 필요하다 생각한 거죠. 그는 자신이 유색인종과 동등한 조건으론 불가능하다고 본 거예요. 그가 질 거라고 말예요. 정식으로 말하자면 그는 열등감에 빠져 있었던 거죠. 케이트가 답했다.

둘은 라리카의 오두막 바깥 자리에 앉아 있었다. 라리카는 크림빛 도는 흰새익 섬세한 코바늘 하나를 여기 아마존에 가지고 왔다. 그녀는 얘기하는 동안에도 쉬지 않고 뜨개질을 했다. 매끄럽고도 묵묵한 손놀림이었다. 라리카가 케이트에게 말했다. 이번 여정에서 살아남으면 머리를 밀어버릴 거예요. 삭발에 적응할 때까지 이 조그만 뜨개 모자를 쓰고 다닐 거예요. 라리카는 생각에 잠겨 말을 이었다. 이건 눈물 한 바가지로 짠 거지만, 내가 살아남으면 햇살이 눈물을 말려줄 테니까요.

눈가에 눈물이 맺힌 채 케이트는 미소지었다.

자기만의 의식을 창조하고 자신만의 작은 이행에 방점을 찍고, 자신들 고유의 하루살이 성찬을 올린다는 건 너무나 여자다운 일이라고 케이트는 생각했다. 그녀는 뺨에 흐르는 눈물 한 방울을 받아 몸을 숙여서 라리카의 계획 속으로 밀어 넣었다.

이제 우리 둘의 눈물이 되는 거군요. 그녀가 말했다.

라리카가 울음을 터뜨렸다.

우리 둘이 언제나 함께 할 거라는 생각에 왜 눈물이 나죠? 케이트가 물었다.

사르티에가 떠올라서 그래요. 라리카가 답했다.

교회 밖의 장례객들

교회 밖의 장례객들은 무언가를 기다리는 눈치였다. 욜로는 자신의 차 뒤쪽에서 무개 트럭을 주차하던 신부를 사람들이 기다리는 거라 짐작했다. 뻔뻔하게 빨간색 차를 끌고 온 걸 후회하면서, 머리칼이 희끗한 중년의 백인 남자 신부가 발에 걸려 넘어지지 않게 의복 자락을 조심스레 쥐면서 트럭에서 내리는 모습을 지켜봤다. 신부는 모인 사람들과 인사를 하고 간간이 멈춰 서서 몇몇 이들과 담소를 주고받으며 육중한 걸음새로 교회 안뜰에 들어왔다. 욜로는 자신의 참석에 대해 뭔가 설명이라도 해야 할 듯 신부를 쳐다보다가, 모여 있던 사람들을 따라 길 아래로 고개를 돌렸다.

다들 쳐다보고 있는데, 멀리 윙윙거리는 소리가 들렸다. 누군가가 오토바이를 타고 다가오는 모습이 이내 욜로의 눈에 들어왔다. 산들바람이 부는 따스한 날이었는데도 그 사람은 갈색 보머 가죽 재킷에 검은 바지를 입고, 검은 가죽 장화를 신고 있었다. 그녀의 굽이치는 머리칼은 바람에 나부껴 얼굴에 달라붙었다. 욜로는 눈을 비볐다.

그는 옛 여자친구 알마가 20년 전 마지막 봤을 때보다 눈에 띄게 몸이 불은 모습으로 오토바이에서 내리더니 재킷의 지퍼를 내리고 손을 집어넣어 자그만 은 항아리 하나를 꺼내 드는 모습을 지켜봤다. 촛불이라도 되는 듯 항아리를 고이 들고서 그녀는 사람들의 행렬을 교회 안으로 이끌었다.

욜로는 더이상 휴양지의 엽서 같은 풍경 속에 들어앉아 있을 수가 없었다. 반바지에 가벼운 셔츠보다 뭔가 적당한 옷을 입지 않은 걸 후회하면서 그는 허청거리며 차에서 내렸고, 이런 상황에서 알마를 만나는 것을 기막혀하며 교회로 걸음을 옮겼다.

들어가서 그는 맨 뒷자리에 앉았다. 알마는 그녀 쪽으로 다가오는 사람들과 일일이 애정 어린 인사를 나누는 중이었다. 많은 이들이 그녀를 안아주었다. 알마는 마지막 만났던 이후로 세월에 찌들고 상해 훨씬 나이 들어 보였다. 놀랄 만큼 냉담한 느낌을 주는 모습이었다. 알마는 불쑥 몸을 틀어 한 발을 가만히 들어 올리더니 항아리를 조심스레 내려놓았다. 욜로는 그녀가 제단 위에 항아리를 놓는 모습을 지켜봤다. 죽은 젊은이가 그녀의 아들이었나 하는 생각이 들었다.

과다 복용 때문이었지, 물론. 나중에 알마의 집 베란다에서 함께 맥주를 홀짝이면서, 알마가 욜로에게 말해주었다. 알마는 덩굴같이 무성하고 산만한 집에서 살고 있었다. 집 한가운데로 내려가는 넓은 회랑은, 대양을 향해 트인 바람길이었다. 정말 섬 전체를 가로지르는 바람이 끝도 없이 그곳으로 넘나들었다. 잿빛이라곤 한 가닥도 눈에 띄지 않는 알마의 흑단 같은 머리칼이 미풍에 나부끼며, 농익어 가지에서 떨어진 망고 향기와 꽃향기에 휘감겼다.

여기 이렇게 당신하고 함께 앉아 있다니 여전히 믿기지가 않는군. 욜로가 말했다. 게다가 당신 아들 옆을 마지막으로 지켰던 사람들 가운데 내가 끼여 있었다는 것도. 그 아이는 무척 잘생겼더군. 그가 덧붙였다.

알마는 한숨을 내쉬더니 담배를 빨아들였다. 그녀는 재킷과 바지를 벗었고, 이젠 파레오와 민소매 티셔츠만 걸치고 있었다. 그녀의 짙은 눈은 울어서 부어 있었다. 입술에서 담배를 떼어놓는 그녀의 손이 떨렸다. 그녀 바로 뒤에 있는 벽에는 커다랗고 빛바랜 제임스 딘 포스터가 붙어 있었다. 언제나처럼 제임스 딘은 고민과 불안에 절어보였다.

알마가 욜로의 시선을 뒤쫓았다.

우리 아버지는 제임스 딘을 흠모했어. 아버지는 꼭 그이처럼 되고 싶어했지.

뭘? 엉망진창에 엿 같았던 인생을? 아니면 게이였던 걸? 욜로가 생각 없이 내뱉었다.

옛날의 알마라면 웃어젖혔을 터였다.

대신 그녀는 맥주를 벌컥였고, 가지고 있던 맥주가 바닥을 보이자 또 한 병 뚜껑을 땄다.

그 사람처럼 돌아가셨지. 그녀가 말했다.

설마. 욜로가 말했다.

벼랑에서 오토바이를 타고 달렸지. 바다 속으로,

정말?

내가 입고 있는 이게 아버지 재킷이야. 오토바이는 내가 샀지만.

그게 그렇게 맘에 들어?

알마는 어깻짓했다. 이건 내 예복이야. 그녀가 털어놓았다. 당신이 살던 곳 식대로 하자면 턱시도나 마찬가지지. 아버지의 영향이 살아 있는 중요하고 특별한 경우엔 언제나 이 옷을 입어. 엄마는 내가 세 살 때 돌아가셨지. 어머닌 하와이인이었어.

아버지는 아니셨어? 욜로가 놀라며 물었다.

독일에 포르투갈 혼혈이셨어. 그녀가 답했다. 다른 쪽도 틀림없이 섞였을 테고. 하와이인이 얼마나 뒤섞인 이들인지 당신도 알잖아. 하지만 여기 사람들은 그 두 혈통이라 주장하면서 거기다 갖다 붙이려고 애썼지.

둘은 베란다에 놓인 버드나무 공예품 소파에 앉아 있었다. 욜로는 담배 한 대에 새로 불을 붙이고 피우던 꽁초는 앉은 자리 앞의 탁자 위에 놓여 있던 몽구스(사향고양잇과의 육식 동물—옮긴이) 모양의 재떨이로 던져 넣었다. 해충인가 뭔가를 없애려고 섬에 들여온 동물이 몽구스라는 설명을 관광객 안내 책자 어디에선가 읽은 기억이 났다. 하지만 그 해충은 낮 동안에 잠들고 몽구스는 밤에 잠들거나, 아님 그 반대이거나 했단다. 그리하여 둘은 결국 친구가 됐고, 늦은 오후에 잠깐이나마 서로 손을 흔들고 인사를 한다는 것이었다. 덕분에 섬에는 몽구스들이 들끓게 되었고, 사람들이 기르는 닭까지 먹어치운다고 들었다.

그들은 마치…… 감독관 같았어, 정말로. 알마가 말을 이었다. 분리된 계급이었지. 그 사람들은 땅을 사지 않고도 차지하는 이들이었어. 이를테면 우리 엄마 쪽 사람들인 하와이인들에게서, 그들의 공유지를 빼앗고 사람들은 대농장에 노동력으로 배치하는 식으로 말이야. 아버지로 말하자면 어린 백인 소년이 바랄 만한 건 무엇이든 가졌지. 옷이며 돈이며 자동차에 오토바이까지. 유감스럽게도 아버지가 원한 건 오직 제임스 딘이 되는 거였어. 영화 딱 한 편만 보고서 말이야.

욜로가 웃었다.

여기선 아버지 같은 사람이 선택할 수 있는 역할 모델이 보잘것없기 때문이야. 열대 지방에서 태어나긴 했지만 불같은 기질에 열광적인 유럽인이었으니까. 본토에 갔을 때마다 만나는 사람들마다 보나마나 아버지가 얼마나 운이 좋은지 얘기해댔을 게 뻔하지. 하와이인이라는 것만으로도, 그저 하와이에 산다는 것만으로도, 낙원에 있는 것과 같다고. 〈이유 없는 반항〉이라고? 당연한 거지.

격한 한숨을 내쉬며 그녀는 전화를 받으려 일어섰다. 그들이 도착한 이후로 내내 벨이 울리고 있었다. 알마는 전화를 받고 나서 시원한 맥주 두 병에 회 한접시를 가지고 왔다. 그녀의 발 근처엔 이미 빈 병이 세 개나 놓여 있었다. 지금은 뜨뜻미지근해지긴 했지만 욜로의 병엔 여태 절반이나 남아 있었다. 그는 알마가 건넨 시원한 코로나 한 병을 들어 이마에 대고 문질렀다.

그 사람들은 아버지를 늘 입에 달고 살던 '동부로', 그러니까 대학에 보내고 싶어했어. 아버지가 학교나 학업 따위를 지긋지긋해한다는 건 안중에도 없었어. 그 사람들은 '동부로' 나가면 아버지가 자기와 비슷한 여자를 찾을 거라는 심산이었던 거야. 하지만 아버지처럼 다시 고향으로 돌아온 사람들도 많았을 거야.

찌푸린 알마의 표정을 보며 욜로는 미소지었다.

부모님이 그러셨구나. 그가 말했다.

글쎄, 아버지는 여자를 사귀려 들지 않았어. 조부모가 알아챈 건, 아버지가 파인애플 농장 너머에 있는 순수 혈통의 하와이인 미녀 한 명을 찍어두었고, 그녀와 혼인하고 싶어했다는 거였지. 올레! 사단이 났어. 알마가 낄낄거리며 웃었다. 하지만 때는 너무 늦었어. 이미 내가 뱃속에 들어서, 태어날 예정이었거든.

근데 무슨 약을 과다 복용한 것 같아? 욜로가 절반이나마 남은 맥주는 단념하고 갓 내어 온 시원한 병을 들이켜며 물었다.

아마 아이스일 거야. 그녀가 답했다. 얼음으로 얼린 필로폰이지. 근래 들어 이 섬을 파멸시키는 마약이야. 수많은 젊은 애들이 거기 중독됐어. 그건 뇌를 태워버려. 달걀 굽는 것과 거의 흡사하지. 마샬은 바늘로 찌르는 걸 끔찍이 싫어했거든. 그녀는 앞에 놓인 작은 나무 탁자 근처 서랍장에서 말보로 한 갑을 새로 꺼냈다. 알마는 담뱃갑을 찢고 담배 한 대에 불을 붙이며 말했다. 걔가 겁도 없이 그걸 하기 시작한 거야.

대양을 내다보며 둘은 말이 없었다.

그게 어디서 났지? 욜로가 물었다. 여긴 섬이잖아.

그녀가 그를 무심하게 바라봤다. 다른 것들과 마찬가지야. 배로 들여오는 거지.

거대한 여자

자연스레, 우리의 유일한 희망은 기도밖에 없다는 걸, 시련을 겪으면서 깨닫게 되었어요. 라리카가 말했다. 내가 사르티에에게 물었어요. 너는 신을 믿니? 그녀는 믿지 않는다고 했어요. 우리는 이 문제에 대해서 조금 의견을 나눴죠. 우리에겐 시간이 얼마 없었어요. 교도관들이 우리를 감방에서 내보내고는, 뜰에서는 오직 15분 동안만 머물 수 있게 했거든요. 그때가 낮에 서로의 얼굴을 보는 유일한 시간이었어요. 그때쯤엔 내 삶보다 그녀를 보는 걸 더 좋아하게 됐죠. 그녀는 몸집이 크고 듬직한 엉덩이에 가슴이 풍만하며 느긋한 미소를 짓는 여자였어요. 우리 둘 다 감방 안에서는 그다지 웃지 않았죠. 대부분 멕시코 출신인 다른 이주 노동자들과 함께 들판에서 복숭아를 주우며 만났어요.

우리에겐 기도드릴 누군가가 필요했어요. 그녀가 말했다. 예수는 어떨까? 그는 고통받았잖아. 내가 제안했죠.

그럴지도 모르지. 그렇게 말하긴 했지만, 그녀의 음색은 예수가 그다지 당기지 않는다는 투였어요. 예수에겐 아버지가 있잖아. 그녀가 나를 건너다보며 말했어요.

그 전에 다른 수감자 한 명이 우리에게 《제트》지를 빌려줬어요. 《제트》지가 흑인들의 나쁜 점과 변변찮은 장점을 소개하는 잡지라는 거 아시잖아요. 그런데 그 호에 사르티에 바르트만 이야기가 소개됐죠.

그래요? 케이트는 놀랐다. 《제트》지가 무슨 할 말이 있었을까 의심하면서.

그냥 수박 겉핥기였죠. 라리카가 말을 이었다. 어떤 이가 남아프리카에서 사르티에를 데리고 와서, 그녀의 몸이 '기형'이라며 전시회에 내놓은 이야기였어요. 그녀 종족에선 그런 몸이 표준이었는데 말예요. '호텐토트의 비너스'라는 별칭을 붙여서 강제로 의심 많은 온 유럽인들의 구경거리로 만든 내력에다, 그녀가 출산 중에 죽었고 아기는 뚜껑 열린 관 안에 방부처리되어 아직까지 유럽을 순회하며 끌려 다니고 있다는 둥, 그녀의 신체가 조각조각으로 잘리고 염장처리되고 항아리에 담겨서 파리의 박물관에 들어가게 되었다는 둥 하는 내용이었지요.

기가 막히네요. 케이트가 말했다.

별것도 아니라고 우린 생각했어요.

학대받던 중에 그걸 읽었던 때문이겠죠. 케이트가 말했다.

바로 그거예요. 라리카가 맞장구쳤다. 둘은 강물이 범람할 때 길쪽으로 밀려 올라가 자리잡은 통나무에 앉아 있었다. 아르만도 말에 따르면 시월에는 비가 오지 않는다긴 했지만, 당장이라도 비가 내릴 기세였다. 하늘엔 습기 먹은 먹구름이 가득했다. 바람 한 점

없었고 열기는 숨 막힐 듯했다.

사르티에 바르트만에 관해 읽고선 한 주인가 얼마 후에 우리 꿈에 그녀가 나왔죠. 글로리아가 먼저 꿈을 꿨어요. 글로리아는 그 친구의 옛날 이름이에요. 그녀가 내게 달려와서 말하는 거예요. 간밤에 내가 누굴 봤는지 맞춰봐. 그짓거리 중간에……. 글로리아가 말을 채 마치지 않았는데, 나는 그게 무슨 말인지 알아먹었죠. 글로리아가 말하더군요. 심지어 나는 잠도 안 들었는데《제트》지에서 봤던 그 여자가, 그녀가 있었어.

나는 그녀를 거의 잊고 있었죠.《제트》지의 무슨 여자라고? 내가 물었어요.

사르티에 말이야. 그녀가 답했죠. 몸이 잘렸던 그 여자 있잖아. 글로리아가 얼굴을 찡그리더군요. 우리를 붙잡았던 이들이 종종 칼로 우리를 위협했거든요.

아. 나는 알아들었어요.

그녀가 내 방 한가운데 나타났다니까. 간수 한 놈은 내 위에서 그러고 있었고 다른 놈은 그걸 비디오로 찍으려 들던 중이었어. 너무나 현실 같아서 그치들이 그녀를 못 본다는 사실을 믿을 수가 없었다니까. 우린 눈빛이 부딪쳤지. 글로리아가 말했어요.

뭘 한 거야 대체! 너, 약 하고 있구나. 나는 그렇게 말했죠.

정말이라니까. 그녀가 기뻐 날뛰며 말했어요. 너도 거기 함께 했어야 했는데!

그러곤 어떻게 됐어? 내가 물었죠.

글로리아는 꿈꾸는 어떤 시선으로 하늘을 올려다보며 말했어요. 그녀는 뭔가가 들어 있는 항아리 하나를 들고 있었어.

아하. 나는 글로리아를 놀리느라 그렇게 내뱉었죠.

너무나 사랑스런 표정을 지었어. 아, 그 표정은 내게 곧장 스며들었지. 글로리아는 짧게 쓴웃음을 지었어요. 놈들은 내가 자기들한테 반응하고 있다고 생각하더라고.

나는 손가락을 목구멍으로 집어넣어 토하는 시늉을 했어요.

정말이야. 그녀가 말했어요.

우린 시간이 얼마 없었지요. 그 항아리 안에 뭐가 있었어? 내가 물었어요.

모르겠어. 그녀가 답했어요. 꼭 엄마 같은 얼굴을 한 그 여자 얼굴을 보느라 정신이 팔려서. 자기 아이를 바라보는 엄마 같았어. 그냥 아이 말고 제일 좋아하는 최고의 자식 말이야. 그러고선 그녀가 그 항아리를 자기 가슴께로 들어 올렸는데, 그녀의 심장 속으로 사라져버리는 거야. 글로리아는 그렇게 말했죠.

어쩌면 그녀가 내게 그 얘기를 해줬기 때문이었을 거예요. 라리카는 하늘을 한 번 응시하더니, 비를 기다리며 예사로이 느긋하게 흘러가던 강 쪽으로 시선을 돌리며 말했다. 바로 그날 밤에 사르티에가 내게 온 거예요. 그때쯤 간수들이 우리를 농락하려고 서로 씨름하고 있었죠.

그들 중에 두 놈이 서로 자기 차례라며 싸우고 있는 동안 그녀가 내게 왔어요. 내 눈에는 낯선 의상을 입고 있었지요. 노란색 풀로 만든 치마와 아름다운 장미빛 망토, 그리고 둥글고 커다란 붉은색 모자 차림이었어요. 그리고 마치 내게 건네주려는 것처럼 손으로 유리 항아리를 쥐고 있었어요. 오직 내게 보여주기 위해서, 꼭 그러기 위해서 말예요. 그녀의 표정이 나를 사로잡았어요. 엄마가 없기 때문에 우리 엄마가 나를 위로하려고 감옥 안에 간신히 들어온다면 그런 표정을 지을지 어떨지는 나는 몰라요. 하지만 사르티에의 얼굴에 드러난 표정은 사랑 그 자체였어요. 너무나 엄청난 일이라, 나는 간이침대에서 발가벗긴 채로 누워 있다는 건 몽땅 잊은 채, 글로리아가 그랬던 것처럼 그녀와 눈을 마주쳤죠. 그녀는 거대한 여자였어요. 거대한 유방에 거대한 엉덩이. 모든 게 그랬던 것 같아요. 조그만 유럽인들이 처음 그녀의 알몸을 보고서 틀림없이 두려웠을 거라고 충분히 짐작할 수가 있었죠.

그녀는 그렇게 풍만한데, 왜 있잖아요, 젖가슴과 엉덩이와 음부가 말예요. 왜 자기네들은 그렇게 작은 거지?

케이트가 싱긋이 웃었다.

에이, 저년이 맛이 갔어. 간수 한 명이 그렇게 말하더군요. 내가 의식을 거의 놓을 지경이었으니까요. 놈들이 내게 찬물을 끼얹었어요.

기이한 비가 마침 내리는 참이었다. 거대한 빗방울이 멀찍이 간격을 두고 떨어지는 것이었다. 케이트는 한번도 이런 비는 보지 못했다. 비 한 방울이 그녀의 머리 위로 떨어지더니, 마치 그 지점의 물방울들이 죄 연결되어 있기나 한 것처럼 똑 똑 꾸준히 떨어져 내렸고, 호스에서 방울져 내리는 물처럼 또 다른 긴 빗방울이 그녀의 발 위로 떨어졌다. 그녀와 라리카는 말없이 빗물이 그리는 모양새를 곱씹었다.

어쩌나, 움직여야 할 텐데요. 라리카가 마침내 입을 열었다.

알아요. 케이트가 답했다. 그저, 그러고 싶지 않을 뿐이에요.

저도 그래요. 라리카가 답했다. 그녀는 통나무 위에서 좀더 편안한 자세를 잡으며 커다란 빗방울의 흐름 아래 머리를 가만히 갖다 댔다. 이윽고 그녀의 얼굴과 어깨가 빗물로 빛났다. 엄청난 소리에 자리를 뜰 뻔하게 만들었던 우레의 진원지는 숲인 듯했다. 그칠 사이 없는 바람이 다리 근처에서 소용돌이치기 시작했다. 번개가 하늘을 가르며 그들 주변을 환히 밝혔다.

계속할까요? 케이트가 물었다.

좋아요. 라리카가 답했다. 그녀는 이야기를 이어갔다.

그때부터 우리는 간수들 앞에서 사라져버렸어요. 놈들과 싸우지 않았죠. 그들을 저주하지도 않았어요. 그들을 무시하려고도 하지 않았어요. 예전에 했던 그 모든 것들을 말예요. 그들은 자기네가 원하는 대로 우리 몸을 짓밟았지만, 우리는 날아가버렸어요. 펑퍼짐한 그 풀치마 속으로요.

케이트는 미소지었다.

그 커다랗고 붉은 둥근 모자 속으로요.

케이트가 웃음지었다.

가시로 만들어진 것 같은 그 장미빛 망토 속으로요.

어머나. 케이트가 한마디 했다.

라리카가 말했다. 그건 흑인 유모의 망토였어요. 정말 가시로 만들어졌죠. 하지만 그게 예수랑 관련이 있는 건지에 대해선 신경 안 써요. 게다가 망토를 만졌는데 가시에 찔리지 않았거든요. 가시는 꽃잎처럼 부드러웠어요. 집처럼 아늑한 망토였죠.

글로리아와 나는 알았어요. 우리의 구세주를 찾았다는 걸 말예요. 기도드릴 누군가를. 내 기도에 응답해주는 누군가를.

라리카는 웃었다. 쓰디쓴 기운이나 유감이 섞이지 않은 환한 웃음은 처음이었다.

　어느 날 글로리아가 나를 사르티에라고 불렀어요. 그리고 그날부터 내게는 절대 다른 이름을 쓰지 않았지요. 나 또한 그녀를 사르티에라고 부르기 시작했어요. 마치 우리가 하나의 사랑스럽고 영원한 존재의 두 가지 표현인 것처럼, 우리 모두 한 가지 이름을 지닌 것처럼, 우리는 서로를 그렇게 불렀죠. 우리는 '그녀'에게 기도하기 시작했어요. 《제트》지를 통해 우리에게 다가왔던 사르티에에게. 우린 그녀를 성인으로 명했죠.

　그때쯤 그들이 앉은 통나무는 이미 빗물에 미끄러워졌고 번쩍거리고 있었다. 거대한 빗방울 하나가 수백만의 다른 물방울들에 합해져서 우박처럼 그들에게 세차게 퍼부었다. 천둥은 계속해서 울리고 번개는 매섭게 하늘을 갈랐다. 라리카는 퍼붓는 비에 몸을 맡기고 눈을 꼭 감고서 얼굴을 들더니 가슴으로 그것을 받았다. 이렇게 엄청난 폭풍 속에 있다니. 그녀가 케이트에게 얼굴을 돌리며 마침내 말을 꺼냈다.

　우리 둘이 함께 말예요. 케이트가 답했다. 라리카의 얼굴에 흐르는 빗물 때문에, 그녀가 그 말에 눈물이 솟았는지 어쨌는지 분간해낼 수는 없었다. 하지만 그러지 않았다는 생각이 들었다.

나는 평화란다

나는 평화란다. 할머니가 말했다. 어떤 존재라도 나를 위해 죽어선 안돼요. 담뱃잎도, 포도나 사탕수수도. 물론 인간도. 그리고 나도! 그녀가 웃으며 덧붙였다. 여러분들이 원형으로 둘러앉을 때면, 이걸 잊지 않도록 얼굴에 예이지를 칠하세요.

환상의 방

제임스 딘은 하와이인 남자들이 동일시할 수 있는 유일한 미국 남성이었어. 어쩌면 그가 자그마해서인지도 모르지. 어쩌면 그을은 피부색 때문인지도. 그의 걸음새는 신발에 익숙지 않은 하와이인 같았어. 존 웨인이나 프레드 어스테어 같은 배우는 우리 할아버지나 그 패거리들만이 떠올릴 수 있었겠지. 내 짐작은 그래. 알마가 말했다. 우리는 여기 태평양 한가운데, 미국과 일본의 중간 지점에 있어. 그들은 우리를 놓고 싸우고 있지. 우리를 원했기 때문이 아냐. 그들은 땅을 원했던 거야. 그 땅 때문도 아니야. '전략적 목적'이라고 부르는 이유 때문이지. 미국인들은 우리가 우리 언어로 말하는 걸 불법으로 만들었어. 그들은 방해하고 체포하고 제거했지, 우리 여왕을.

여느 관광객처럼 욜로는 하와이의 여왕에 대한 흐릿한 기억만을 지니고 있을 따름이지 어느 하나 또렷하게 떠올리지는 못했다. 그녀의 이름조차도.

릴리우오칼라니 말이야. 알마가 말했다. 그가 몰랐다는 사실에 속상했겠지만 그녀는 자신의 감정을 털어놓지 않았다.

그녀는 한갓 정치가만은 아니었어. 멋진 여왕이었지. 알마가 말했다. 그녀의 경우에 '여왕'이란 하와이인들의 어머니를 의미했으니까. 굉장한 작곡가에 시인이기도 했어.

그래? 욜로가 물었다. 담갈색 그 호텔의 황량한 오두막 같은 자신의 방이 퍼뜩 떠올랐다. 짙은 황록색과 흰색으로 장식되어 있는 방. 에어컨이 돌아가는 편안한 그 방. 그러나 그 방에는 여왕의 위엄이 서린 자주색이나 하와이의 과거를 엿볼 만한 실마리는 없었다. 버몬트에서도 똑같은 호텔에 머무를 수가 있었으리라.

알마는 잠시 양해를 구하더니 커다란 액자에 든 릴리우오칼라니의 포스터를 가지고 돌아왔다. 욜로의 할머니 얼굴을 생각나게 하는 온화한 낯빛의 커다란 얼굴이 보였다. 알마는 미국인들이 여왕을 가택연금하고서 자리에서 물러나지 않으면 전쟁을 치르게 하겠다고 협박했던 과정을 설명해주었다. 여왕은 왕좌를 포기했다. 자신이 원하면 하와이인들은 전쟁도 불사하리란 사실을 잘 알고 있었고, 그들이 죽어가는 걸 바라지 않았기 때문이었다. 여왕의 저택을 에워싼 채 사람들은 밤새 눈물을 흘렸다. 수많은 하와이인들은 그들의 넋이 그때 죽어버렸다고 느낀다며, 알마는 한숨을 내쉬곤 말했다. 게다가 미국인들이 들여온 질병으로 인해 수백만의 하와이인들이 이미 죽어가고 있다고.

우린 '합병'됐지. 알마가 씁쓸하게 내뱉었다. 커다란 집에 있는 작은 방 하나처럼. 그래, 우리는 환상의 방이었고, 그렇게 변해갔어. 그녀가 덧붙여 말했다. 지구상의 다른 모든 인간들이 미국인에게 진저리를 칠 때, 그들이 갔던 장소. 갓난아이 놀이터. 개인적으로 난 릴리우가 자신의 고귀한 희생의 결과를 보지 못한 걸 무척 감사해하고 있어.

둘이서 사진을 응시하는 동안, 알마가 새 맥주병 하나를 열었다. 여왕을 욜로의 손에 남겨둔 채 그녀는 담배에 불을 붙이려고 탁자로 몸을 숙였다.

마후스족은 믿는다

우리 마후스족이, 선조들에게서 아주 특별한 책무를 부여받았다고 믿어요. 우리는 비록 남자로 태어났지만, 여자의 삶을 살아내야 하지요. 왜 그럴까요? 다들 '아줌마'라고 부르는 기품 있어 보이는 그이가 질문을 던졌다.

사람들은 야자수잎과 갈대로 이어놓은 둥근 지붕 아래 원형을 이뤄 앉아 있었다. 그들 아래로 야트막한 내리막길이 한 마리 뱀같이 파리한 좁은 간선도로를 향해 이어졌고, 너머로는 어두운 비취 색깔의 대양이 펼쳐졌다. 생기 넘치는 망고색 보름달이 파도를 비추며 바다 깊이까지 빛을 발했다. 아줌마의 뜰에는 연노랑빛 학교 버스들이 잔뜩 주차해 있었다. 욜로 내면의 화가가 어느새 화폭 하나를 불러내어 그림을 완벽하게 채워 넣었다. 그러면서도 욜로는 말 한마디 한마디에 귀 기울였다.

폴리네시아 세계의 일원인 우리는 행운아들이에요. 아줌마가 말을 이었다. 왜냐하면 이 세상의 다른 지역에선 우리 같은 마후스족이 누구이고, 누구였으며, 지금 이 순간, 이곳 지구에서 어떤 의무를 수행할 건지 더이상은 몰라요. 그건 잘 알려진 사실이에요.

남자들의 원형 모임 때면 늘 이 연설이 빠지지 않는 것 같았다. 욜로는 주위를 둘러보았다. 알마가 마후스족 얘기를 해줬지만, 그이들이 존재할 수나 있을지 의문이 들었다.

존재해. 누가 우리에게 홀라를 가르쳐줬을 거라 생각해? 그녀가 코웃음쳤다. 사실 홀라를 정식으로 배우고자 나선 모든 젊은 여자들에게 홀라를 가르쳐준 이도 바로 그 사람, 펄루아 아줌마였다. 정식으로라는 말은 전통적인 방식을 뜻했다. 할리우드 영화에 나오는 홀라나 언젠가 알마가 파티에서 강요에 못 이겨 췄던 그런 홀라가 아니라.

그런 때가 있었다오. 아주 오래전, 여성이 지배했던 시기. 펄루아 아줌마가 말하고 있었다. 하긴, 우리들에겐 그다지 힘들여 이해해야 할 만한 일은 아니죠. 최근까지 하와이에는 여왕이 있었으니까. 릴리우오칼라니 여왕 말입니다. 모성 지배가 주요한 삶의 방식이던 때는 수천 년 전이었어요. 그때는 초기 하와이인들이 살던 여기뿐만 아니라 다른 어느 곳에서도 마찬가지였다오. 최초의 하와이인들은 작고 검었는데, 죽어나가기도 했고 또 큰 키에 어떤 면에서는 풍채가 무척 빈약한 타히티인과 섞이기도 했어요. 아줌마가 말을 멈추더니 그녀 옆 자리에 놓여 있던 부채에 손을 뻗었다. 우리는 그들두 종족의 일부이며 게다가 그 이상이니, 사실 불평할 일은 없다는 생각이에요.

이건 신화적일 만큼 오래전 일이에요. 마후스라는 우리의 기원이 말이죠. 하지만 우리는 오늘날에도 살아남아 이어나가고 있고, 그러하니 우리가 신화는 아니라는 걸 우리는 알지요. 이윽고 우리는 여성들의 폐위와 노예화를 보게 되는 입장이 되었어요. 그 때문에 아이들도 황폐해졌지요. 너무나 끔찍한 일이었기에 우리는 여성이 합당한 자리를 되찾을 때까지 여성의 삶을 살아야겠다고 마음먹었던 겁니다. 그러니까 우리의 본성 중에서 여성적인 면모를 드러내 놓고 살아가게 되었고, 때로 여성적인 면모란 우리도 알다시피 '남자'로 태어나든 '여자'로 태어나든 날 때부터 부여받는 주요한 본성이에요. 아줌마가 목을 가다듬었고, 욜로는 그녀의 손톱에서 어둑한 자주색 기미를 보았다. 또 턱에선 눈에 띄는 옅은 수염자국을 확인했다. 그녀는 풍성하고 원숙한 음성으로 말을 이어갔다. 더불어 우리는 아이들의 보호자가 되기로 맹세했다오. 여러분들이 보시는 마후스족 대부분이 아이들을 가르치고 먹이고, 어떻게 해서든, 주차된 학교 버스에서 팔을 걷어붙이고 청소하고, 아이들을 돌보는 이유가 바로 그것입니다. 그들은 우리에게 소중한 존재이니, 우린 오래전에 그들을 돌보리라 신성한 맹세를 했지요.

욜로는 속으로 감탄하며 생각했다. 와, 어떤 사람들은 그저 하릴없이 텔레비전이나 보고 있는 이 세상에서 이런 일들도 벌어지고 있구나.

아, 그건 신화를 해석하는 아줌마의 방식이야. 나중에 욜로가 알마에게 그 이야기를 전해주자 그녀가 말했다. 어쩌면 아줌마가 지어냈을 거라고.

하지만 그렇게 흥미로운 히피 신화라면……. 욜로는 그렇게 생각했지만 알마의 회의적인 태도를 고려해서 입 밖에 내지는 않았다.

지하의 호수

뼈였다, 언제나. 그들의 전언은 그것이었다. 그이들이 세대에 세대를 이어가면서, 세대를 거듭하는 여기 사람들에게 얘기한 것도 이것이었다.

그의 이름은 휴였다. 케이트는 휴라는 이름을 가진 이는 만나보질 못했다. 어떻게 아기에게 무방비에다 앙증맞고 생소한 휴라는 이름을 지어줄 수가 있었을까? 케이트는 이것 역시 '세대들'과 관련 있을지도 모른다 생각했다. 그런데 정말 그랬다.

서부 이주 초반기에는 인디언들을 쓸어내고 토지를 뺏고 그들을 내쫓으면서 자기네가 감당할 만큼 넓은 땅에 정착할 수가 있었지요. 휴가 말했다. 얘기를 나눴던 농장주들은 하나같이 비슷한 사연을 가지고 있었어요. 농장주가 어찌어찌 전말을 털어놓아서 얘기를 들을 기회가 생기면 말입니다. 그는 강을 바라보며 말을 멈췄다. 그리고 한숨을 내쉬었다.

봄철엔 강물이 흐릅니다. 여름엔 말라버리거나 지하에서 흐르죠. 그가 말했다.

그럼 강들이 실은 말라붙은 게 아닌가요? 케이트가 말했다. 그녀는 지하에서 강이 흐른다는 생각을 좋아했다. 인격의 면면이 소진되고 무미건조하고 말라버린 듯 보일 때에도, 인간들에겐 맑고 깨끗한 지하의 자아들이 늘 흐르고 있다는 생각을 케이트는 하던 참이었다.

그런 것 같습니다. 휴가 답했다. 실제 초기 이주자들 일부는 물이 없다고 생각해서 탈수증으로 죽었죠. 인디언이라면 엎드려서 바닥에 귀를 대고 갈대를 땅에 찔러 넣어 물을 마셨겠죠. 이주자들은 자기네가 마른 강바닥에 서 있다는 사실을 알 도리가 없었어요. 생각해보세요. 런던 출신들에게 그런 것이 얼마나 기가 막힐 노릇이었겠는가를 말입니다.

미칠 지경이었을 거예요. 휴가 말을 이었다. 그들은 강 하나 지류하나 돌 하나 심지어 나무까지 모두 꿰고 있었어요. 그들은 그 땅에서 나는 거라면 뭐든 먹어치웠을 거예요. 달팽이와 벌레, 식물들, 심지어 선인장까지. 그들을 굶어 죽게 만드는 것은 정말 어지간해선 어림도 없는 일이었을 거예요.

겨울이 어지간했나 보네요. 케이트가 말했다.

네. 휴가 맞받았다. 그들은 병들었고 마땅한 은신처도 없었으며 지인들의 죽음으로 괴로워했습니다. 그러다가, 콰광, 날씨가 영하로 떨어진 거죠. 그렇게 되었어도 모두 죽어나가기까지는 꽤나 시간이 걸렸습니다. 그들은 지상에서 가장 건강한 축에 속하는 인간들이었거든요. 다들 기막힐 만큼 놀랍게도, 세대가 이어지면서 휴

브렌트포스의 증조할아버지 대 이후로는 각 세대마다 몇몇 이들은
반드시 살아남았습니다. 시간이 지나면서 이건 거의 농담이 되다시
피 했죠. 그곳에서 우리는 상당히 넓은 지역에 안전한 울타리를 쳐
놓았습니다. 그리고 추수감사절 즈음에는 어김없이 거기서 보냈어
요. 우리는 다들 고급 브랜디와 설상차雪上車에 환호하고 열광하며
중독되었지요. 거기 바로 한가운데서, 지금 얼마나 좋은 시절을 보
내고 있는 것인가, 우리와 우리 선조들이 얼마나 영리한가 등에 대
해 자축했지요…… . 휴가 웃었다. 그의 눈가는 선글라스를 자주 끼
고 있었던 듯 피부색이 엷고 아주 희미했다. 그의 눈은 움직이는 빛
에 푸른색에서 개암색으로 바뀌었고, 마치 깜짝 놀라기라도 한 것
처럼 크게 깜박였다.

강물이 낮은 폭포를 이루며 2미터가량을 떨어져 내리는 곳 근처
에 있는 휴의 오두막 바깥에 그들은 앉아 있었다. 졸졸 흐르는 느긋
한 물소리가 들렸다. 그는 밤이면 이 소리를 자장가 삼아 잠을 청한
다 했다.

이런 메스꺼움을 느끼기 전으로 돌아가자면, 난 그리 거리낄 게
없었어요. 의식을 치르는 것 같았거든요. 사실대로 말하자면, 우리
는 다들 꽤나 익숙했지요. 아시겠지만, 호주에는 숲 보행을 아직까
지 거행하는 원주민들이 있습니다. 그 사람들은 우리 서양인들이
'유적'이라고 부르는 땅을 방문하러 갑니다. 그 장소는 그들에게 유
서 깊은 곳이지요. 백인들에게 고용되어 무슨 일을 하건 간에 그건
문제되지 않았어요. 잠시 일을 쉬고 그들은 떠납니다. 주말이 될 수
도, 한 주기 될 수도 있어요. 땅이 그들을 부르지요. 그들은 그 소리
가 들리면 떠납니다. 당장에, 모든 것을 중단하지요. 즉각.

여자들도 그런 숲 보행을 하나요? 케이트가 물었다. 그 옛날 원주민 여자들이 마나님의 애들을 내팽개치고 떠났어요?

휴가 웃었다. 모르겠어요. 여자들이 배회한다는 얘기는 못 들어 봤지만, 어떤 이들은 분명 그리했을 겁니다. 원주민 여자들을 강간하는 짓이 그것을 쳐다보는 것인 양 예사롭게 받아들여졌으니 아마 남자 복장을 했을 테지만요.

그들은 책상다리를 하고 앉아 있었다. 휴가 다리를 펴니, 내내 신고 있던 묵직한 고무장화 때문에 물집 잡힌 발이 두드러져 보였다.

우리는 15킬로그램은 족히 되는 칠면조에다 이것저것, 왜 있죠, 자외선 차단제며 땡볕에 소용 닿을 잡동사니들을 챙겨 들고 서 있었습니다. 그러면 조금 나이 든 인디언 노인 몇이 어디선가 나타나곤 했습니다.

그는 잠시 숨을 돌렸다.

우리 농장이 어떤 곳인지 아셔야 할 겁니다. 크죠. 너무 커서 거짓말 같이 들릴 거예요.

캔자스 주보다 큰가요?

비슷하죠. 아니, 농담입니다. 그가 말했다. 하지만 때론 그만큼 크다는 느낌이 들 정돕니다. 여러 날을 돌아다녀도 사람 코빼기도 보질 못하니까요. 새로 만들어진 울타리는 대부분 전기가 흐르고 있지요. 경비 초소들도 있고요.

그는 웃음지었다. 강물을 흘깃 바라보면서.

나이 먹은 그 인디언들은 플라스틱 물 항아리를 가지고 나타났고 샘에서 물을 떠오고 싶어하더군요. 뼈들을 위해서.

휴는 울새 알만한 크기의 조약돌 두 개를 주먹에 헐겁게 쥐고서 문질렀다. 그러곤 조약돌에 공허한 시선을 주더니 강으로 던졌다.

그는 케이트를 잠시 쳐다보면서 말을 이었다. 우리 가운데 한 명이 한 인디언에게 얘기했죠. 돌아가서 우리가 식사 마칠 때까지 기다리라고. 그이 때문에 흥이 깨졌죠. 물론 아무도 인정하고 싶지 않았겠지만 말입니다. 그가 나타나지 않았대도 분명 엉망이었으니…… 그러다 마침내 내가 인디언을 데리고 갈 차례가 되었어요. 우리의 흥을 깬 그 인디언이 아닌 다른 인디언이긴 했지만, 아시다시피 그 역시 노인이었지요. 나는 그를 내 그랜드 체로키에 태웁니다. 빨간색이죠. 우리는 질주합니다. 그는 한마디도 하지 않아요. 나는 날씨나 6천 마리쯤 되는 소에 관한 잡담을 합니다. 길에 바퀴 자국이 패이죠. 우리가 그 집에서 한참을 빠져나왔을 때까지도, 그는 플라스틱 항아리를 무릎 사이에 끼고선 가만히 앉아만 있죠. 그의 입성은 하나같이 해졌어요. 그의 옆에 있으면 내가 돋보일 만큼 잘 차려입었다는 느낌이 들어요. 그저 낡은 셔츠에 청바지를 입고 있는데 말입니다.

목적지인 샘물에 도착하기 전에 그는 내게 멈춰 달라고 말하고선 걸어서 거기까지 갑니다. 그는 머리를 두 갈래로 길게 늘어뜨려 땋고 붉은 줄로 묶었어요. 그가 샘을 향해 걸어가는 동안 나는 땋아 묶은 머리를 바라봅니다. 머리모양이 달랐다면 그가 어떻게 보일까 상상해보면서 말입니다. 인디언 같지 않겠지. 우리랑 비슷해보일 테지. 땋은 머리가 아니라면 그는 그저 미국에 새로 정착한 이민자라고 해도 통했을 겁니다.

나는 그곳을 잘 알아요. 양버들나무 두어 그루와 흰색 개꽃 덤불 두어 개 정도 말고는 아무것도 없는 곳이지요. 이 초라한 작은 샘은 아무리 날이 건조해도 물이 끊임없이 콸콸 솟아나오죠. 그의 모습이 보이지 않지만, 담배를 흩뿌리며 기도하고 있다는 걸 알지요. 어릴 적에 나는 그의 뒤를 몰래 밟아 쳐다보곤 했어요. 그는 항아리를 들고 샘으로 가서 물을 조금 뜨곤 했죠. 어디서 왔건 간에 그 먼 길을 왔는데 항아리를 가득 채우지도 않았습니다.

그가 돌아올 때쯤이면 나는 세 대째나 네 대째 담배를 다 피웠을 겁니다.

그가 지프에 타고 반쯤 채운 항아리를 무릎 사이에 내려놓으면 우리는 거기를 떠났지요. 내 기분에 따라서 그를 정문쯤에서 내려주거나, 그곳은 일 제대로 하라고 문지기인 하비에게 설교를 하는 곳이지요, 아니면 나는 집으로 돌아가고 그는 5킬로미터쯤 걸어가게 하거나 했죠.

케이트는 어렵잖게 나이 든 그 인디언의 모습을 떠올려냈다. 하지만 땋은 머리에서 잠시 망설였다. 머리칼을 묶은 건 정말 붉은 끈이었을까 아니면 너덜너덜해진 리본이었을까? 낡은 리본 쪽으로 기울었다. 미국 전역에 있는 멕시코, 과테말라, 온두라스 인디언들이 그런 리본으로 곧잘 머리를 묶곤 했다.

케이트가 말했다. 그러니까 그분이, 아니 그들 가운데 누구든 간에, 그 물에 관해 꺼낸 얘기란 게 뼈란 말인가요?

그랬죠. 휴가 말했다. 그게 전부였어요. 우리 할머니는 그 물이 관절염 치료약일 거라고 생각했어요. 관절염이 꽤나 심하셨거든요. 하지만 그건 아니었죠.

할머니께서 드셔보셨나 봐요? 케이트가 물었다.

그러셨죠. 휴가 미소지었다.

그러곤 수년이 흘렀습니다. 휴는 몸을 약간 틀면서 말했다. 한번은 그 노인이 자기 아들과 함께 온 거예요. 시무룩한 중년의 인디언은 영락없는 술주정뱅이였습니다. 인디언이 하나도 아니고 두 명씩이나 되니 우리는 긴장했죠. 그들이 작정하고 뭔가 습격을 할지도 모른다 싶었거든요. 하지만 나는 그 아들에게 관심이 없었고, 그도 내게 신경 쓰지 않았죠. 그는 조금 초라해보이긴 했지만 인디언 지도자였던 데니스 뱅크스를 닮았더군요.

미국에서, 일부러 찾지 않는 한 인디언을 보지 못한다는 사실이 케이트로선 줄곧 놀라운 일이었다. 십여 년에 걸친 인종 학살은 생존자들에게 눈에 띄는 것에 대한 깊은 두려움을 심어주었다. 어째서 많은 이들이 스스로 '새로운 이민자' 행세를 했었는지 이해할 법한 일이었다.

우리는 또다시 거기로 차를 몰아갔고 그들 둘은 샘이 있던 작은 습지로 걸어 들어갔습니다. 노인이 아들에게 거기를 보여주려고 갔지 싶습니다. 어쩌면 그는 감방에 오래 갇혀 있었는지도 모르죠. 그에겐 어딘가 편집증적인 낌새가 있었으니까요. 그는 그곳이 그다지 인상적이지 않은 눈치였습니다.

돌아와서 아들은 내게 담배를 하나 얻어 피우더군요. 노인 양반은 무엇 하나 부탁하는 법이 없었는데 말입니다.

다음번에 노인은 손자를 데리고 왔습니다. 노인은 거의 눈이 멀어서, 샘물 쪽으로 걸어갈 적에는 소년이 노인의 손을 자기 어깨에 얹었죠. 나는 내 아들이나 손자 누가 그렇게 참을성 있게 나와 함께 걸어가줄까 생각해봤습니다. 손자 녀석들은 이동식 텔레비전처럼 생긴 작은 기구를 가지고 놉니다. 밥 먹을 때에만 거기서 눈을 떼는 것 같아요. 돌아왔을 때 보니, 그의 손자는 마치 중대한 임무가 자기에게 부과된 것처럼 신중한 얼굴을 하고 있었죠.

나는 노인에게 그 일대를 파헤치려는 에너지 개발 회사에 관한 얘기를 했습니다. 그는 언제 공사를 시작하는지 물었죠. 여름이라고 답해주었습니다. 그는 그 샘도 파헤쳐지게 되느냐 물었습니다. 겉보기에 석탄이 나올 법한 지역이니 그럴 것이라 말해줬습니다. 우리가 그걸 저지할 수 있는지 그가 물었죠. 나는 아니라고 답했습니다.

다음해 추수감사절 무렵에 그들 둘이 다시 왔습니다. 나는 그들에게 예전에 샘이었던 곳이 이제 호수가 되었다고 일러줬습니다. 사실 그 샘물의 수원인 지하의 호수가 발굴된 거죠.

이제는 완전히 눈이 멀어버린 노인은 그다지 놀라지 않더군요. 늙은 인디언들은 절대 놀라지 않는 것 같긴 합니다. 휴가 말했다. 여러분들이 그걸 눈치 챘는지 모르겠습니다만.

케이트가 웃었다. 웃음이 번져 급기야 기침까지 나왔다. 휴가 몸을 숙여 그녀의 등을 두드려주었다. 그는 그녀를 의아한 눈길로 쳐다보았다.

숨을 고르며 그녀가 말했다. 내 장담하는데, 당신들이 그의 땅을 되돌려준다고 제안했다면 그가 놀랐을 거예요. 그 말 후에 또 한차례 웃음의 파도가 그녀를 덮쳤다.

휴는 웃지 않았다. 기실 그 웃음이 휴를 서글프게 만들었다는 걸 케이트는 알아차렸다.

노인은 플라스틱 항아리를 들고 있었습니다. 그가 진중하게 말을 이어갔다. 나사 뚜껑 대신에 마개가 달린 새 항아리였지요. 나는 항아리나 옷, 땋은 머리 등 그와 관련된 물건이라면 어김없이 주의를 기울였지만 정작 그를 주목할 수는 없었습니다. 울타리 같은 것이 있었어요.

우리는 호숫가로 나갔습니다. 다가가기도 전에 전모를 확인할 수가 있었지요. 처음에 그들은 그저 앉아 호수를 바라보고 있었습니다. 소년이 쳐다보는 가운데 노인은 내가 평생 듣도 보도 못한 언어로 질문을 던지고 있었죠. 하지만 우리 주위의 언덕들과 늙은 나무 그리고 물줄기들은 너무나 잘 알고 있는 언어로 말입니다. 실제로 그런 생각이 내게 들었어요. 내 의식 속으로 스며들어왔죠. 하지만 당시 나는 그 생각을 짓뭉개버렸습니다. 질문을 마치자 노인은 삐걱거리며 차 밖으로 빠져나갔고 이어서 소년이 따라나갔습니다. 그들은 물가를 향해 걸었죠.

분명 호수는 수개월 동안 그대로였습니다. 휴가 말했다. 그러곤 말라버렸죠. 에너지 개발 측 사람들은 요란을 떨지 않고서 천공기 작업을 할 수 있게 됐으니 기뻐했습니다. 그 사람들은 시종일관 그 호수 아래를 파낼 작정이었으니까요.

다음해에 노인은 오지 않았어요. 그 소년도요.

오랜 침묵이 흘렀다.

나는 그들이 들렀기를 바랍니다. 왜냐하면, 호수의 바닥을 파내려가는 작업이 잘 진행되자 개발 회사 사람들이 뭘 발견했거든요. 호수 바닥도 아니고 그 아래에서 뭘 찾아냈겠습니까?

뼈들인가요? 케이트가 물었다.

네, 그렇습니다. 휴가 답했다. 노인의 수천 년 전 선조들의 뼈요. 온갖 소란을 차단시켜주는 거대한 물 저장소와 더불어 영원한 휴식을 취하고 있던 그 뼈들은 오직 졸졸 흐르는 조그만 샘물을 통해서만 살아 있는 것들과 연결되어 있었지요.

그게 나를 변화시켰습니다. 휴가 말했다. 아프기 훨씬 전부터요.

어땠을지 알 것 같아요. 케이트가 말했다.

그의 헌신. 휴는 말을 꺼내면서 그 단어에 목이 메는 듯 보였다.

그래요. 그녀가 조용히 말을 받았다.

아, 사랑이란 이런 의미겠구나, 하는 생각이 들었습니다. 내가 언제 사랑해본 적이 있었던가? 그런 것 같지가 않아요.

어떻게 그는, 그리고 그들은 자기 선조들의 뼈가 그 아래에 있다는 것까지 알았던 걸까요? 케이트가 물었다. 호수 아래에 말예요.

푸른색과 황금색 그리고 붉은색의 화려한 생김에 다리가 많은 벌레 한 마리가 휴의 어깨에 내려앉았다. 그는 아주 조심스레 벌레를 치우더니 얘기를 이어가며 그 벌레를 꼼꼼히 뜯어봤다.

입으로 하는 말은 얼마나 충분한 걸까요? 가족이란 얼마나 신뢰할 만한 존재일까요? 인척 관계는? 어떻게 해야 소중한 무언가가 만 년에서 3만 년의 시간을 통과하며 그렇게 보존될 수가 있는 걸까요?

그 노인은 틀림없이 감사하다고 느꼈을 거예요. 케이트가 말했다. 지금의 그를 그렇게 형성시킨 앞선 이들과 현재의 그가 존재한다는 사실에 말예요.

휴는 젖은 눈가를 들키지 않으려고 벌레를 자세히 훑어보는 중이었다. 지질학자들은 이렇게 추정했습니다. 동굴, 그러니까 매장용 동굴이 있었는데 이후에 지진이 일어났고…… 그러곤 뭐 누가 알겠어요, 빙하기 뭐 그런 거겠죠. 하지만 그들은 제대로 몰랐던 거예요. 뭔가를 꾸며낸 거죠. 왜 있잖습니까. '짐작도 못했던 종족에 대한 백인들의 지식' 말입니다. 그러곤 자기네들 학술지에 발표했죠. 하지만 그다지 반향을 일으키진 않았습니다. 하지만 노인은, 그는 알고 있었던 겁니다. 그리고 자신이 아는 것을 손자에게 가르쳐주었지요.

손자는 농장에 다시 왔나요?

아직은요.

헌신. 케이트는 생각했다. 휴 브렌트포스 5세는 헌신의 의미를 알고 싶어한다고.

생각하면 할수록 유일하게 알 만한 가치가 있다는 생각이 듭니다. 그가 말했다.

케이트는 사방이 트인 그녀의 오두막에 누웠다. 아르만도의 말에 따르면 '시월에는 절대 오지 않는다'던 잦은 소나기로 대기는 습했다. 그녀는 헌신에 대해 생각했다.

그녀는 무엇에 헌신했던가.

그녀의 아들 헨리와 찰스에게. 한 아이는 미합중국 우주 프로그램을 수행하는 도중에 목숨을 잃었다. 그 프로그램에 대해서 케이트는 알지 못했지만 두려움이 컸다. 우주 식민지라고? 그녀는 아들에게 그렇게 물었더랬다. 어떻게 식민지 개척에 배후가 될 수가 있니? 다른 아이 찰스는 재즈 음악가에 순회 색소폰 연주자로, 열흘 가운데 아흐레는 마리화나에 절은 채로 판에 박힌 곡들을 끝도 없이 연주해댔다. 열흘 째 되는 날엔 마리화나를 구하러 다녔다, 두 아들 가운데 누군가에게 무슨 일이 일어났다고 가정해봐. 그녀는 생각했다. 나는 어떻게 할까? 생각은 계속 이어졌다. 하지만 이미 일은 벌어졌고, 내가 할 수 있는 건 아무것도 없었어. 나는 헨리에게, 엄마에게 설명해주기엔 너무 '복잡한' 일에 정신을 쏟고 참여한다면 조심하라고 말할 수 있었고, 실제로 그렇게 말했었지. 그리고 찰스에겐 고등학교 이후부터 마리화나를 과하게 피우는 문제를 두고서 호통치고 고함지르고 어르고 했었어. 아이는 웃어넘겼지. 엄마, 다들 피우고 있어요. 마치 지구상에서 마리화나를 하지 않는 유일한 사람은 나뿐이라는 듯 말하곤 했어.

케이트는 욜로를 떠올렸다. 욜로가 그녀의 삶에 가져다준 안정감과 편안함을 떠나 그를 생각한 건 이번 여정에서 처음 있는 일이었다. 만약 그가 몸이 아프거나 혹 하와이에서 읽고 있을 소설에 나오는 커다란 상어에게 심하게 물렸다던가 한다면 그녀는 어떻게 할 것인가? 분명 그를 보살필 것임을 그녀는 잘 알고 있었다. 심지어 즐거이 간호하는 장면까지 상상할 정도였다. 분명 헌신의 어떤 측면은 즐거움을 가져다준다. 하지만 얼굴 한번 본 적 없고, 만 년 넘도록 누구에게도 모습을 드러내지 않은 선조들을 사랑한다는 것은 똑같은 걸까? 어쩌면 휴 브렌트포스의 호수 아래에 묻혀 있던 특별한 뼈들은 땅으로 스며들어, 그 땅과 그 호수와 그 샘물과 그 넋들은 하나가 되었는지도 모른다.

다음날 깊이 주름 패인 밧줄 모양의 거대한 나무 둥치 바로 옆에 라리카와 함께 앉아 있는 휴를 보고, 그녀는 낮게 그를 불렀다. 나무가 마치 늙은 인디언 남자처럼 보여서 그녀는 눈을 깜박였다.

저기, 휴. 그 노인이 물로 뭘 했는지 생각해봤어요.

사실 그녀는 전날 밤에 꿈을 꿨고, 꿈속 휴의 부지에는 두 개의 무덤이 있었다. 인디언 노인이 물을 구했던 고대의 무덤과 그 땅의 반대편 끝에 조금 후에 만들어진 무덤. 꿈속에서 노인은 손에 물 항아리를 들고 휴의 땅 경계선을 느긋하게 걸어서 울타리 바닥에 있는 조그만 틈까지 이르렀다. 노인은 틈을 지나 양버들 덤불에 이르렀고, 자기네 종족과 그가 알고 있던 근래의 선조들 무덤이 있는 그곳 중심에 섰다. 그는 무릎 꿇고 기도했다. 기도한 후에 일어나 물을 땅과 자신의 몸에 흩뿌렸다. 노인은 지치고 슬퍼서 떨면서도, 사랑으로 눈물 흘리고 있었다.

거짓된 꿈의 시대

원형 모임에 호주에서 온 원주민 젊은이 두 명이 참석했다. 둘 다 검은 피부에 한 사람은 곱슬거리는 검은 머리였고, 다른 이는 금발이었다. 금발의 직모는 여기 검은 피부의 사람들 사이에선 자연스러웠다. 영국인 이민자들이 그들과 마주쳤을 때 그렇게 흥분했던 이유가 그 때문이지 않았나 욜로는 궁금해했다. 어떻게 그런 생각을 지니게 됐나? 그들은 흑인이란 모두 열등한 존재라는 편견에 길들여졌다. 욜로는 그들, 그러니까 영국인 죄수들과 간수들이야말로 제일 편협한 이들이었으리라 싶었다. 그들은 틀림없이 자기네가 화성에나 착륙한 거라 생각했을 터였다.

그 두 남자는 삼십대의 젊은 친구들이었고, 펄루아 아줌마의 손님으로 왔다. 둘 가운데 작은 남자는, 욜로가 사진에서 보았던 크고 사려 깊은 '원주민' 같은 눈을 하고 있었다. 그는 말픔패를 쥐고 있었다. 반질거리는 조그만 호리병박 말패를 손에 들고 만지작거리며 자세히 뜯어 살피던 그는 잠시 후 입을 열었다.

우리는 죽음과 싸우고 있는 이들을 대변하러 여기에 왔습니다. 그가 말했다. 그는 원형 모임의 남자들을 죽 둘러보았다. 지금까지 우리나라에서, 여러 세대의 젊은이들이 죽음에 이르는 절망에서 헤어나지 못하는 모습을 우리는 지켜봐야 했습니다. 스스로에게 상처 입히는 짓을 중단하는 법을 모르고, 우울함에서 허우적대면서도 왜 탈출구가 없는지 이유도 모르고, 당당한 삶의 전형을 어떻게 제시해야 하는지도 모르는 모습을 말입니다. 우리나라는 미국처럼 부유하지도 않고 광대한 땅에 띄엄띄엄 거주하고 있어서, 해변이나 오지 혹은 마을에서도 젊은 청년들이 죽은 채로 발견되는 일이 많았습니다. 아름다운 젊은이들이, 우리의 가장 뛰어난 이들이 말이지요.

우리 둘도 더 어릴 적에는 가솔린 흡입에 중독되었습니다.

욜로는 가솔린 흡입이라곤 한번도 들어보지 못했다. 그는 자세히 들으려 몸을 기울였다.

가솔린 흡입이란 게 뭡니까? 그 젊은 청년이 물었다. 그건 한때 우리가 우리 땅과 우리의 바다를 가졌다는 사실을 잊어버리는 겁니다. 우리들 대부분이 해안에서, 열대의 풍요로움 속에서 살았다는 사실을 말입니다. 영혼의 여정을 위해 내륙의 광활함과 엄청난 열기 속으로 걸어 들어가곤 했다는 사실과, 땅을 친구로 삼았다는 사실을. 우리는 땅과 물이 무엇을 좋아하는지도 알고 있었죠. 보살펴주고, 서로 영향을 주고받으며, 그들에게 노래 불러주는 걸 좋아한다는 걸 말입니다. 우리는 영국인들이 하듯 종이 위에다 땅의 지도를 그리지 않고, 땅을 노래 부르며 지도 삼았습니다. 우리가 모르는 곳은 없었지요. 어느 장소든 걸맞는 노래들이 붙어 있었죠. 그가 미소지었다. 선조들에 대한 애정으로 그의 표정엔 환한 빛이 가득했다. 어떤 곡들은 대지로부터의 가르침과 땅을 향한 사랑으로 가득해, 완창하려면 여섯 달은 족히 걸리기도 했지요.

그는 잠시 침묵했고, 손으론 호리병박을 내내 만지작거렸다.

우리가 잃은 건 뭐였습니까? 우리 어머니 대지와의 친밀함을 잃었습니다. 어머니와 대지는 우리에게 같은 것입니다.

그러니 가솔린 흡입은 상실의 불안감을 회피하려는 발버둥입니다. 더이상 버텨내지 못하는 현재, 지금이라는 우리 자신의 시간에서 탈출해서 거짓된 '꿈의 시대'(호주 원주민의 신화에 나오는 지복至福의 시대—옮긴이)로 진입하는 것입니다. 깨어 있건 잠들어 있건 간에 지금으로선 모든 것이 악몽일 뿐입니다.

우리를 여기 모임에 불러주셔서 고맙습니다, 아줌마. 그는 호리병박을 다시 원 중앙에 가져다 놓았다.

제리도 거기 있었다. 사실 욜로를 초대한 것도 그였다. 죽은 젊은이 마샬의 형도 보였다. 마샬의 장례식이 끝난 후에 루아우(하와이요리로 여는 야외 연회—옮긴이) 자리에서 버들가지 의자에 앉아 달을 쳐다보면서 커다란 접시에 담긴 라우라우(돼지고기를 타로잎에 싼 후 쪄낸 요리—옮긴이)와 파스타 샐러드를 맛보고 있던 욜로에게 제리가 다가왔다.

어떻소? 그가 물었다.

괜찮군요. 욜로가 대답했다.

음식이 담긴 커다란 접시를 한 손으로 균형 맞춰 잡고서 욜로에게 몸을 기대며 그가 말했다. 저기, 우리 생각엔 당신이 우리 모임에 함께 해야 할 것 같소이다.

제가요? 그는 제리가 다른 누구를 언급하기라도 한 듯 주위를 둘러보며 반문했다.

그렇소, 당신 말이오. 제리가 말했다. 당신이 마지막에 마샬하고 함께 앉아 있었으니까. 형제처럼 나타났잖소.

하지만 내가 달리 뭘 할 수가 있었겠습니까? 욜로는 생각했다. 결국, 난 흑인이다. 흑인이니 당신들의 형제애를 이해하지.

그는 제리에게 미소지으며 말했다. 이번처럼 혼란스런 휴가도 없군요.

짐작할 만하오. 제리가 말했다. 올 거요?

물론이죠. 욜로가 답했다. 데리러 오실 수 있습니까?

어디에 머물고 계시오? 제리가 물었다.

욜로는 담갈색 호텔 이름을 댔다.

'꺼기'서 당신을 꺼내 드리겠소, 물론. 제리가 웃으며 말했다.

그는 약속대로 트럭을 타고 나타났고, 욜로를 호텔에서 알마네 집까지 데려다주었다.

당신을 '꺼기' 머물게 할 수가 없소이다. 제리가 말했다. 우리들의 손님을 죽어 있는 호텔에서 회합 장소로 오게 하다니 말이나 되겠소? 그는 생각만으로도 감정이 상하는 듯했다.

괜찮을까? 욜로가 알마에게 물었다. 알마는 그저 그를 정신 나간 사람 보듯이 쳐다보더니, 자리를 박차고 일어나 작고 통풍이 잘되는 방의 문을 열었다. 흰색 방 안엔 갖가지 하와이 예술품이 많았고 벽에는 액자에 넣은 여왕의 포스터가 걸려 있었다.

알마는 언제나처럼 맥주를 마시고 있었다. 그녀가 피우는 담배 연기가 그의 머리칼까지 스멀스멀 올라왔다.

자그마했던 남자에 뒤이어 이번에는 금발의 그 남자가 호리병박을 들었다. 저이는 사람들 시선을 수없이 받았을 거야. 욜로가 생각했다. 머리칼을 펴고 물들였을 거라는 사람들의 짐작에 익숙해졌을 터였다. 제임스 브라운(미국의 리듬앤드블루스 가수 겸 작곡가—옮긴이)이 '제임스 브라운 앤드 페이머스 플레임즈'에 있을 적에 그랬던 것처럼. 브라운 그룹의 일원들은 머리칼을 붉은 기운이 도는 주황색으로 물들여서, 호주 원주민만큼이나 검은 피부색에 도드라져 보였다. 그들에게 머리 빛깔은 그 자체로 흥분의 표현이었다.

우린 모든 걸 시도해봤습니다. 젊은이는 그렇게 말하고 있었다. 훈계도 해봤고, 감언으로 꾀기도 했으며, 사랑하기도 했고, 증오하기도 했어요. 하지만 젊은 친구들이 진실을 확인하는 걸 막을 수는 없었죠. 그들에겐 미래가 없다는 진실 말입니다. 어떤 사람들은 이 말에 이의를 제기할지 모르겠지만, 그거야 그네들 특권이니 어쩔 수 없죠. 내 말은, 가솔린 흡입에 빠진 젊은이들 눈에 비춰진 세상을 보라는 겁니다. 그들은 자기 이웃들을 학살하고 자기네 땅을 빼앗아간 그 사회로부터 버림받은 채로 곤궁한 삶 속에 그렇게 버려졌어요. 가장 가까운 디스코장이 2만 킬로미터나 떨어져 있을 그런 곳에. 비행기 표를 해결할 가능한 방법이 가솔린 한 병입니다. 그 불모의 환경을 떠날 수 있는 가장 손쉬운 방법이라고요.

그가 잠시 말을 멈췄다. 그리고 호리병박을 유심히 바라봤다.

나 역시 그런 느낌에 익숙했지요. 내가 여태 살아남은 건 기적입니다. 그는 얘기를 중단하고 수분 동안 곰곰이 생각하며 앉아 있었다. 모임에 있던 이들도 모두 생각에 잠겨 고요했다. 그가 말을 이었다. 내 누나는 도시로 일거리를 찾아 떠났다가 다시 돌아왔습니다. 우리는 누나의 주인집 뒷방에서 지냈습니다. 누나가 얘기한 건 단 한가지였어요. 주인집의 아저씨는 쳐다보지 말았으면 좋겠다. 너는 나만 쳐다봐야 해, 이 누나만.

수개월 동안 누나가 내게 얘기한 건 이게 전부였습니다. 우리는 침묵 속에서 살았지요. 누이는 오랫동안 고되게 일했습니다. 우리를 먹이고 입히고 씻겼습니다. 누나는 여자들의 작은 모임인 '능가'에서 힘을 얻었습니다. 친인척들을 떠나 도시에서 사는 비슷한 처지의 여자들 모임이었지요. 처음에 나는 자유의 환상과 나 자신을 포기하는 듯한 홀가분한 쾌락이 좋았습니다. 처음 가솔린에 손을 댔을 때, 나는 말이 하고 싶어서 입 속에서 단어들이 줄줄 흘러내릴 지경이었지요. 하지만 누이는 목석 같았습니다.

나는 누나의 얼굴, 문학 작품에서 원주민의 얼굴이라며 그토록 자주 묘사되는 그 넓고 판판하며 검은 얼굴을 바라보았습니다. 그리고 누나가 얼마나 지쳤는지 알게 됐습니다. 그게 나를 겁나게 했죠. 누나의 싸움이 얼마나 무익한 것인지 생각하게 됐기 때문입니다. 자신의 인생이 쓸모없다고 여겨지는 곳에서 인생을 살아가려고 애쓴다는 것이 불가능하면서 부조리하다는 사실도 말입니다. 부끄럽게도 나는 누나를 비웃곤 했죠. 하지만 내가 비웃고 있던 건 내 두려움이었습니다. 누나는 나를 쳐다보지도 않았습니다. 응대를 하지 않으려 했죠. 매일 아침 누나는 바닥에 깔아놓은 자리에서 몸을 일으키곤 우리가 마실 차를 만들었죠. 내 몫으로 빵 두 덩이를 남겨 놓았고요. 그러고선 잼 바른 빵과 크림을 넣은 커피와 달걀을 곁들인 베이컨으로 집 주인의 아침식탁을 차리러 방을 나섰습니다. 우리 작은 방에서는 서 있든 누워 있든 어느 쪽을 쳐다보더라도 보이는 그 커다란 집, 거기다 햇빛까지 막고 서 있는 그 집의 주인을 위해서 말입니다.

누나의 주인집 사람들은 내가 이상한 모양이었습니다. 내 금발이 내게 득이 될 수도 있었을 겁니다만, 나는 누나가 내게 했던 말을 떠올렸습니다. 그들을 쳐다봐선 안된다는 말을요. 호기심에 그 사람들이 나를 쳐다보는 한이 있더라도 나는 누나만 봐야 한다고요. 나는 나중에 이해하게 됐습니다. 이 조건을 이행하는 것이 내 몫의 음식값이자 방세였다는 것을 말입니다. 또한 나만의 수업이었다는 것을요.

내가 본 건 무엇이었을까요? 나를 구하려는 누이의 헌신은 내게 나 자신을 보여주었습니다. 구해줄 가치가 있는 누군가, 누나 같은 여성적인 형식으로 스스로를 구할 누군가를 말입니다.

그는 잠시 말을 쉬었다.

하나님은 이 일에 아무 관련이 없어요. 그가 신중하게 말을 맺었다. 전세계 억압받던 이들에게 다가갔을 때와 같은 무기를 가지고 호주에 신교도들이 도착하긴 했지만 말입니다. 내 누이는 우리가 잃었다고 생각했던 모든 것을 체현하고 있었어요. 누나는 땅이 되고 바다가 되고 꿈의 시대의 자유가 되었습니다. 누이의 행동이 그걸 말해주었습니다. 우리가 '그녀'에게서 나왔음에도, 여전히 내가 '그녀'라는 사실을 말입니다.

그는 원형으로 둘러앉은 이들을 한 사람 한 사람 눈으로 품어주었다. 그리고 자기 친구를 바라봤다. 개구진 눈길이 그들 사이에 오갔다.

우린 가솔린을 끊었어요. 그가 미소지으며 말했다. 하지만 이제 우린 커피가 없으면 기력이 안 납니다.

앉아 있던 이들 모두 웃음을 터뜨렸다.

여정의 한가운데

　밀림에서의 여정이 중반을 향해 가자 아르만도와 코스미는 사람들을 저녁 식사에 초대했다. 그들이 첫 끼니를 대접받았던 그 집에서 말이다. 그곳은 두 사람이 기거하는 장소였다. 그곳엔 이엉을 이어 만든 근사한 식당이 있었다. 나무의 거친 결이 그대로 드러난 탁자와 돌과 시멘트로 만든 화덕이 있었고, 천장 한구석으론 건물 밖의 거대한 나무가 보였으며 덩치 큰 이구아나 한 마리가 앉아 있었다. 이 퉁퉁한 생물체는 번뜩이는 눈으로 사람들의 움직임을 하나도 놓치지 않고 쳐다보았다. 그래서 식탁에 앉은 사람들은 하나같이 이 얼룩덜룩한 생물과 그들이 그 자리를 함께 한다고 여겼다.

　나도 이구아나를 한 마리 키워요. 미시가 말했다. 정말 다행히도 저기 저 고질라보다는 덩치가 작죠.

　그럼 그 녀석도 당신 움직임을 낱낱이 주시하나요? 라리카가 물었다.

　안 그런 것 같아요. 미시가 답했다. 대개는 잠들어 있는 것 같거든요.

이 녀석은 우리가 텔레비전이라고 생각하나 봐요. 릭이 이구아나를 향해 인상을 쓰며 말했다.

케이트가 보기에 지금까지의 여정에서 릭이 제일 힘겨워하는 것 같았다. 릭은 자신을 할머니의 세계로 들여놓지 못했다. 그는 이를 악물고 싸우는 중이었다. 가르침을 순순히 따르면서, 경험의 세계로 들어가는 문이 되어줄 '벽돌'이나 '뱀의 비늘'을 찾는 대신, 릭은 옆길로 들어섰다. 결정적인 순간에 옆으로 가면 일종의 연옥에 남겨지는 거나 마찬가지였다. 그는 웃고 울고 주위를 뛰어다니면서 다른 이들의 여정을 어지럽혔다.

당신의 집에는 어떤 생물이 살죠? 케이트가 그에게 물었다.

그가 잠시 생각하더니 나방이라고 답했다. 박쥐만한 나방들이 많습니다.

저런. 휴가 놀랐다. 방해가 되지 않나요?

그가 어깨를 으쓱였다. 인류학자 카를로스 카스테네다 말이, 돈 후안은 나방이 선조들이라고 말했다더군요.

그런가요. 미시였다. 하지만 박쥐만한 덩치라면 그다지 보고 싶지 않을 것 같네요.

여기서는 누가, 혹은 무엇이 당신을 찾아올지 선택할 수가 없습니다. 아르만도가 말했다. 무언가가 일어난다는 사실만이 중요할 뿐이죠.

내 은신처엔 도마뱀붙이(몸 길이가 12센티미터 정도인 뱀목 도마뱀붙이과의 동물—옮긴이)가 유일한 생물인 것 같군요. 케이트가 말했다. 그런데 뭐가 자신 있게 말하거나 생각을 할 때면 그 기이한 도마뱀붙이도 소리를 낸답니다.

그건 동의한다는 뜻입니다. 아르만도가 말했다. 도마뱀붙이는 항상 그럽니다. 아시게 되겠지만, 거짓말을 하거나 어떤 문제를 회피하려고 하면 당신을 지지하지 않을 겁니다.

모든 이들이 휴에게 고개를 돌렸다.

내게는 박쥐가 한 마리가 아니라 한 가족이 있어요. 밤이면 모기장 안에 몸을 숨기곤 녀석들의 이빨이 날카롭지 않기만을 바랄 뿐이지요.

여러분들이 지내고 있는 곳은 그 생물들의 집이랍니다. 아르만도가 말했다. 녀석들이 여러분들과 지내는 걸 얼마나 잘 참아내고 있는지 생각해보세요.

그리고 여러분들 여정의 후반부엔 누가 찾아오는지 잘 보세요. 그런데 재규어 소리에 방해받는 분 누구 안 계신가요? 그가 물었다.

제 오두막 바로 바깥에서 울부짖는 소리가 나는 건 괜찮은데, 사람들이 재규어를 쫓아내는 소리에 잠이 달아나요. 휴가 말했다. 그들은 코끼리 떼처럼 밀림 속을 요란하게 달려가지요.

아르만도가 웃었다. 재규어는 대개 좋은 뜻이지만 이따금은 못된 장난에 빠진 마법사의 혼일 때가 있어요. 그래서 쫓아내야 하는 겁니다. 우리가 불러서 온 건 아닙니다.

닭이 어디서 났어요? 곤하게 잠이 들던 참이라 아무 얘기도 듣질 못했던 라리카가 물었다. 그녀는 조심스레 숟가락을 입으로 가져가서 김이 나는 국을 불었다.

밀림에 암탉 같은 게 있나요? 릭이 진지하게 물었다. 그는 국물을 마시기 전에 나무 그릇을 자세히 들여다보며 흠향하는 중이었다.

여기서 아주 멀지는 않은 곳에 조그만 농원이 있습니다. 아르만 도가 말했다. 한 여자분이 닭을 키워서 먹기도 하고 팔기도 하죠. 밀림에 들어오면서 우리가 닭을 가지고 왔습니다. 여러분들 눈에 띄지 않았을 뿐이죠.

다른 배에 있었나요? 케이트가 물었다.

그렇습니다. 아르만도가 답했다. 닭을 들여온 배에 플라타노(바 나나의 일종으로 기름에 튀기거나 물에 삶아 먹는다—옮긴이)와 곡물 도 있었고요.

바나나와 키노아(남아메리카의 주요 식량인 곡물—옮긴이) 식단 에 조금씩 물려가네요. 미시가 말했다.

그래서 오늘밤 이 국을 드시는 거예요. 아르만도가 말했다. 하지 만 내일이면 여느 때처럼 하루에 한 끼니만을 끓인 플라타노와 곡 물 한 그릇으로 들어야겠죠. 키노아가 질린다면 쌀이나 기장, 귀리 같은 것을 드실 수 있을 겁니다.

미시가 인상을 썼다.

우리 모두 아주 날씬해지겠는걸요. 케이트가 말했다. 〈루슬리스 피플〉에 나오는 베트 미들러처럼 되겠군요.

아, 나 그 영화 너무 좋아했어요! 미시가 말했다.

말씀이 조금 과하신 것 같군요. 아르만도가 꺼낸 말이었다. 그는 처음부터 사람들에게 대중문화와 떨어져 지내면서 자신의 내면세 계에 침잠하라고 주의를 줬다.

여러분들의 삶과 땅과 사람들의 삶을 지탱해주지 않는 그 세계에 여러분들이 사로잡혀 있으면, 그건 마치 다른 사람의 꿈이나 악몽 에 갇혀 있는 것과 마찬가지입니다. 많은 사람들이 이런 식으로 그들의 삶 속에 생존해 있습니다. 그건 실제 살아 있는 것이 아니기 때문에 '생존'이라고 표현하는 거예요. 꿈속에 매달려 있는 것이나 마찬가지죠. 밤에 자면서 꾸는 꿈 말입니다. 꿈에선 우리는 통제권이 없어요. 여러분들은 이리저리 다니며 이런저런 사람들을 만나게 되겠죠. 대개는 모르는 이거나 좋아하는 사람들일 텐데, 그들이 그저 여러분 내면의 화면 위에 나타나는 거죠. 이런 식으로 계속 간다면 인류는 살아남지 못할 겁니다. 대다수 사람들이 자신이 중심이 아닌 인생을 살게 된다면 말입니다. 차를 운전하면서 옆 창문을 내다보고 있지는 않을 거잖습니까, 그렇죠? 하지만 이런 일들이 인간들에게 벌어지고 있습니다. 그들은 자신의 삶을 운전하는 동안 길에서 무슨 일이 벌어지고 있는지를 쳐다보거나 심지어는 후사경으로 보고 있지요.

그러니 할머니와 함께 이렇게 은둔해서, 우리는 가능한 한 깊은 침묵을 지키고 우리 내면세계와 연관 있는 시간을 보내려는 거죠.

내가 여기 사람들 모두하고 얘기를 나눴더라고요. 케이트는 가볍고 입맛 도는 식사 이후에 그녀를 방문한 아르만도에게 말했다. 그게 문제가 될까요?

아르만도는 그녀에게 푸른 물 한 주전자를 갖다 주면서 씻어보라 권했다. 식물의 잎을 으깨서 추출한 정화수였다. 케이트는 그 물을 머리부터 발끝까지 골고루 끼얹었다. 잎사귀 조각들이 살갗에 남아 말라붙었다. 아르만도는 주술사들이 치유에 효과가 있는 식물이 무엇인지 알고 있는 이유를 그녀에게 설명해주었다. 그가 말했다. 간단합니다. 식물들 스스로 우리에게 말해주지요. 꿈속에서나 명상

중에나 아님 우연히 말예요. 그가 웃었다. 이따금 잎사귀나 숲에서 주운 나뭇가지 따위를 씹다 보면 기분이 한결 나아진다는 느낌이 들지요!

정화수가 당신 피부의 심층까지 정화시켜주면서 숨구멍이 호흡하는 걸 느낄 수가 있을 겁니다. 사실 신체의 모든 부분은 노출되어 호흡하지 않으면 안되지요. 주변 환경과 말입니다. 그가 덧붙였다. 얼굴만 그런 게 아닙니다.

당신이 사람들과 얘기하는 건 문제가 안된다고 봅니다. 그는 그 약을 피부 전체에 문지르는 법을 케이트에게 보여준 후에 이렇게 첨언했다. 어느 모임에서나 한 사람쯤은 할머니에게 다가가길 두려워하고 한 사람쯤은 할머니가 더이상 얘기하려 들지 않는다는 사실을 알고 있나요? 할머니는 당신에게 더이상 말할 필요가 없는 거지요. 당신이 알아야 할 모든 것을 얘기한 거예요. 지금 필요한 건 귀기울이는 것입니다. 받아들이는 것. 나는 당신이 다른 이들과 함께 있는 모습을 지켜봤습니다. 사람들이 당신보다 훨씬 더 많이 얘기하는 것 같더군요. 그건 괜찮다고 생각해요. 할머니약이 어떻게 작용하고 있는지 우리는 확신하지 못합니다. 무얼 불러일으키게 될지를 말입니다. 할머니약에 대한, 그리고 성스러운 치유의 공간에 대한, 그리고 당신 귀에 들리는 이야기에 대한 예의를 잃지 않는다면, 모든 게 좋아질 겁니다.

탈색한 그의 머리칼

줄지게 탈색한 불그스름한 그의 머리칼은 머리 밑이 검게 올라오는 참이었다.

매일 아침, 원형 모임 자리에 앉기 전에 릭은 밀림을 거쳐 강가의 드넓은 장소까지 달려가서는, 유일하게 몸에 걸친 수건을 내던지곤 강물로 뛰어들었다.

두렵지 않나요? 사람들이 물었다.

아뇨. 그가 답했다. 나는 평생을 피라니아와 함께 헤엄쳤어요. 그 사실을 내가 몰랐을 뿐이죠. 그가 웃었다. 그의 웃는 낮은 야생적이면서도 흉해보였다. 반짝거리는 이가 고르지 않기 때문이었다. 얼핏 잿빛이 비치는 성긴 콧수염은 젊은 얼굴과 어긋나보였다. 또한 그는 심지어 휴식 중에도 긴장하고 쫓기는 듯 보였다.

케이트가 그를 '만난' 이후로, 그녀 판단엔 릭이 훨씬 빠르게 긴장을 푸는 듯 보였다. 이 사실을 아르만도에게 얘기하자 그는 그건 예이지 덕임을 상기시켜주었다. 케이트가 더 기민하게 회합에 참여해야만 한다고도 했다. 할머니가 요청하는 이 독특한 춤을 추기 위해서 말이다.

그가 웃었다. 나는 '난늙고싶지않아' 씨에게 조금은 지쳐가고 있어요.

그게 무슨 뜻이죠? 케이트가 물었다.

그는 영원히 젊은 채로 지내고 싶어합니다. 아르만도가 답했다. 드라큘라나 정글에서 이따금 볼 수 있는 박쥐처럼 말이죠. 그들은 피를 엄청나게 마셔대지요! 동물들과 사람들의 피를. 늙음이나 죽음과 싸우려면 필요하다는 이유만으로 말예요. 결국에는 패배할 싸움인데. 그가 어깻짓을 했다. '난늙고싶지않아' 씨, 그가 싱긋이 웃으며 다시 한번 말했다. 할머니가 그에게 전할 말이 있답니다.

우리 가문이 흑인들에게 마약을 팔아서 치부했다는 사실을 내가 알아차리기까지 얼마나 걸렸는지는 정확히 모르겠지만, 아주 오랜 시간이라 여겨집니다. 케이트와 라리카가 오수를 즐기려 라리카의 해먹에 앉아 있던 어느 날 릭이 말했다. 사실 해먹은 너무 비좁아서 그들은 제대로 눕지도 못했다. 다리를 붙인 채 서로 마주보고 앉을 정도였다. 그는 근처 바닥에 앉았다.

케이트와 라리카는 릭을 마음에 들어 했다. 아르마딜로(빈치목의 야행성 포유동물―옮긴이) 가죽으로 만든 차링고(남미의 소형 기타―옮긴이)를 산 릭은 오후가 되면 종종 뚱땅거리곤 했다. 릭에겐 음악적 재능은 그다지 없었지만, 그들은 흥이 났다. 릭은 그들이 자기를 좋아한다는 사실이 당연한 동시에 기괴한 일이라고 말해서 그들을 놀라게 했다. 당혹스러워진 케이트와 라리카는 릭을 부추기고 함께 연주도 하면서, 수척하다고 하면 꼭 맞을 검버섯 긴 젊은 외양의 남자와 자기네를 이어주는 숨겨진 실을 놓지 않았다.

흑인들은 언제나 우리를 좋아합니다. 그가 말했다. 내 생각에 흑인들에게 마약을 팔기가 수월했던 이유는 그겁니다. 삼촌들 얘기를 들어보면, 늘 흑인 친구들을 사귀었지만 얼마 후엔 함께 뭘 해야 할지 모르겠더라는 겁니다. 삼촌들은 이탈리아가 아니라 미국에 있었어요. 고향에서라면 자연스러웠을, 낯선 이들을 환대하는 법을 그들은 몰랐어요. 그점에 대해서라면, 삼촌들이 언제 관계에 선을 그어야 하는지 잊지 않았기 때문이지 싶습니다. 사실 어떤 선이 있었죠. 삼촌들은 흑인들에게 마약을 팔 수가 있었지만 자신들은 그 물건에 걸려들지 않았는데, 마약에 빠지면 미국 사회 내로 진입할 수가 없었기 때문이었으며, 삼촌들이 가장 바랐던 일이란 미국 사회 내로 진입하는 것이었죠. 그 긴 문장을 토해낸 후에 릭은 숨을 내쉬었다. 그러곤 덧붙여 말했다. 존경받는 걸 말이에요.

그래서 삼촌들이 흑인 친구들을 마약에 빠지게 만들었나요?

그 친구들은 자기네가 원해서 그랬죠. 적어도 처음에는요. 마약을 계속 맞으려면, 백인들에게 마약을 강요할 순 없으니 자기 종족이라도 끌어들여야 한다는 사실을 뒤늦게 깨달은 거죠.

헤로인이든 코카인이든 뭐든 간에 마약을 투약한다는 것을 나는 절대 이해할 수 없는데, 대체 뭐가 사람을 끄는 거죠? 케이트가 말했다. 그저 기분이 좋아져서, 고통에서 훨훨 날아가고 싶은 건가요? 아니면 자기를 망쳐놓으려고 하는 건가요? 뭐죠?

릭은 잠시 생각에 잠겼다. 그 사람들은 그저 정상이라는 느낌을 원합니다. 그가 말했다. 예전에 느꼈던 그대로 느끼길 말이죠. 그네들은 마음 편한 느낌들을 아직 기억하고 있으니, 계속해서 거기로 돌아가려고 시도하는 거죠.

나는 분명히 알겠어요. 라리카가 말했다. 이따금 내가 온전한 나 자신으로 돌아갈 수 없을지도 모른다 싶으면 죽는 게 낫겠다는 느낌이 들거든요. 죽는다는 건 아마 그 느낌에 훨씬 가까울지도 모른다고 나는 느껴요. 왜 있잖아요, 다시 한번 나 자신으로 돌아가서, 온전한 존재가 된다는 느낌 말예요.

케이트는 라리카의 한쪽 발을 잡고 마사지하기 시작했다.

음. 라리카가 내뱉었다.

케이트가 빙그레 웃음지었다. 죽으면 마사지하는 것도 느낄 수가 없어요.

어떤 사람들, 특히나 코카인을 하는 경우엔 기운 넘치고 똑똑해 진다는 느낌을 좋아하는 게 사실이지요. 그게 비록 수분이나 두세 시간 동안만이라고 해도 말이에요. 릭이 소리내어 웃었다. 그이들 삶의 어떤 시기에는 마약 없이도 그런 느낌을 가졌는데 시간이 흐르면서 상실했기 때문이겠죠. 기운차고 영리하다는 느낌을 받는 사람들은 아마 초등학교 3학년 때 '벌'이라는 단어를 받아쓰기 시험에서 맞춘 것이 그들 일생 동안 느꼈던 가장 '정상적'이고 '마음 편한' 느낌이었을 거예요. 그 느낌을 다시 갖고 싶은 거죠.

할머니와 만나는 여정은 단 두 번만이 남아 있었고, 그들은 여느 때와 다름없이 함께 모여 있었다. 릭이 오랑우탄 흉내를 내면서 바닥에서 꿀꿀거리고 돌아다니기 전이었다. 다른 이들은 모두 고요하게 자신만의 여정에 몰두하고 있었다. 케이트는 약을 함께 먹은 듯 여느 때나 다름없이 완벽한 평정 속에 앉아 있었다. 눈은 뜨고 있었지만 말이다. 그녀는 릭이 다른 사람들과 같은 헐거운 노끈 등받이 나무 의자에서 일어서더니 의자를 잠시 살펴본 후에 일부러 뒤집어 놓는 모습을 지켜봤다. 그러곤 그는 바닥에 내려앉더니 바닥의 먼지를 머리 위로 흩뿌리려 했다. 흙바닥은 두터운 밀집 자리를 깔아두었던 때문에 먼지가 거의 없었다. 그는 오른팔을 활모양으로 구부려 머리 위로 올리고 있었는데, 마치 원숭이 같은 모습으로 비춰졌다. 우습지가 않을 뿐이지 꼭 그랬다. 그가 자리에서 부시럭거리며 내는 잡음과 동요에 다른 참가자들이 산란해지면서, 그들의 여정이 방해받고 있었다. 아르만도와 코스미는 매번 릭과 함께하며, 두려움이 역력해보이는 그의 여정이 수월하게 이어지도록 도와주려 애썼다. 그들은 릭이 모임에서 배제되는 것을 바라지 않았다. 전체 모임에서 사람들에게 설명했듯, 원형 모임의 신성한 점은 모임에 참석한 이들 모두가 모임을 살아낸다는 것이었다. 누군가의 행동이 아무리 기이하다 해도 그를 내쫓는 것은 원형 모임 전체의 기운을 유출시키는 것과 같았다. 하지만 케이트는 그들이 릭에게 질려가고 있음을 알 수가 있었다. 그에게 노래를 불러주고 연기를 쐬어주고 마침내는 '아구아 플로리다'까지 끼얹어준 후에, 구토감을 느낀 아르만도가 성큼성큼 걸어나가는 것이었다. 이제 릭은 침을 흘리면서 퇴행의 기미가 엿보이는 다른 형태의 몸짓을 지으려 들었다.

케이트는 잠시 눈을 감고서, 그녀 앞에서 바닥을 기어다니고 있는 릭의 이미지를, 줄곧 스스로를 통제하는 듯 냉정하고 곤두서 있으며 지적인 그의 모습에 녹아들도록 해보았다. 케이트의 눈에는 텅 빈 공간만이 보였다. 릭은 보이지 않았다. 아니면 적어도 릭은 자신이 보이지 않는다고 생각했다.

그녀가 눈을 떴을 때, 그는 마치 두 살바기 아이처럼 무릎을 꿇고 그녀 바로 앞에 있었다. 릭은 뻔뻔하게 케이트에게 뭔가를 하려는 눈으로 바라보고 있었다. 본능적으로 그녀는 그것이 무엇인지 알았다.

그의 눈을 똑바로 바라보면서 그녀는 아주 분명하게 말했다. 내게는 당신이 보여요. 전율이 한차례 그의 몸을 훑었고, 바닥 위에 온통 누워 있던 내면의 자아들, 혹은 자아의 분절들이 합쳐졌다.

그녀가 반복했다. 내게는 당신이 보여요.

그는 마지막으로 기어서 마치 그녀의 감시망에서 도망치려는 듯 돌아섰다. 하지만 원이 아주 작으니 결국 그는 다시 그녀 앞에 왔다.

여전히 내게는 당신이 보여요. 그녀가 말했다. 릭은 일어나더니 의식적으로 그 원을 휘둘러보고서 떠났다. 그는 다음날까지 내내 보이지 않았다.

내 이름을 리처즈라고 영국식으로 바꾼 분은 아버지였습니다. 그는 신중하고도 조용히 사람들에게 합류한 후에 그렇게 말했다.

그 전에는 뭐였어요? 케이트가 물었다.

여러분에게 말하기가 난처하네요. 물론 꼴레오네는 아닙니다.

아, 그 사람들 기억나요. 라리카였다. 영화 〈대부〉에 나온 그 사람들. 그 사람들은 흑인이 동물들이니까 그들에게 마약을 파는 것은 문제될 게 없다고 생각했죠.

침묵이 흘렀다. 케이트는 주물러주지 않았던 라리카의 발을 살며

시 잡아 발가락들을 잡아당겨주었다.

코카인을 하다가 심장마비가 왔던 친구 하나가 있어요. 라리카가 말을 이었다. 그애는 코카인이 기억을 앗아간다고 말했어요.

사르티에 얘기하는 거예요? 케이트가 물었다.

긴 침묵이 흐르는 동안, 케이트는 라리카의 발등을 쓰다듬어주었다.

그래요. 라리카는 한숨을 쉬며 말했다. 나는 그 친구에게 견디라고, 성녀 사르티에를 떠올려보라고 말했어요. 그녀가 잠시 말을 쉬었다. 우리를 감옥에서 나오게 해준 사람들은 계속해서 우리가 뭔가 얘기하길 바랐어요. 그렇게 우린 엄청난 법정 비용을 모을 수가 있었죠. 우린 그 얘기를 2백여 군데의 모임과 텔레비전과 신문에다 털어놓아야만 했어요. 어떻게 경찰관이 우리 둘을 강간하려고 했던가 하는 얘기를요. 어떻게 내가 글로리아를 지켜줬던가. 그들이 우리를 어떻게 때리고 가둬뒀던가. 교도관들과 수감자들이 어떻게 우리를 수도 없이 강간했던가. 그리고 그 모든 장면을 비디오로 찍어두었던가. 그래서 그 비디오를 우리가 아는 범위 내에서 전세계에 팔았던가를 말이에요. 그녀의 아름다운 얼굴에 드러난 슬픔이 케이트의 눈물을 자아냈다. 성녀 사르티에는 사라지고, 그저 늙고 평범한 사르티에만이 남았어요. 눈총 주고 조롱하는 사람들을 위해 여기저기 끌려 다니는 사르티에만이요. 그 친구는 그걸 못 견뎌 했어요.

당신은 어땠나요?

난 그녀에게서 여전히 성녀 사르티에를 볼 수가 있었어요. 나는 이 세상 모든 사르티에를 돕는 무언가를 하고 있다는 느낌이 들었어요. 라리카는 잠시 생각했다. 언젠가 내가 아주 어렸을 적에 무척 나이 든 여자분과 함께 살았고, 사람들이 그분이 내 할머니라고 말했던 걸 기억해요. 그분은 늙었고 병들어 곧 돌아가셨지만 강렬한 무언가를 던져주는 것 같았어요.

사랑이오? 릭이 물었다.

사람들은 사랑에 대해 그렇게 많이 얘기하지 않았어요. 그분이 내게 주셨던 걸 이렇게 부를 수 있을 것 같아요. '거기 있다'는 강한 충격이라고요.

존재감이오? 케이트가 물었다.

그래요. 그분이 주위에 있는 한 혼자 있다는 느낌은 없었으니까요.

나는 순수 백인들만 사는 지역에서만 자랐습니다. 릭이 말했다. 적당한 영어식 이름도 짓고 말입니다. 사실 그곳은 얼마간은 영국, 그것도 북미 해안에 딱 들어맞는 18세기 영국이었습니다. 흑인들은 일하러 오는 것조차 환영받지 못했죠.

글쎄, 당신도 제 몫을 한 것 같네요. 케이트가 집요하게 꼬집었다. 머리도 붉게 염색하고 말예요.

그 풍경에 녹아드는 것 같았으니까요. 릭이 말했다. 어머니가 신중하게 선택해서 잿빛 금발로 유지시켰죠. 물론 붉은색으로 물들일 생각은 아니었는데, 다른 일과 마찬가지로 망쳐버린 거죠.

당신 머리칼이 염색되었다는 사실을 어떻게 알아냈나요? 라리카가 물었다.

판에 박힌 이야기입니다. 그가 말했다. 사실 나서부터 백합처럼 하얀 학교만 다녔지요. 그 학교들에는 유대인과 흑인과 이탈리아인들은 존재하지 않는 셈이었습니다. 에누리 없이 말해도 백인들만큼은 안되는 그런 학교 말입니다. 그러다 운이 트여, 없는 인종이 없는 그런 대학에 가게 된 거죠. 기숙사 친구가 흑인이었습니다. 그 친구를 데리고 와서 일주일을 지냈는데, 부모님이 그 친구에게 과하게 친절하다는 사실을 알게 됐죠. 너무 다정하게 대하니 그는 우리 부모님께 푹 빠져서 돌아갔을 겁니다.

어떻게 친절했는데요? 케이트가 물었다.

완벽한 가짜 친절이었죠. 릭이 답했다. 너는 인생의 유전자가 너무나 다르니 우리가 과분하게 넘치는 포용력으로 너를 숨 막히게 하겠다는 뜻이었죠.

나는 그걸 이해할 수 없었어요. 그리고 그때 나는 유색인 여자와 사귀기 시작했죠. 부모님은 흥분했어요. 예전에는 한번도 들어보지 못했던 흑인들에 관한 것들을 그때부터 얘기해주었죠. 부모님은 흑인들이 복용하는 마약에 대해서 끔찍할 만큼 많이 알고 있는 듯 보였습니다. 그리고 그동안 그들에게 저질렀던 범죄에 대해서도 말입니다. 부모님은 흑인 이웃들에게 끼어들지 말라고 내게 경고했죠. 이건 충격이었어요. 부모님 두 분 모두 흑인 이웃들에 대해서 뭔가 알 거라곤 생각 못했으니까요.

그러다 이름을 바꾸지 않았던 삼촌 한 분을 만났죠. 나는 집에서 뛰쳐나온 후에 삼촌과 함께 살게 됐어요. 그간 나는 늘 머리칼을 가지고 어떤 종류의 반항을 해왔다고 느꼈는데, 삼촌은 내 머리칼에 대해 다그치고 놀리더니, 내 생각이 열릴 만한 얘기를 해주더라고요. 그동안은 존재조차 몰랐던 다른 삼촌과 사촌들도 소개시켜줬고요. 억압받는 사람들에게 마약 파는 일이 수세대 동안 우리 가족의 가업이었다고 말입니다. 내게 너무나 낯익었던 호텔과 식당, 사무실용 건물과 선발된 관리들을 소유하기 전에 수년 동안 우리 가족이 그걸 팔았던 거죠. 나는 내 머리 뿌리 부분이 왜 언제나 검은색이었나를 이해하게 됐습니다. 케네디 가문이 조셉 케네디의 치아를 언제나 지녀야 했던 것과 마찬가지 이치였습니다. 나는 스스로에게, 그리고 때론 다른 사람들에게, 내가 왜 보이지 않는 사람이라는 느낌이 들었던가 이해하기 시작했지요.

마지막 원형 모임 후에

마지막 원형 모임 후에 미시가 '돌파'를 선언했다. 첫번째 여정 중에 아르만도와 코스미는 제법 많은 시간을 미시에게 할애했다. 그들은 미시가 자신만의 방식에서 빠져나오도록 끈기 있게 격려했다. 미시 건너편에 앉아 있던 케이트에게는, 사력을 다해서 치유되려 했지만 벌어질 일을 감당할 용기가 미시에게는 없다는 게 뻔히 보였다. 미시의 몸은 여문 토마토처럼 단단해져갔고, 눈과 입과 귀까지, 몸의 구멍이란 구멍은 꼭 닫혀 있는 듯했다. 미시는 책상다리를 하고 석고처럼 굳어갔다. 아무것도 내게 들어오지 못하고, 무엇도 내게서 빠져나가지 않아, 라고 말하는 것만 같았다.

아르만도의 노래, 너무나 환상적이어서 케이트의 눈물을 자아냈던 그 노래가 이어지고 코스미의 갈대 피리 연주가 계속될수록 미시는 더더욱 완강하게 버텼다. 이따금 미시의 속눈썹 아래로 눈물방울이 맺혔고, 그로 인해 아르만도와 코스미는 그녀 곁에 좀더 머무를 기운을 얻었을 것이다.

아르만도는 모두에게 여러 차례 말했다. 믿기 힘들겠지만 여러분 내면에는 무언가가 있습니다. 내면의 그 무엇은 여러분들이 아무리 아프고 병증에 지긋지긋해진다 해도 치유되기를 바라지 않아요. 실제로 여러분과 싸울 겁니다. 나는 이따금 그 무언가를 꼬마 소년이라고 여긴답니다. 그는 그렇게 말하고선 웃었다. 그 꼬마는 자신의 숙주를 좀먹으며 즐거운 시간을 보내고 있으니, 회복되면 할 일이 없어질까 걱정하는 거지요. 그런데 병든 몸과 정신에는 놀 거리가 없어요. 그러니 이 조그만 소년은 '협상'을 해야만 할 거예요. 협상은 아르만도가 좋아하는 어휘 가운데 하나였다. 그는 여러분들이 변호사와 얘기할 때처럼 협상에 참여하게 될 겁니다. 녀석에게 이렇게 말해야 합니다. 내가 좋아지면 네가 할 일도 덩달아 많아질 거야. 우린 훨씬 강해질 것이기 때문에 네 놀 거리도 늘어나겠지. 훨씬 건강해지면 네가 지낼 공간도 많아질 테고. 우린 더 즐겁게 지낼 거야. 녀석은 묘한 꼬마 소년이며, 병들었을 때 통제권을 쥐고 싶어하는 여러분의 일부분입니다. 그래서 우리는 때로 그에게 내내 매료되죠. 이따금 심하게 아프지 않은 사람들이 갑자기 죽게 되는 이유가 그것입니다. 그들은 그의 음성을 너무 오래 들었던 거예요. 그 음성은 매혹적입니다.

아르만도가 미시를 위해 노래를 불러주고 코스미가 부채로 그녀에게 시원한 바람을 쐬어주던 어느 오후에 미시는 죽어 있는 듯했다. 그녀의 경직된 몸이 무기력해졌고 머리는 한쪽으로 축 늘어졌다. 케이트는 당장 그녀 곁에 달려가 앉았다. 미시가 깨어났을 때 케이트는 그녀를 내려다보고 있었다. 미시가 입을 열었다. 아, 뭔가가 죽었어.

어휴, 우린 당신이 죽은 줄 알았어요. 케이트가 말했다.

미시는 일어나 앉아 모임 사람들을 둘러봤고, 그제서야 지금 어디 있는 건지 깨달은 듯했다.

나 멀리 갔었어요. 그녀가 말했다.

돌아온 걸 환영해요. 케이트가 말했다.

나를 강간했던 할아버지가 덩치가 아주 작았다는 사실을 알고 계셔야 해요. 그녀가 다음날 사람들에게 말해주었다. 남자치곤 자그마했어요. 내 생각엔 이게 관련 있었던 것 같아요. 게다가 그는 광대였어요. 직업이었죠. 특히 애들 잔치에 많이 갔어요. 집에서도 퍽 자주 광대 노릇을 했고요. 엄마와 나는 할아버지와 함께 살았어요. 아버지가 군에 갔다가 다시는 돌아오지 않았기 때문이죠. 아버지가 돌아가신 건지 아닌지 엄마는 내게 절대 말해주지 않았어요. 엄마는 내게 하나님이 나를 낳은 아버지이며 예수님은 내 형제라고 말씀하셨죠. 나는 예수님을 사랑했어요! 지금까지도 예수님이 제일 멋진 분이라고 생각한다니까요. 머리칼 얘기를 해보죠. 늘 길었던 예수님 머리칼이 정말 근사하다고 생각했어요. 주위 사람 가운데 그렇게 기묘한 머리 모양을 감당했던 유일한 이가 할아버지였죠. 그래서 할아버지는 언제나 내 마음속의 예수님과 함께 저 위에 계셨어요.

내 할아버지 티미 위민스는 우리를 뒷바라지했고, 그리고, 엄마가 일하러 간 사이에 꼬마 공주님을 돌봤죠. 엄마는 내가 열 살이 될 때까지 무슨 일이 벌어지고 있는 건지 짐작도 못했어요. 내가 티미 위민스와 놀지 않으려고 하자 엄마는, 애한테 뭐가 들어간 거야,

하며 이상히 여겼죠.

미시는 얼굴을 찡그리며 말했다. 그러다간, 내게 문자 그대로 뭔가가 들어갔다는 걸 알게 되자 엄마 얼굴에선 웃음이 사라졌어요.

우린 할아버지 집을 떠났어요. 하지만 할아버지에 대한 애정 어린 느낌마저 떠날 수는 없었죠. 그가 내게 한 짓을 제외한다면, 할아버지는 정말 굉장한 사람이었으니까요.

미시는 강물을 내려다봤다. 지난밤 폭풍우로 강물이 불어 있었다. 강물을 가로질러 번쩍이는 섬광들이 미시의 갈색 머리칼 중 탈색된 부분과 어울렸다.

할아버지가 지독히도 그리웠어요. 미시가 말했다. 엄마도 그랬어요. 우린 할아버지에게 너무나도 길들어 있었죠. 할아버지의 농담과 익살스런 장난과 든든함에 말예요. 나는 그에게 육체적으로도 길들여져 있었죠. 미시는 조심스레 덧붙였다. 할아버지가 내 은밀한 부분을 엉망으로 만드는 걸 더이상 바라진 않았지만. 미시는 분명히 짚고 넘어갔다. 하지만 비 오는 날 만화영화를 보며 소파에 드러누워서 껴안는 건 분명 그리웠어요. 게다가 호두와 건포도가 든 팝콘을 먹으면서 말예요!

엄마는 할아버지가 우리에게 해주던 음식을 아쉬워했어요. 손에는 엄마에게 줄 포도주 한 잔을 들고 문간에서 기다리고 있던 할아버지가 아쉬웠고, 자동차를 정비소로 끌고 가거나 세차를 하지 않아도 되는 생활이 아쉬웠던 거예요.

그녀가 잠시 말을 멈췄다. 어떤 면에선 할아버지는 우리의 아버지이자 우리의 남편이었어요.

모여 있던 다섯 사람은 강물을 지켜보며 나란히 앉아 있었다.

그가 어머니와도 관계를 가졌나요? 휴가 물어봤다.

그건 아닌 것 같아요. 미시가 답했다. 하지만 엄마와 나는 그 얘기라면 입 밖에도 꺼내질 않았어요. 어쩌면 그랬을지도 모르죠. 엄마가 어렸을 적에.

실제로 내가 할아버지보다 덩치가 컸어요. 열 살 적에 이미 키가 더 컸으니까요.

잠시 침묵이 흘렀다.

할아버지는 나를 간질이곤 했어요. 웃음이 터지게 만들었죠. 아주 재밌는 사람이었어요. 할아버지는 광대옷을 입고 광대코를 썼죠. 그러다 놀이는 섹스로 바뀌어갔어요. 그래도 여전히 노는 것 같았어요. 할아버지는 워낙 어려서부터 나와 놀아서 난 거기에 뭔가 차이가 있다는 걸 알지 못했어요. 실은 그 간지럼을 기다리기까지 했으니까요.

케이트가 웃었다. 간지럼이라고요?

네. 미시가 답했다. 내가 제대로 간지럼을 타고 그걸 즐기면 할아버지는 아주 기뻐했죠.

아주 어릴 적에 혼자서 화장실을 다녀왔을 때처럼 말예요. 라리카가 덧붙였다.

바로 그런 거예요. 미시가 맞장구쳤다. 내 생각엔, 좋은 섹스란 마치 아기들에게 배변 훈련을 시키는 것처럼 훈련이 가능하다고 할아버진 생각했던 것 같아요. 하지만 우리가 했던 것이 나쁜 짓이라는 걸 이해하면서부터 나는 간지럼 타는 걸 두려워하게 되었죠. 남자친구와도 그럴 수가 없었고, 결혼했던 남자와도 되지가 않았어요. 내가 나쁜 짓을 하고 있는 것만 같은 느낌뿐이었어요.

누구에게도, 특히 엄마에게는 내가 그 놀이를 얼마나 즐겼던가를 털어놓을 수가 없었어요. 심지어 치료 중에도 내가 변태같다는 느낌을 받았으니까.

당신 할아버지는 어떻게 됐나요. 릭이 물었다.

죽었어요. 미시가 답했다. 심장이 안 좋아지자 광대 일도 더이상 하지 못하게 됐어요. 할아버지는 우리를 그리워했죠. 나는 한밤중에, 할아버지는 우리가 얼마나 보고 싶을까 하는 생각에 깨어나 울곤 했어요. 할아버지에게 우리는 살아가는 이유였으니까.

하지만 그는 당신을 이용했잖아요. 당신은 어린 아이였고. 휴가 말했다.

처음 시작했을 적에 나는 아기였어요. 미시는 머리를 숙였다.

그 생각에 지독한 시절을 보냈어요. 나는 자연히 마리화나에 손을 댔고요. 늘 독하게 피워댔죠. 그러다 여러분들이 알 만한 모든 종류의 알약이나 물약으로 바꿨어요. 코카인을 하면 내가 세상일에 능히 대처할 만큼 똑똑하다는 느낌이 들었지만, 너무 비싼 데다 코도 주저앉아버렸지요.

저런. 케이트가 내뱉었다.

미시가 말을 이었다. 하지만 할머니가 내게 다가와 강가에 앉으라고 말했죠. 나는 아침 나절 내내, 그리고 오후가 되어서도 물을 지켜보면서 여기 앉아 있었어요. 강물엔 모든 것이 들어 있고, 그건 그저 계속 흐를 뿐임을 알게 됐어요. 강물을 바라보면서 무슨 일이 벌어졌냐면요, 여러분들 모두가 나와 함께 강물을 따라 떠내려가는 모습이 보였던 거예요. 그녀는 그렇게 말했다. 나는 여기 앉아서 내게 다짐했죠. 내 쓸쓸함을 처음으로 흩어버린 사람에게 나를 열어

보이겠다고요. 두려워서 가기를 꺼리는 곳 너머까지 나를 보인다는 것이 나를 치유하는 약이 될 거라고요.

우리가 당신이 얘기한 그 첫번째 사람들인가요?

두려워하던 부분에서 말인가요? 네, 그래요.

라리카가 미시의 한쪽 손을 잡았고 케이트가 나머지 손을 잡았다. 휴와 릭은 각자의 손을 그녀의 무릎에 얹었다. 그들보다 늦게 올라오고 있던 아르만도가 말했다. 아, 기도하는 겁니까?

네. 그들은 아르만도와 그의 뒤에 걸어오면서 그들과 합류한 코스미를 맞이하며 간단히 답했다.

10분 후, 미시가 눈을 번쩍 뜨고 그들 모두를 둘러보며 물었다. 누구 용을 본 사람 있어요?

아이쿠, 물어봐줘서 다행이에요. 릭이 말했다. 마침내 문에 들어섰을 때 용 한 마리를 봤거든요. 『영매의 길』에 나오는 것 같은 용을 말예요. 여기 내려오면서 읽었는데, 그 책을 읽어서 그런 것 같다는 생각이 들더군요.

그렇지 않은 것 같습니다만. 휴가 나섰다. 집에 가자마자 읽을 작정이긴 했지만 나는 아직 책을 읽지는 않았어요. 그런데도 '거대한' 용들을 봤거든요. 불을 뿜어내는 용 말입니다.

그런데요, 제 경우엔 한동안 불을 뿜어내더니 이어선 물을 내뿜더니만 사람들을 뱉어냈어요. 릭이 말했다. 사람들의 물결이 입에서 터져나왔다니까요. 그는 잠시 생각에 잠겼다. 무의식 깊은 곳에서 우리 인간종들이 토해져나오고 있다는 느낌이 들었어요.

세상에. 미시가 반응을 보였다.

네. 릭이었다. 그런데 그때, 전인류가 내 머리로 향하는 걸 보면서 감사한 마음으로 죽음을 받아들였습니다.

나도 죽은 것만 같은 느낌이었어요. 휴였다. 그런 일이 벌어지기 직전까진 두려웠고요. 어리석다는 느낌도 들었습니다. 왜 이런 거 있잖아요. 대체 뭐에 씌였길래 그 익숙하고 좋은 미합중국의 안락한 내 집을 떠나, 이렇게 황량한 야생의 공간에서 이렇게 구역질나는 음료 따위나 마시고 있는 걸까? 그것도 우리 종족이 그들에게 했던 짓을 생각하면 내게 독미나리를 건네도 시원찮아 할 그 인디언이 준 음료를 말이야. 하지만 내가 정말로 죽어가기 시작하자 그렇게 나쁘진 않더군요. 그는 둘러앉은 자리 뒤로 누워서 머리 밑에 손을 괴고 하늘을 바라봤다. 죽는다는 것은 속속들이 평화롭더군요. 그가 말했다.

미시가 말을 꺼냈다. 근데요, 다들 내가 용을 볼 거라고 말했지만 내가 본 건 그저 커다란 뱀이었어요. 두어 마리쯤이오. 그녀가 덧붙였다. 서로 몸을 휘감고 있었죠.

하지만 손에서 벗어난 뱀이 용이 되지 않던가요? 릭이 물었다.

내게 떠오른 생명체는 엄청나게 거대했어요. 케이트의 말이었다. 뱀이라고 말할 수도 없을 정도였죠. 아님 용이라 해도. 그건 건축물 벽면 같았어요. 보석 같은 것만 빼면요. 아님 구슬인지도 모르죠. 고대인들이 구슬세공을 용이나 뱀의 껍질을 보고서 배웠지 않았나 싶어요. 숨 막힐 만큼 아름다웠어요. 어쨌건 나는 거의 창문을, 그러니까 구슬장식이나 보석으로 된 창문을 여는 듯 그것의 귀를 들어 올리고선 그 안으로 미끄러져 들어갔어요.

두려웠나요? 미시가 물었다.

너무 멀리까지 가버린 걸요. 케이트가 답했다. 두려움은 문제가 되질 않는 것 같았어요. 내가 너무 많은 것을 경험하지는 않았나 의심스러웠던 것 같아요. 그러고선 할머니를 깊이 만났고, 할머니는 떠내려가버렸죠.

정말요? 라리카였다.

네. 케이트가 답했다. 여러분들과 있으면서 약 복용을 그만둔 이유가 그것이랍니다. 할머니와의 세번째 시간쯤 되자 뱀인지 용인지 어쨌든 그것들은 아주 작아져서 내 손에 쥘 수 있을 정도였어요. 그것들은 흰색과 파란색에 만화영화 주인공처럼 익살스러웠죠.

여러분들은 수천 년 전 인간들이 경이로워하면서 경험했던 것들을 지금껏 만난 겁니다. 너무 오래전이라 우리로선 제대로 상상도 못하던 때이지요. 또한 그 후로 인간들이 수천 년에 걸쳐서 경험해왔던 것이기도 합니다. 할머니 예이지는 바로 기원과 결말의 약입니다. 아르만도는 부드러운 음성으로 말을 끝맺었다. 늘 파충류 조상이 나타나는 이유가 바로 그것이랍니다.

가시적인 존재

　무엇이 자신을 지탱시켜주는지 지각할 때만 사람은 가시적인 존재가 됩니다. 아르만도가 릭에게 말했다. 말하자면 영양 상태 같은 거죠. 당신이 먹은 음식, 받았던 교육, 했던 여행, 샀던 집과 옷과 심지어 신발까지, 그 모든 당신의 영양 상태가 비밀에 부쳐진 겁니다. 당신 부모님은 당신의 반짝이는 치아가 마약 중독자들의 잇몸에서 떨어져나온 치아를 대가로 했다고 말해주지 않았지요.

　부모님은 당신이 세상을 모르도록 단속해서 세계의 고통으로부터 당신을 보호한다고 생각했던 거죠. 하지만 당신을 먹여살려주었던 것은 바로 이 세계의 고통이었습니다.

　그 사람들 이가 빠지나요? 릭이 물었다.

　네. 아르만도가 답했다. 마약 중독자는 먹는 데 그리 신경 쓰지 않아요. 양치질도 그렇고요. 치실로 닦는 건 말할 것도 없죠.

　아주 미르셨군요. 그가 말을 이었다. 하지만 전적으로 비가시적이지는 않군요. 그는 릭의 답을 기다리는 듯 말을 멈췄다.

릭은 그의 손을 내려다보다간 고개를 들어 멀리 강을 내다봤다.

몸속으로 음식물을 쑤셔 넣으며 탐닉하다가 게워내버릇 했기 때문에 마른 겁니다. 그가 말했다.

아르만도가 잠시 후에 말을 이었다. 그래서 그렇게 수월하게 토해냈던 거로군요.

네. 릭이 답했다. 가족의 비밀을 알기 훨씬 전부터도 그랬고요. 나는 본능적으로 우리가 너무 많이 가졌다고 느꼈습니다. 음식이나 옷이나 돈을 말입니다. 부모님, 특히 아버지는 내게 더 가지라고 언제나 재촉하셨죠. 먹어라! 마셔라! 사라! 아버지 입에서 나온 말이 이탈리아인처럼 들린 건 그때뿐이었습니다. 심지어는 로마인처럼. 황제라고 해도 될 만큼. 그는 웃어가며 말을 이었다. 네, 아버지는 영화에 나오는 로마 황제처럼 생겼어요. 이 땅을 다 집어삼키려고 정복 여행을 떠난 황제처럼 말입니다. 모든 것을 게걸스레 먹어치우는 유전자가 우리한테 있는 것 같았어요.

이윽고 나는 알게 되었습니다……. 뭔가를 느끼는 법을 모른다는 사실을. 아무런 느낌도 갖지 않는다는 사실을 깨달았던 겁니다. 내 삶은 늘 어제처럼 흘러갔죠. 우리 가문의 충격적인 내막과 역사, 그리고 나 자신에 대해 알게 되었지만, 변한 건 아무것도 없었습니다. 사람들은 여전히 나를 특별하게 대했어요. 기사 아저씨는 내게 차 문을 열어주면서 여전히 모자를 들어 올려 인사했죠.

그러던 어느 날, 나는 기사분이 인사할 때, 실제로는 나를 보질 않는다는 걸 눈치챘습니다. 그의 눈에 잡히는 건 내 외투와 모자, 광택 나게 잘 닦은 구두와 양복이었음을 알게 됐죠. 나라는 사람이 누구인지 그는 짐작도 못했고 관심도 없었죠. 나는 마네킹이어도 상관없었어요. 아니면 대형 인형이거나요. 그는 웃으며 말했다.

'백인'으로 통할 수가 있었던 우리 '민족' 모두는, 미국에 건너온 이후로 정말 그렇게 행세했습니다. 그가 아르만도에게 말했다. 심장이건 영혼이건 우리만의 독특한 리듬이건, 우리를 우리답게 만들어주는 것이라면 몽땅 버렸습니다. 여러분들의 시선이 닿는 곳엔 어디나 백인들이 있지만 내 눈에는 그들 대부분이 비가시적일 뿐이니 이상한 일입니다. 왜 그런 거 있잖습니까. 우린 서로를 보지 않아요, 더이상은. 세련되지 못한 누군가가 뭔가를 물을까봐 두려워하는 거죠. 너희 권력은 어디서 생긴 거냐? 라고 말입니다.

바로 그런 질문이 제기될까봐 학교에서 인종학 배우기를 꺼리는 것이로군요. 케이트가 말했다.

빈곤한 나라의 외국인이 미국을 방문하면 그림자 가운데 움직인다는 느낌을 받게 됩니다. 아르만도가 말했다. 이빨 있는 그림자인 셈이죠! 그가 웃었다. 심지어 자연의 그림자조차 못되는 거죠. 어째서 그런지 우리는 알지 못했습니다. 미국 영화들 속에서 영상 가득 채워진 백인들의 얼굴만을 봐왔기 때문이죠. 그는 충분히 괴로웠을 것이고, 우리와 비슷한 존재가 되는 건 그걸로 충분합니다. 그의 고통을 우리는 알고 있으니까요. 허나 여기 모이면 그는 너무 뻣뻣해요! 게다가 우리는 수없이 백인을 봐왔지만, 그들은 우리를 쳐다보지도 않는 것 같습니다.

자격지심이죠. 릭이 어깻짓하며 말했다. 검은 피부의 사람들이나 가난한 이는 우리가 망쳐놨던 곳에서 온 것만 같으니까 말입니다.

강력한 힘을 지닐수록 그들은 더더욱 비가시적인 존재로 바뀌어갑니다. 아르만도가 말했다. 예전에는 지금과 다르게 작동했습니다. 과거에는 권력이 신성에 통합되었으니 우리 눈에 보이는 건 오직 신성함이었습니다. 하지만 이제 권력은 그림자, 사실상은 죽음과 통합되어서, 백인들과 대면해도 그들은 거의 보이지가 않습니다. 심지어 영매에게도 말입니다. 이따금 이런 생각이 듭니다. 이 보이지 않는 사람과 매일 밤 잠드는 한 여자가 있는데, 그녀는 무엇에 관한 꿈을 꾸는 걸까?

백인들의 비가시성을 치료하는 약은 뭐죠? 릭이 물었다. 그들은 다른 사람들에게 비가시성을 전염시키고 있어요.

아르만도는 오랫동안 강 쪽으로 눈을 돌렸지만, 그의 시선은 강 위, 나무들 주위를 떠도는 듯했다.

한참 만에 그가 입을 열었다. 내 생각엔 권력자들의 비가시성을 치료하는 유일한 약은 눈물입니다.

오랜 침묵이 흐른 후에 마침내 아르만도가 말을 이었다. 대통령들을 생각해보세요. 그들이 죽은 후에야 겨우 진실로 그들을 바라보는 법을 익혔던 기억을 떠올려보세요. 왜냐하면 그때서야 비로소 그들의 피와 살이 무엇으로 이루어졌나, 최소한 눈치라도 채게 되니 말입니다. 대통령이 어떤 국가의 사람들과 어린 아이들과 강과 원숭이와 염소의 삶을 조용히 끝장내는 그때, 텔레비전에 그들이 어떤 모습으로 비춰졌는지 생각해보세요.

그는 잠시 말을 멈춘 다음 이렇게 덧붙였다.

조용히 있는 대신 흐느끼라는 명령을 내렸다면, 모든 사람들에게 훨씬 나았을지도 모르죠.

악어의 눈물이죠. 릭이 코웃음치며 말했다.

어쩌면요. 아르만도가 받았다. 게다가 그들에겐 감정까지 쥐고

흔드는 배후세력도 없는데 말입니다. 그렇게만 하면 되는데.

제겐 느낌이 없어요. 릭이었다. 아니면 사는 데 지장 없을 정도만 느끼는 거겠죠. 대학 때 사귀었던 유색인 여자와 결혼했는데, 우리 둘의 느낌을 그녀가 감당했죠.

그런데 당신 곁에서 잠들면서 그녀는 무슨 꿈을 꿨나요? 아르만도가 말했다.

나 같은 사람도 느낌을 가질 수밖에 없는 어떤 꿈이요. 너무나 기이한 일이라 그녀는 믿지 못했죠. 그녀는 뭔가 공포스런 이야기나 슬픈 경험, 그런 어떤 것이 내 중심을 흔들어놓으리라 생각했어요. 그 중심에는 아마 당신이 얘기하고 있는 눈물 양동이가 들어 있겠죠. 하지만 그런 일은 절대 일어나지 않았습니다.

당신은 하찮은 것에 매우 집착하는 편입니까? 아르만도가 물었다. 당신은 부자잖아요, 아닌가요?

아주 부자죠. 병원을 세우고 학교를 세우는 데 써야 했을 돈을 가지고 있었던 셈이죠. 감옥이라는 미래가 기다리고 있을 어린 세대를 기르고 교육시켰어야 할 돈. 나를 저버리기 전에 아내는 내게 이걸 상기시켜주곤 했죠.

그래서요? 아르만도가 물었다.

아무것도 달라지지는 않았어요. 나는 엄청난 재산을 가지고 있지만 결국은 방 한 칸에 살고 있지요. 릭이 답했다.

물가에서 가까운 곳인가요? 아르만도가 물었다.

그런데요. 릭이 의아해하며 답했다.

당신의 눈물이 당신을 부르고 있습니다. 아르만도가 그의 무릎을 감싸며 말했다.

넌 살아야만 해

적어도 2년은 우주에서 살아야만 해. 할머니가 말했다. 지금껏 네가 우주에서 살아왔다는 사실을 긍정하려면 적어도 그 정도 기간은 걸릴 거야. 우주로 가려면 대기권 너머로 여행해야만 한다고 생각하는 사람들이 있지만, 그건 그들이 이해하지 못하기 때문이란다. 너는 우주에서 태어났고, 우주는 영원한 네 집이야. 지구는 이 조화로운 우주 속에서 하나의 먼지 같은 곳이에요. 흥미롭고 훨씬 매혹적인 티끌. 하지만 그저 먼지일 뿐이지. 우주라는 강에 떠다니는 뗏목 같은 곳이야.

할머니가 내게 우주에서 2년간 살아야만 한다고 말했어. 케이트가 욜로에게 얘기해주었다. 무슨 말인지 통 모르겠어. 어떻게 해야 할까?

욜로가 케이트에게 미소지으며 말했다. 할머니가 유머 감각이 있으시네.

여행에서 돌아왔을 때 그녀는 집을 잘못 찾았나 생각했다. 문을 열고선 깜짝 놀라 눈을 깜빡였다. 욜로가 그녀의 집을 파란 하늘색으로 칠해놓은 것이었다.

내 그림에서 보고 당신이 안식을 느꼈던 그 색깔이야. 욜로가 말했다.

그래. 그녀는 매혹되어 답했다.

케이트는 전날 밤 깨어 있었다

케이트는 집에 돌아가고 싶은 열망에, 철수하기 전날 밤 깨어 있었다. 물건들을 싸고 한동안 보금자리로 지냈던 조그만 오두막에 인사를 전하며, 간밤의 꿈을 떠올렸다. 꿈에 노파가 케이트를 찾아왔다. 그 노인은 사물을 아름답게 변화시키는 능력을 지녔다고 널리 알려진 이였다. 노파는 케이트의 칙칙한 황갈색 거처를 휙 둘러보더니 그저 생각의 힘만으로 삽시간에 방을 꽃밭으로 바꿔놓았다. 둘은 방 안에 그대로 있는데, 노파가 손을 대자 벽이 꽃천지로 변했다. 케이트는, 넉넉하고 기다랗고 벽면이 꽃으로 채워진 데다 향기와 신선한 내음으로 숨을 쉬는 자신의 집을 통과해, 그 노파가 걸어가는 모습이 보이던 해변을 향해 걸었다. 노파는 비닐 소재 같아 보이는 뭔가를 입었던 탓에 햇살 아래로 나갈 수가 없었다. 그래서 노파는 그녀의 공손한 조력자와 함께 그늘 쪽으로 돌아섰고, 케이트가 그들에게 다가가서 노파에게 머물러주십사 간청했다. 케이트는 노파가 좀더 머물러주길 간절히 바랐고, 노파는 가는 곳마다 사람들에게 그런 느낌을 불러일으킨다는 것을 알았다. 부디 머물러주세요. 케이트가 외쳤지만, 늙은 여자는 이미 일정에 있던 다음번 일, 그녀의 마술적 방문을 기다리는 또 다른 황갈색 거처에 대해서 조력자와 얘기를 나누는 중이었다. 늙음이란 이런 거야! 케이트는 잠에서 깨어나며 생각했다. 추한 곳을 찾아가 손닿는 곳마다 아름다움으로 탈바꿈시키는 그 능력.

배 안에서 케이트가 아르만도에게 꿈 얘기를 했고, 그는 그녀에게 미소로 화답했다.

난 당신이 나이 드는 것을 염려하고 있는 줄 몰랐어요. 그가 말했다.

저 역시 몰랐어요. 케이트가 말했다. 하지만 내가 그랬다는 생각이 드네요.

그 노파 얘기를 들으니 우리 할머니 생각이 나요. 라리카였다.

코바늘로 뜬 하얀 모자 아래로 드러나는 할머니의 삭발한 머리는 자줏빛이었어요. 눈은 평온하고 맑았고요.

미시와 케이트, 릭과 라리카, 휴와 아르만도, 그리고 코스미 사이에는 오래고 향긋한 친근함이 흘렀다. 다들 외양도 한결 가늘어졌다.

오랫동안 배는 밀림의 끝자락을 따라 질주했고 수시간이 흐른 뒤에야 인적이 있는 마을이 나타나기 시작했다. 작고 정돈된 농장에는 뼈가 앙상한 노새 두어 마리와 십여 마리쯤 되는 닭, 염소 한 마리 정도가 보였다. 이엉으로 이은 오두막은 그들이 금방 떠나온 곳들보다 조금 큰 정두였다. 다른 세계로 진입하는 것만 같았다. 흐드러진 숲을 지나온 무렵이라 그곳의 모든 것은 마모되고 병약하게 여겨졌다. 사람들, 특히 여자들은 충격적이리만치 삶에 짓눌리고 낙담한 데다 식생활도 부실해보였다. 그들은 빽빽한 목재 하치장 근처를 지친 몸을 끌다시피 하며 지나고 있었다. 그곳은 급속도로 황폐해져가는 아마존 밀림 가운데, 최근까지는 비옥했던 지역이었다. 케이트 눈에 열서넛 정도 넘은 젊은 여자들은 하나같이 임신한 듯 보였다. 케이트 일행은 한 농장 근처에 배를 대고, 닳아서 너덜너덜해졌지만 깨끗한 옷을 차려입은 한 여자를 태워주었다. 배 안에 그녀 자리를 마련해주었지만 두 시간 반쯤 되는 시간 동안 그녀는 사람들에게서 떨어져 있었다. 그녀는 사람들이 자신을, 함께 배를 타기에 어울리지 않는다고 여길까봐 겁을 먹고 있는 것 같았다.

차 한 대가 대기 중이던 기지에 무사히 도착하자 케이트는 안심했다. 그들은 시장했던 터라, 채소는 없고 쌀과 콩, 그리고 물고기로 만든 요리를 파는 한 식당에서 식사를 했다.

그런데 그녀 안의 농부 기질이 살아났다. 분명 여기서도 녹색 채소들을 키울 수가 있을 텐데요. 그녀가 아르만도에게 말했다. 이렇게 열기와 습기가 가득한데 말예요. 그녀는 특히 콜라드와 케일을 염두에 두고 있었다. 미국 남부 지방의 아열대 기후에서도 잘 자라는 것들이었다. 그리고 토마토와 콩과 호박도!

그는 어깨를 으쓱하더니 감사히 접시를 받고 주린 듯 먹었다. 처음으로 치료용 식사가 아닌 음식을 맛보는 사람들 모두 마찬가지였다. 콩 요리에 조그만 돌이 들어 있어 이가 나갈 뻔했지만, 그녀는 조심스레 밀어내고 음식을 먹었다.

공항에서 그들은 전화번호와 이메일 주소를 교환하고, 서로 껴안고 입을 맞추며 인사를 나눴다. 이게 요즈음 사람들이 살아가는 방식이구나, 케이트는 생각했다. 운이 좋아서 한 주나 한 달간 가장 사적이고 중요한 정보를 교환했던 사람들과 시간을 보낸다 해도, 또다시 헤어지고 멀어져가겠지. 언제 다시 서로를 만나게 될지 의심스러웠다. 만나길 바랐지만, 기약 없는 일이었다.

욜로가 일어났다

욜로는 알마의 집에서 일어나면서 그녀의 건강을 염려했다. 짐작건대 알마는 못해도 90킬로그램은 나갈 것이었다. 게다가 담배와 술도 쉬지 않고 피우고 마셔댔다. 하지만 이런 얘기를 어떻게 꺼낼지 알 수 없는 노릇이었다. 욜로는 알마의 불같은 성격을 기억했다. 그가 미처 짐을 싸기도 전에 아마 그를 쫓아내리라.

이런 생각을 하는데, 알마가 문간에서 고개를 내밀었다.

커피 마실래? 그녀가 물었다.

아냐, 괜찮아. 그가 답했다.

아침 식사 때, 그는 더운 물 한 잔을 부탁했다. 레몬 하나를 짜서 마실 참이었다.

건강식 같아 보이는데. 알마가 말했다. 아침으로 그녀는 해시 브라운(감자를 잘게 썰어 버터로 지진 요리—옮긴이)에 쌀밥, 소시지, 햄, 달걀 몇 개, 잼 바른 식빵에 크림을 넣은 폴저스 원두커피를 큰 잔으로 하나 들고 있었다.

밤새 나가 있었던 모양이던데. 그녀는 흐린 담배 연기 너머로, 그녀의 최고의 남자 제임스 딘을 곁눈질하면서 말했다. 펄루아 아줌마가 그때까지 뭘 했어?

욜로가 웃었다. 그 여자분 대단하던 걸. 펄루아가 진짜 이름이야? 그가 물었다.

나도 의심스러워. 알마가 다음 말을 기다리며 답했다.

의외의 손님은 다름 아닌 당신에게 이름을 물려주신 분이었어. 욜로는 알마가 거들떠도 안 보는 큰 접시에서 망고 한 조각을 집으며 말했다. 하와이 사람들이 망고를 싫어한다는 얘기는 들었다. 어려운 시절을 살아가던 어릴 적에 망고를 너무 많이 먹었던 탓이라고.

알마는 포크 가득히 달걀과 소시지를 집었다. 그 말은 당신이 의외의 손님이 아니었다는 거야?

사실 다들 놀랐지. 그가 말했다.

이름을 주신 그분이 여태 살아 계신지도 몰랐는데. 그녀가 말했다.

아주 건강하게 살아 계셔. 욜로가 말했다.

그분은 어떻게 지내고 계시는 것 같았어?

마지막으로 확인했을 때는 뭘 하셨는데?

식이요법인가 뭔가 그런 일이었던 것 같아. 알마는 버터를 듬뿍 바른 식빵 한쪽을 씹으며 말했다.

당신은 펄루아 아줌마와 알마 아줌마가 인척 관계인 걸 알았어? 욜로가 물었다.

여기 사람들은 모두 친인척이야. 알마의 답은 그랬다. 타지 사람을 보려면 수천 킬로미터를 나가야 하는 섬에 산다는 건 그런 의미라고.

욜로는 그날 밤 일을 그녀에게 전하기 시작했다.

조만간 당신이 케이트를 만나면 좋겠어. 그는 그렇게 말을 텄다. 지난밤에 내가 겪었던 경험은 케이트가 유독 몰두하는 그런 일이었거든. 이런 일이 내게 일어나리라고는 꿈도 못 꿨어.

알마는 담배 한 대에 불을 붙이며 눈을 치켜떴다.

어떤 특정한 방식으로 이 세상 사람들과 더불어 존재하는 거 말이야. 그는 알마의 표정을 주시하며 신중하게 말했다. 모든 경계와 헛짓거리들을 지워버리는 방식.

그는 해안에서 그녀의 아들 마샬의 시신 곁에 앉아 있었던 덕에 제리가 자신을 초대했던 사연을 그녀에게 말해주었다.

어쨌건 그는 나를 초대하진 않았지. 알마가 말했다. 욜로가 앉아 있는 탁자 너머로 그녀가 내뿜은 담배 연기에는 빈정거림이 묻어 있었다.

욜로가 어깻짓을 하고는 말을 이었다. 알마 아줌마가 오기 전까지 그 자리에는 남자들뿐이었으니까.

펄루아 아줌마와 사람들은 그 말에 상당히 모욕감을 느낄걸. 알마가 말했다.

아차. 욜로가 반응을 보였다. 무슨 뜻인지 당신은 알잖아.

그럼, 잘 알지. 알마는 담배를 한 모금 빨아들이더니 서서히 연기를 뿜어내며 말했다. 그분이 여음상女陰像을 들여왔으니.

그렇다니까. 욜로가 웃으며 말했다.

사람들은 달이 하늘 높이 걸릴 때까지 원형으로 둘러 앉아 오랫동안 얘기를 했어. 휴식 시간 중에 몇몇 이들은 고속도로를 건너더니 단숨에 대양으로 뛰어들어 달빛 아래서 헤엄을 치기도 했고.

펄루아 아줌마는 남자들이 아이들을 위해서 지키기 힘든 맹세를 또 하나 해야 할 시기가 왔다는 의견을 내놓았지. 커피나 홍차를 마시는 것까지 포함해서 어떤 종류의 중독이건 끊어야 한다고 말했어. 젊은이들에게 모범이 되려면 깨끗해야만 하고, 극단적이어야 한다고 했지. 마약도 술도, '즐기기 위한' 섹스도, 카페인도 담배도 안된다고. 그녀는 모임에 참석한 남자들에게 그걸 맹세해 달라고 요구했어.

그들은 충격을 받았다. 욜로는 그들의 얼굴에서 놀란 표정을 읽어낼 수가 있었다. 세상에, 결국엔 여기까지 왔구면, 하고 말하는 것 같은 얼굴이었다. 하지만 펄루아 아줌마의 말 속에 담긴 지혜를 누구 하나 의심하는 표정은 아니었다.

그럴 순 없을 것 같아요. 커피 중독이라고 털어놓았던, 호주에서 온 그 금발의 남자가 말했다. 그는 심란한 표정이었다.

원형 모임 자리에 앉은 남자들 뒤에는 그들의 '물건들'이 있었다. 자동차 열쇠, 지갑, 담뱃갑과 아직 다 비우지 않은 맥주병.

우리가 어떻게 해낼 수 있을까? 그들은 하나같이 그 질문에 직면했고, 이내 낙담한 기운이 퍼졌다.

하지만 펄루아 아줌마는 침착했다. 그녀는 사람들을 향해 부채질을 했다.

여성의 삶을 줄곧 고수하는 일이 마후스족에게 수월했다고 생각합니까? 그녀가 물었다.

때로 우리가 머리칼을 자르고 발톱은 자라도록 내버려두고 싶지 않았을까요? 그녀가 웃었다. 아, 누구든 남자가 될 수 있어요. 그게 문제예요. 여자가 되는 건 그 이상이에요. 하지만 우리는 기어이 해 냈지요. 왜죠? 남자들이 여자들과 여자의 아이들을 위해 펼쳐놓은 구상이 우리에겐 잘 보이기 때문이에요. 그 구상이란 그들이 지닌 신성함의 빛을 충분히 뿜어내기도 전에 예속시키고 굴욕감을 주는 계획이죠. 글쎄요, 우리 마후스족이라면 그런 계획을 세우진 않을 겁니다. 그리고 우리 아이들의 미래를 위해 펼쳐진 그 구상을 바라 보면서, 오늘날 남성 여러분들은 마음에서 우러나오는 말을 해야만 합니다. 우린 그런 계획을 갖지 않겠다, 라고요.

기괴한 선언이라고 몇몇이 과감히 이의를 제기했다.

선언이 아닙니다. 펄루아 아줌마가 말했다. 이건 전략이에요. 생 존을 위한 전략.

저는 요만할 때부터 담배를 피웠습니다. 다른 누군가가 말했다.

맥주는 저한텐 물이나 마찬가지예요. 또 다른 이가 나섰다.

우리 몸은 우리가 먹은 것들의 총합입니다. 펄루아 아줌마가 말 했다. 우리는 우리 몸을 조금은 통제할 수가 있습니다. 젊은이들이 보고 싶어하는 바로 그런 몸으로 우리를 만들 수가 있어요. 건강하 고 행복한, 그리고 자유로운 몸으로요.

욜로가 목을 가다듬었다.

진짜 남자라면 술을 못 끊죠. 그가 빈정대며 속삭였다.

제리는 그를 슬픈 눈으로 바라봤다. 이 섬에선 그게 정말 진실에 가깝지, 형제. 그가 말했다. 우리는 담배를 피우고 여자들과 성교하 고 아내와 아이들까지 때리는 짓을 끊을 수가 없소이다.

다들 포이라고 부르는 마샬의 형은 흐느끼고 있었다. 동생을 잃은 슬픔이 저녁 내내 그를 짓누르고 있었다.

마침내 포이가 입을 열었다. 그건 좋은 꿈이에요, 아줌마. 하지만 너무 늦었어요. 그 망할 것은 배에 한가득 실려 섬으로 들어오잖습니까. 망할, 매일같이. 우리가 끊는다 해도 들어오는 것을 막지는 못한다고요.

여기서 담배를 어떻게 구하죠? 펄루아 아줌마가 침착하게 물었다.

아시잖아요. 마약 판매 배에 같이 실어서 여기로 들어온다는 걸.

원형 모임에 이런 순서가 있으리라고 짐작 못했던 사람은 욜로만이 아니었다. 모임에는 새로운 기운, '만일'이라는 기운이 있었다. 아, 만일 우리가 백 년이나 2백 년 전에 이런 시도를 해보자는 생각이 들었더라면. 만일 백설탕을 전세계에 전파시켜 모두가 설탕의 포로가 되기 전에, 사탕수수를 재배하려고 주변 갈대밭을 비소로 오염시키고 있을 때, 중독에 대해 우리가 알았더라면. 만일 릴리우오칼라니가 자신의 백성들에게 영원히 포이(토란을 발효시켜 만든 하와이 사람들의 주식—옮긴이)와 타로(포이의 원료가 되는 토란—옮긴이)를 먹게 하고, 절대 흰 빵과 가공된 치즈에 빠져들지 않겠다고 약속하게 만들었다면. 만일 달러가 여기 들어오지 않았다면.

우리의 먹거리는 치욕적이에요. 펄루아 아줌마가 말을 이었다. 그리고 코웃음을 쳤다. 좋아요, 여러분들이 주위에서 흔히 보는 덩치 큰 여러 하와이인들처럼 내가 크다는 걸 인정해요. 하지만 내가 이런 덩치가 된 것엔 다른 이유가 없어. 요즘 우리 몸속으로 들어가는 그 모든 쓰레기들 때문이지요. 그녀가 인상을 썼다. 그 모든 흰

빵과 마요네즈, 맥주, 담배, 돼지고기와 파스타 샐러드.

그래도 그게 우리 문화예요. 누군가 조심스럽게 말했다.

아니요, 그렇지 않아요. 펄루아 아줌마가 말했다. 건강이 우리 문화야. 건강을 방해하는 건 모두 우리의 굴레예요. 그녀는 투덜대면서 턱 주위를 긁었다. 수염 때문에 가려웠던 것이다. 내게는 미국 원주민 친구들이 있어요. 그들은 자기네 사람들에게 튀긴 빵을 멀리하라고 말해주려 애썼어. 그게 그들을 죽이고 있다고. 그 모든 쓸모없는 '풍부한 영양소'로 가득한 하얀 밀가루와 기름이. 하지만 그들은 말해요. 아니, 안돼. 튀긴 빵을 빼앗아가면 인디언들에겐 문화가 없어. 그런 쓰레기를 말예요. 그녀는 말을 끝내면서 레이(목에 거는 꽃목걸이—옮긴이)를 단정히 했다.

그때 긴 은발의 노파 한 분이 지팡이를 짚고 뜰로 들어서는 모습이 보였다.

펄루아 아줌마는 그녀를 맞으려 자리에서 일어섰고, 둘은 서로를 안아주었다. 노파는 푸른 잎으로 만든 레이 하나를 펄루아 아줌마의 목에 걸어주었고, 펄루아 아줌마는 그녀의 양 뺨에 입을 맞췄다. 그들은 손을 맞잡고 원형 자리로 돌아왔다.

다들 바닥에 앉아 있었지만 알마 아줌마를 위해서는 의자를 하나 가져왔다.

정말 나이 드셨지, 그렇지? 알마가 물었다. 내가 이름을 물려받은 그분 말이야.

나이 드신 데다 멋지지. 그녀를 그리고 싶다고 느끼며 욜로가 답했다. 그녀는 작고 풍만하며 갈색 피부에 커다랗고 검은 눈을 하고 있었어. 은색 머리칼은 두텁고 풍성했으며 태양이 실어 오는 미풍에 부드럽게 나부꼈지. 피부가 굉장히 좋았고 아주 젊은 데다 모든 이들을 사로잡을 만큼 광채가 났어. 그분은 긴 녹색 옷을 입었는데 해변에서 걸어올 때는 바다의 일부처럼 여겨졌지. 머리칼은 달의 부분인 것 같았고.

알마 아줌마가 모임 사람들에게 말했다. 우린 합심해서, 그러니까 내 자매 펄루아와 나는 우리 문화의 진실이 살아 있게 만들었어요. 저분은 하와이 여성들에게 진짜 훌라, 전통과 넋이 담긴 그 춤을 가르쳤고, 나는 땅의 사원, 그러니까 인간 몸의 정화를 가르쳤지요.

그 다음에 사람들은 모두 깜짝 놀랐어. 나이 드신 분이 나처럼 존 레논의 노래를 좋아하다니, 라면서. 나도 마찬가지였고.

내가 특히 좋아하는 〈클린업 타임〉(청소하는 시간이라는 의미로 알마 아줌마는 지금 우리의 몸을 '청소할 시간'이라는 것을 노래에 빗대어 말하고 있다—옮긴이)이라는 노래가 있어요. 시간이라는 건 여기 눈곱만한 섬에 있는 우리에게만이 아니라 전세계에 공통되는 것이니까. 아프리카와 유럽과 중국, 호주, 인도네시아, 뉴질랜드, 피지와 타이티도 모두 말이에요. 그리고 미국도. 어휴! 그녀가 인상을 썼다. 주인님들이 들여온 찌꺼기를 먹는다면 우리에게 미래는 없어요. 더욱이 우리의 귀중한 인생 동안 그것에 매달려 지낸다면 더더욱.

모든 건 먹거리에 달려 있다고 나는 본답니다. 그녀가 덧붙였다. 우리가 먹는 음식이 우리에게 얼마나 좋은지, 음식이 좋은 작용을 더이상 못할 때면 어떻게 우리 몸을 제대로 정화시켜야 하는지, 그런 것에 달렸어요.

여기 앉은 이들 중에는 수년 전에 먹었던 나쁜 음식을 여태 몸에 지니고 있는 사람도 있어요. 그 음식을 먹을 때 느꼈던 나쁜 느낌까지. 그런 것들이야말로 무덤으로 미끄러져 들어가는 가장 간단한 방법인 줄도 모르고선. 여러분. 그녀는 사람들의 얼굴 하나하나를 들여다보며 신중하게 말했다. 우리는 몸을 청소하는 법을 배워야 해요.

너무나 예기치 못한 방문과 주제로 인해 원형 모임에 앉아 있던 사람들은 모두 얼어붙었다.

음식이라고? 숙변이라고?

불현듯 알마 아줌마가 킬킬 웃었다. 내가 여러분들을 놀라게 했군요. 그녀가 말했다. 나는 깜짝 놀라는 걸 좋아해요. 여러분은 안 그래요? 그녀가 개구쟁이처럼 말했다.

당신이 오실지 몰랐거든요. 펄루아 아줌마가 말했다. 사람들은 여기 이 자리가 남자들만의 회합이라고 생각했거든요.

알마 아줌마가 눈을 치켜떴다. 펄루아 아줌마는 웃음지었다.

여기로 돌아왔을 때

뉴잉글랜드에서 여기로 돌아왔을 때, 지상 최고의 대학 가운데
한 군데서 받은 건축 학위가 내게 있었지. 알마는 담배 한 모금을
깊이 빨아들이고선 말을 꺼냈다. 나는 돌아와서 집을 짓고 싶었어.
아름답고 푸르며 살아 있는 집, 우리 선조들이 살았던 그런 집 말이
야. 나는 모든 하와이인들이 널따란 이엉지붕에 도마뱀붙이가 하루
종일 노닐며 사냥을 하고, 바로 옆에는 물고기가 사는 연못이 있어
매일 양식으로 쓸 생선들을 잡을 수 있는 그런 집에 사는 걸 꿈꿨
지. 편리한 가전도구들도 모조리 갖춘 데다, 물론 기술적으로도 첨
단일 거고. 이를테면 태양열 전기를 쓰는 식으로 말이야. 그녀는 하
늘로 손을 뻗었다. 저기 저 에너지들을 보라고. 그냥 버려지잖아.
그녀는 태양을 향해 눈을 가늘게 뜨고선 말했다.

알마의 몸은 담배 연기와 맥주 냄새에 절을 대로 절었던 터라, 욜
로는 어느덧 바람 불어오는 쪽으로 비켜나고 있었다.

그런데 어떻게 된 거야? 그가 물었다. 실현가능한 꿈으로 들리

는데.

알마는 담배꽁초를 뜰에 있는 돌에다 비벼 끄고선 곧장 또 한 대에 불을 붙였다. 그녀는 노여움, 증오, 허황함, 그리고 슬픔이 뒤섞인 표정으로 그를 쳐다보았다.

그런 집을 짓는 건 불법이야. 그녀는 거의 구슬피 울부짖듯 말을 이었다. 내가 백방으로 애써봤지. 심지어 사람들을 법정에 세우기도 했어. 그들은 법을 바꾸려 하지 않았어. 주위를 둘러봐. 그녀가 말했다. 당신 눈에 보이는 이 한결같이 흉측한 조립식 집들이 우연이라고 생각해. 아님 하와이에는 이보다 더 낮게 만들 사람이 없었을 거 같아? 숨을 쉬고 자연의 힘을 느끼며 생명을 투과시키는 집에서 평생을 살다 죽는 사람들도 있어. 하지만 그들은 본토의 건축산업에 종사하는 사람들의 표심을 사야만 하니까 건축업자들 의중대로 따르지. 그래서 우리는 합판으로 만든 집에 살게 된 거고.

그래서 당신은 결국 뭘 했던 거야? 욜로가 물었다.

알마는 웃었다. 쓰디쓰게. 난 결혼했지.

난 결혼했다고. 그녀가 되풀이하여 말했다. 그리고 부모님이 내게 남겨주신 땅을 물려받았고, 그걸 이용해서 부동산업자를 자처했어. 땅을 팔아서 나와 내 가족의 생계를 이어갈 수 있었으니까. 그런데 내가 뭘 알아낸 줄 알아?

뭘? 욜로가 물었다.

땅은 팔리는 걸 바라지 않더라고. 땅이 나를 괴롭히는 거야.

땅이 괴롭힌다고?

그래. 내가 무례하게 대해서 땅이 화가 났던 거야. 땅은 사고파는 게 아니었던 거지. 그저 사랑하고 칭송하며, 그 경이로움을 감사히 여겨야만 하는 대상이었어. 그래, 나누면서 말이야. 사고팔고 끝도 없이 버리는 그런 거 말고. 마샬과 포이는 이걸 이해했어. 어떻게 그런 감각을 얻었는지 나도 모르겠지만, 걔네들은 그랬지.

포이는 어째서 포이라고 불리게 됐지? 욜로가 물었다.

걔가 애기였을 적에 분유를 먹지 않으려 했어. 나는 요즘 사람이라 모유 먹이는 걸 반대했거든. 그런데 녀석이 네슬레 분유에는 유독 앙탈을 부리는 거야. 어느 날인가 젖병을 입에 물리려고 씨름하는데 발버둥치던 녀석의 한쪽 팔에 어쩌다 포이 한 사발이 엎질러졌어. 우린 그때, 지금까지 포이를 만들어 먹는 내 친구네 집에 갔었거든. 근데 녀석이 포이 묻은 손가락들을 곧장 입에 집어넣는 거야. 순식간에 녀석은 엎지른 포이 한 그릇을 어찌어찌 먹어 치웠어. 아직 눈도 제대로 뜨지 못한 애가 그걸 해치운 거야. 하와이 사람들은 별칭을 갖거든. 당장에 포이가 걔의 별칭이 됐지.

욜로는 싱긋이 웃었다. 걔는 처음부터 알았던 거야. 욜로가 말했다. 뭐가 자기한테 좋은 건지, 뭐가 자기 건지.

애들 둘 다 그랬어. 아이들은 줄곧 거기서 살았던 것처럼 땅에 빠져들었어. 물론 걔들은 그러긴 했지만, 요즘 사람들이야 그런 생각이 없잖아. 나는 요즘 사람이었고. 내가 '자산'을 팔 때마다 아이들은 내 목을 조를 기색이었어. 나는 백인들에게도 매번 땅을 팔았는데, 그게 더 화근이 됐지.

그는 손을 뻗어 그녀의 어깨에 갖다 대며 말했다. 정말 안타까운 일이야, 알마.

그래서 나는 혼자 하는 카드놀이를 줄기차게 했지. 담배와 술도 엄청. 술에 취하면 그다지 문제될 게 없었거든.

당신에게 이름을 물려주신 분께는 문제가 돼.

그분은 나를 기억도 못해. 알마가 말했다. 우리 어머니와는 알고 지냈지만 엄마가 안고 다니는 조그만 아기는 몰랐던 거지.

그분이 특별히 당신을 기억할 필요는 없지. 그녀는 하와이의 아이들을 기억해. 당신은 그 가운데 한 명이고. 그녀는 당신이 건강하고 행복하길 바라.

난 행복해. 알마는 눈물 머금은 눈길을 던지곤 새 담배를 한 모금 깊이 빨아들이며 말했다.

집으로 오는 비행기에서

집으로 오는 비행기에서 케이트는 껌이 씹고 싶어졌다. 좌석 아래 밀어 넣어 두었던 옅은 자줏빛 배낭 안에 뭔가 들어 있을지 모른다는 생각이 들었다. 껌을 찾아서 가방 속을 샅샅이 뒤지다가 그녀는 뭉개지고 보풀이 붙은 껌 하나를 찾아 조심스레 포장지를 뜯어 그럭저럭 씹었다. 그러다 가방 바닥 근처에서 포스트잇 일부를 발견했다. 꺼내서 보니 한 아버지와 딸에 관한 소설의 초입부였다. 백년도 더 전에 쓴 것만 같은 느낌이었다. 콜로라도 강을 타고 있을 적이었다. 그녀는 휘갈겨 쓴 대화 부분을 읽기 시작했다. 그 부분에서 그들, 그러니까 소설 속 인물들은 어머니가 돌아가신 후, 사랑하는 아내의 죽음을 감당하지 못하고 있던 아버지에게 음식을 드시게 하려고 애를 쓰고 있었다. 케이트를 형상화한 인물인 로버타가 마침내 아버지가 음식을 입에 대도록 만들었다. 이게 그녀의 자매들을 언짢고 슬프게 했다. 그들은 오후 내내 아버지가 식사를 하도록 애를 썼기 때문이었다.

이걸 왜 썼던 걸까? 케이트는 의아해졌다.

점심으로 나온 쌀밥과 야채를 먹은 후에, 케이트는 비행기 창 밖을 응시하며 글쓰기의 신비로운 본성에 대해 곱씹고 있었다. 생명을 지닌 모든 것은 꿈의 세계에 정박해 있다는 생각이 들었다. 하지만 무슨 꿈을 꾸었던가? 불현듯 이 소설이 어머니의 죽음 이후 꿨던 꿈에서 촉발되었다는 사실이 떠올랐다. 꿈속에서 어머니는 한 손밖에 없었는데, 그 손으로 그물을 풀고는 손질하고 있었다. 어머니의 사라진 한쪽 손이, 그물을 바다에 던지자 다시 자라났다. 이 그물에는 배가 필요 없어. 어머니는 그렇게 말했었다.

엄마의 손이 다시 자라났다는 사실에 매료되었던 기억이 살아났다.

승무원이 경쾌한 목소리로 안내한 것처럼 그녀를 실은 비행기가 최종 목적지에 가까워오자, 케이트는 그 꿈과 소설의 조각들을 모두 명료하게 이해하게 되었다. 마치 눈에서 막이 하나 걷히는 느낌이었다. 그녀가 아버지의 자식이 아니라는 사실이 여지없이 분명하게 다가왔다. 아버지의 이름을 딴 로버타라는 이름은, 이야기 속에서 그 사실을 드러내면서 감추도록 구성되어 있었다. 그녀를 맹목적으로 사랑하고 친딸들은 소원하게 대하는 것이 아버지의 방식(실제 삶에서도 어느 정도는 그랬다)이었고, 케이트가 자신의 아이임을 의심하지 않도록 만들려던 차에 친딸들은 상처받았다. 어쩌면 언니와 여동생은 그 사실을 알고 있었을 터였다! 불쑥 그런 생각이 들었다. 뜨거운 체열처럼 당혹감의 파도가 몸을 훑고 지나갔다. 하지만 그녀는 생각했다. 어쩌면 그러지 않았을지도 모르지만, 모른다는 사실은 훨씬 더 무자비하다고. 왜냐하면 자매들은 아버지가 그녀를 자기들보다 더 사랑한다고 믿고 있었을 텐데, 이건 그들로 선 절대 이해할 수 없을 일이기 때문이다.

그녀가 아버지의 친자식이 아니어서 어머니는 늘 그녀를 못마땅해했다. 어머니의 모성 일부가 상실됐던 이유가 그것이었다. 그녀, 그러니까 딸이 삶을 혼자 힘으로 들여다보리라 결심해야만, 오직 그럴 때에만, 모성은 다시 자라나는 것이었다. 이 그물에는 배(어머니)가 필요 없어. 그 누구의 말도 들을 필요가 없단다, 그게 열쇠야.

어째서 케이트가 자매들과 그토록 다른 생김새였는지, 그녀의 아버지와 그렇게 닮지 않았는지는 그렇게 설명됐다. 그녀는 엄마를 닮지도 않았다. 어쩌면 입양되었나? 하지만 아니었다. 그녀는 어머니의 친딸임을 느꼈다. 그들은 여러 면에서 닮았다. 어머니와 그녀는 두텁고 건강한 머릿결이 같았다. 그녀는 어머니가 다른 연인과의 사이에서 낳은 아이일 가능성이 컸다. 아버지와의 결혼 생활이 불화를 겪던 초기였다고, 그렇게 얘기 들었던 몇 년 사이에 말이다. 그리고 어머니는 연애를 하다 '로버트'에게로 돌아왔다. 후회를 가득 안고 임신한 몸으로, 그녀가 사랑하는 그에게로 말이다.

그녀에게 이 같은 명료함을 선사한 것이 그 약, 보빈사나였나? 이런 확실성을? 당신 삶의 구체들을 달리 보게 될 겁니다. 아르만도가 장담했었다. 당신 자신의 구상을 통해서 이해하도록 당신을 이끌 겁니다. 케이트는 그의 경고를 떠올리며 미소지었다. 게다가 이건 강가에서 깊은, 아주 깊고도 깊은 곳에서 자라는 식물이고 한번 심은 곳에 줄곧 머물지요. 강물은 흐름을 바꿀지 몰라도 이 식물은 결코 움직이지 않을 겁니다. 당신이 이걸 마시면 당신 스스로 뿌리내리고 싶어질 거예요. 당신의 강둑을 찾아서, 그리곤 두 번 다시 뿌리를 뽑고 싶지 않을 겁니다.

아르만도가 그들에게 보빈사나에 대해 얘기할 때 케이트는 미국인들에 관한 한 영상이 떠올랐다. 속도와 움직임의 땅에 사는 미국인들이 그걸 들이마시고는 갑자기 각자가 서 있는 그곳에 머무는게 더 낫다는 걸 깨닫게 되는 영상 말이다.

당신이 사랑하는 '로버트'가 내 아버지가 아니었다고 내게 말할수는 없어요. 케이트는 포스트잇에 이렇게 썼다. 그래도 그는 내 아버지였어. 그녀는 씹고 있던 껌을 입에서 꺼내 포스트잇에 썼다. 그러곤 승무원이 쓰레기를 걷으러 돌아다닐 때 쓰레기봉투 안으로 밀어 넣었다. 종이로 만든 장막 하나가 걷힌 셈이었다! 케이트는 앞으론 자매들과 훨씬 더 부드러운 관계가 이어지리라는 느낌이 들었다. 그 꿈을 자매들에게 들려주고 꿈과 이 '소설'의 연관성도 얘기한 후에, 그들의 생각을 물어보리라.

케이트와 같은 인종의 사람들에게는 그녀가 못내 사랑하지 않을수 없는 섬세한 점들이 많았다. 생물학적인 경이로움을 사랑하려는시도 속에서 오히려 스스로를 내팽개치고 혼란에 빠지는 결과가 생긴다는 점도 그 가운데 하나였다. 케이트는 이 세상 수십만 흑인 여자들이 출산한, 절반만 유럽인인 아이들과, 강간 때문에 태어난 아이들과, 팔아먹으려고 흑인 여자들의 몸에 고의로 씨를 뿌린 결과로 태어난 아이들을 생각했다. 그 아이들을 측은히 여기고 사랑하려는 노력으로 인해, 검은 피부의 자기 자식들보다 그들을 더 사랑하는 것 같아 보였던 사람들도. 거기서 비롯된 얼기설기 엮인 혼란함이란! 창조주가 던진 충격을 끌어안으려는 선조들의 의중이 케이트에게 고귀하고 선하게 다가들었다. 그리하여 타자의 특이함을 조건 없이 관용하는 하나의 민족으로 변모하게 된 것이리라. 덕분에 때론 그들의 명예가 더럽혀지기도 했지만, 그건 속박인 동시에 자유였다.

비행기의 바퀴가 땅에 닿자, 케이트는 부모님에게 솟구쳐 오르는 감사함을 느끼며 부모님의 아이를 무사히 집까지 다시 낳아 보내준 그 비행기 기장에게 고마움의 박수를 보냈고, 순전한 환희에 팔로 몸을 그러안았다.

폭격

우리가 떠난 사이에, 각기 다른 여덟 군데에 폭격이 있었어. 욜로는 수하물 찾는 곳에서 만난 케이트를 꼭 껴안으며 말했다.

그랬단 말야? 케이트는 한숨을 내쉬며 욜로에게 기대어 쉬었다. 바위 같은 그에게. 이제야 집에 왔구나.

사람들이 대화 대신 서로에게 폭탄을 터뜨린다는 것은 믿기 힘든 일이었다. 세상에서 가장 요란한 소리, 파멸로 몰고 가는 그 폭음이 터져나올 때까지 지키는 침묵이란 대체 어떤 종류의 두려움인가. 자기안에 깊이 자리잡은 공포가 어렴풋이 드러날까 하는 두려움인가, 어린시절 느꼈던 공포가 들킬까 하는 두려움인가? 그녀는 친구 가운데 누가 다른 사람들을 향한 폭탄 투하 결정을 내릴 수 있을지 상상해보았다. 지인들 중 그 누구도 그런 일을 할 수는 없을 것 같았다. 그이들과 나라면 폭탄 대신에 뭘 던지게 될까? 음식, 담요, 성냥, 텐트, 그리고 음악. 이것들을 넉넉하게 투하한다면 모두 해도 틀림없이 폭탄보단 쌀 것이었다. 물건들을 받은 사람들은 서로 합당한 가격에 그것들을 팔아서 기름이나 필요한 것은 무엇이든 얻을 수 있겠지. 그렇게 되면 미국에서 기름은 생수보다 싸지겠지. 원조 물품을 걸신들린 듯 잡아채어 '공식적 통로'를 통해 보내버리는 중간 상인들은 모조리 지나쳐버리고, 필요한 이들에게 직접 물건을 내린다는 생각은 정말 근사했다. 게다가 사람들은 얼마나 재미나 할까!

서로에게 손을 내밀며 살 수만 있다면 세상이 얼마나 살 만한 곳인지, 이젠 거의 잊혀져가고 있었다. 사람들이 함께 일하고 일이 끝나면 다리를 쭉 뻗고 앉아 서로의 경험을 터놓고 이야기하기를 좋아한다는 사실도. 우리 외교 정책이 고통이 아니라 기쁨을 일구는 데 집중한다면 어떻게 될까? 그녀는 답을 알고 있었다. 미국은 제일 덩치 큰 불량배가 아니라 진짜 세계의 지도자가 될 것이다. 이 세상 수많은 사람들이 미국을 진정한 기쁨이 넘쳐흐르는 나라라 여겼고, 부러움을 살 만한 미국인 특유의 낙천적 친근함을 그대로 따랐다. 하지만 이제 그들은 미국의 다른 면을 보고 있었다. 남부에 사는 아프리카계 미국인 여자로서 케이트는 태어나면서부터 미국의 비열함에 길들여졌다. 흑인들을 가혹하게 죽이고 통째 불에 구워버리고 재미 삼아 흑인 여성의 배를 갈랐던 이들의 맥은 끊어지지도 사라지지도 않았다. 그들은 미 국방부 직원으로 탈바꿈했고, 그리하여 하늘에서 폭탄이나 투여하는 일을 저지른 것이었다.

당신 꿈을 꾸고 있군. 회교 국가의 여자들에게 자전거와 미니스커트와 청바지를 떨어뜨려주는 이야기를 꺼내자 욜로가 그렇게 말했다.

그래. 케이트가 답했다. 여자로서 나는 그럴 수밖에 없어. 금언

하나가 떠올랐다. 지금은 사람들의 신망을 완전히 상실한 위니 만델라(넬슨 만델라 전 남아프리카 공화국 대통령의 전 부인—옮긴이)의 "지금까지 꿈꾸는 걸 금지한 법은 없었다"라는 말이.

위니 만델라는 무슨 꿈을 꿨던가? 아프리카 원주민을 죽어라고 망쳐놓으려 들던 '인종주의'라는 이름의 나치 파시스트적 압제로부터의 자유. 혼인 기간보다 더 오랫동안 감옥살이했던 남편의 자유. 위니의 땅에서는 어느 하나 변화하리라는 실낱같은 희망도 없었다. 하지만 위니가 꿈을 꾸고, 만나는 모든 이들에게 꿈을 잃지 말라고 용기를 주었기에, 그녀는 자신의 목소리를 찾았고 그들도 그러했다. 그리고 어느 날 아침, 위니의 남편이 감옥에서 걸어나와 그녀의 곁으로 오더니 그 나라의 대통령이 되었다.

위니에게 무슨 일이 일어난 걸까? 케이트는 곰곰 생각했다. 이젠 사람들 귀에 들리는 그녀에 대한 얘기라곤 온통 부정적인 것들이었다. 돈을 착복하고 부도 수표를 유통시켰다느니 하는 얘기들. 그 이전에는 살인 교사 혐의로 고발당했고. 사진 속 그녀는 젊음과 물질적인 부에 절박하게 매달린 모습이었다. 염색한 머리칼은 흐느적대며 생기 잃어 보였고, 값비싼 유명 디자이너 상표 안경 너머로 보이는 눈은 초점이 없었으며, 손가락과 팔, 목은 금붙이로 휘감고 있었다. 뭔가를 상실한 사람의 모습이었다. 케이트는 눈물이 났다. 그녀를 얼마나 우러렀더랬는데. 하지만 그 꿈, 꿈을 꾸는 능력과 그 능력이 길이 이어지도록 해주었던 이가 위니였음을 생각해보라. 길고 긴 암흑과 절망의 시간 동안 하나의 인종으로 그들을 끝까지 지켜봐주는 것만으로도 충분했다. 그리하여 그녀의 남편이 석방되던 그날, 환하고 빛나던 어떤 날이 그들에게 한꺼번에 밀려왔던 것이었다. 미래에 대한 믿음을 주는 꿈이라는 이름의 치유법. 고마워요, 위니. 케이트는 가만히 속삭였다. 그러곤 눈을 돌려 연인의 얼굴을 감상하며 감사해했다. 집으로 돌아갈 때까지.

욜로도 살이 훨씬 내려 있었다! 그리고 좀더 진중해보였다. 머리칼도 길어졌고, 한줌은 길게 땋아 어깨에 드리웠다. 자그마한 꽃 끈 하나를 머리와 함께 땋아 내렸지만 꽃들은 시들어 있었다. 공항에서 만났을 적에 그는 풍성한 템플트리 레이를 목에 걸고 있었고, 거기에 어울리는 화환 하나를 봉지에서 꺼내더니 그녀의 머리 위에 얹어주었다. 차 안은 꽃향기 덕분에 요술 마차로 바뀌었고, 그 속에서 둘은 왕과 여왕처럼 앉았다. 혹은 가장 귀한 벗들처럼. 빨간 신호에 멈춰 서서 그가 몸을 숙여 그녀에게 입을 맞추자, 그에게서 다른 맛이 난다는 생각이 들었다. 운전대에 얹힌 그의 손을 흘긋 바라보는데 못 보던 문신이 눈에 띄었다.

그게 뭐야? 그녀는 그의 손을 가볍게 스치면서 자세히 바라보며 물었다. 살짝 굽어진 짧은 파란 선 네 줄이 거의 겹쳐진 채로 열을 지어 그의 검지 마지막 마디까지 이어졌다.

어젯밤에 새긴 거야. 그가 말했다.

아팠어? 그녀가 물었다.

물론이지. 그가 답했다.

그들은 한동안 침묵 속에서 차를 몰아갔다. 그들 둘 다 집으로 향해서 기뻤고 몸 성하게 다시 만나 행복했다. 그날 밤을 기대하면서.

후에 침대에서 그가 그녀에게 말했다. 당신하고 저녁 먹는 게 난 좋이. (그들은 둘 다 열광하듯 즐기는 맛있는 채식주의 중식당에 들러 요리를 포장해 왔다.) 난 당신하고 함께 욕조에 있는 것도 정말 좋아해. (그녀는 옥시탄 암브르 거품 목욕제를 반병이나 욕조에 쏟아부었다.) 당신 냄새를 맡고 쓰다듬는 것도 좋고.

그녀가 싱긋 웃었다. 정말 좋아, 그렇지?

기막히게 좋지. 가슴에 파묻힌 그녀의 머리칼 감촉을 느끼며 그가 말했다. 세계는 최악의 상황이었다. 지구온난화에 멸종 위기의 동물들, 황폐해지고 미쳐버린 인간들에 전쟁까지. 그런 가운데 우리는 여기 이렇게 존재한다. 어떻게든 사물의 뿌리로 다가가서 입질하는 악의 없고 작은 인간들이······.

괜찮은 여자라도 만났어? 그녀가 불쑥 물었다. 아니면 괜찮은 남자라도?

케이트로선 누군가가 완벽하게 이성애자라는 사실을 믿기가 힘들었지만, 욜로는 그랬다. 그는 다른 남자들을 형제처럼 사랑했지만, 헤아릴 수 없을 만큼 많은 여자들이 주위에 있는데 왜 굳이 남자와 자고 싶어하겠나.

사실 누군가를 다시 만났어. 그가 말했다. 옛날 애인을.

케이트는 그를 제대로 보려고 고개를 들었다.

그는 알마에 대해서 얘기하기 시작했다.

알마의 어머닌 그녀가 세 살 때 돌아가셨지. 그는 더디게 말을 이어갔다. 태어날 때부터 그녀를 모유로 키우신 분이었어. 독감으로 어머니가 돌아가시자 그녀는 황폐해져갔고. 얼마나 끔찍한 느낌이었을지 나는 상상도 못하겠어. 사랑해주고 안아주고 따뜻한 몸에서 나오는 젖을 먹여주던 누군가를 갑자기 잃는다는 건. 그녀의 어머니는 고대로부터 내려온 신체 정화 체계를 가르치던 한 나이 든 여자분과 벗으로 지내셨어. 사실 그녀는 알마 아줌마의 제자 가운데 한 명이었고, 알마는 그분의 이름을 땄어. 알마 아줌마는 오늘날 카후나, 그러니까 '치유자'로 널리 알려져 있어. 그이의 치유법의 근간은 정화야. 여러 날을 단식하는 가운데 바닷물만 엄청나게 마시는 거야. 내 친구 알마는 자신과 자신이 지닌 하와이인으로서의 문화적 재능에 대해 한번도 숙고해보진 않았지. 어쨌건 내가 하와이에 도착했는데, 무슨 이상한 운명인지, 바위투성이 해변에서 알마 아들의 시신을 지키고 있어 달라는 부탁을 받았던 거야. 그애는 아이스라고 부르는 마약 과다 복용으로 죽었고.

케이트는 침대에서 몸을 일으켜 앉았다. 저런. 그녀는 눈을 크게 뜨고 외마디 내뱉었다.

그가 말했다. 케이트, 그 아이는 너무나 아름다웠어. 그러곤 욜로는, 그애의 잘라낸 청바지와 목에 걸고 있던 구슬 목걸이 그리고 귀고리를 묘사했다. 그애의 이름은 마샬이었어. 내가 알마한테 왜 이름을 마샬이라 지었는지 물었더니, 섬 이름이 마샬 군도였기 때문이라더군. 그녀와 아이 아버지가 미군의 폭탄 투하 실험을 중지시키려고 그 섬으로 내려갔던 때, 그애를 가졌대. 마샬 군도에선 척추나 눈이 없는 아이들이 태어나고 있어. 어떤 경우에는 그저 살덩어리를 출산하는 수도 있다더군.

케이트가 이번엔 자신의 무릎을 그러안았다.

욜로는 말을 멈췄다.

나머지는 다음번을 위해 아껴둬야지. 고뇌에 사로잡힌 케이트의 눈을 향해 미소를 던지며 그가 말했다. 정말 좋은 소식도 있거든. 그는 그녀의 이마에 입을 맞췄다. 이제 당신이 거기 사람들과 한 일을 얘기할 차례야.

얼마간 생각에 잠겨 있다가 그녀는 놀라운 식물 보빈사나에 대해 이야기했다. 강가에서 자라는 그 놀라운 식물의 뿌리를 음료로 만들어 밤낮으로 마셨던 경험에 대해 말이다. 또한 그녀는 자신이 어떻게 다른 사람들의 질병을 진단하는 꿈들을 꾸기 시작했던가에 대해 그에게 털어놓았다.

금방 만난 한 무리 사람들의 내장을 뻔뻔하게 뜯어보는 내 모습을 발견하니 재밌었어. 하지만 내가 봤던 내용을 그이들에게 얘기해주는 건 재미없었어. 그녀가 웃었다. 사람들이 듣고 싶어하지 않았거든. 다행히도 내가 본 것 중에는 그리 심각한 건 없었어. 탈장, 혈액 괴사 정도. 하긴 그게 나중에는 심각해질 수도 있겠지. 어떤 사람의 쇄골 골절 하나가 잘못 치료가 됐더라고. 주술사인 아르만도에게, 내가 말해주어야 하는지 물었어. 그는 판단은 내게 달렸다고 생각했지. 그 꿈은 내가 꿨으니까. 그녀는 말을 이었다. 어쨌건 내 말을 듣더니 사람들은 한동안 내게 화만 내던데. 그러곤 그들은 잊었지.

잊었다고? 욜로가 물었다.

당신이 거기 갔어야 했는데. 케이트가 웃으며 말했다. 한번 상상해봐. 중년의 사람들 한 무리가 밀림 한가운데서 원을 그리고 앉아 구토감으로 파랗게 질려선 오장육부까지 토해내는 모습을 말이야.

상상해야만 해? 그녀와 함께 웃어젖히며 그녀를 더 가까이 끌어안고서 그가 말했다.

누구 하나 섹스에 관해 입도 열지 않았고, 몸을 섞는 것을 암시하는 몸짓 하나 없었지. 그들은 눈을 뜬 채 서로에게 입을 맞추었다. 그러곤 기쁘게, 편안하기 그지없는 케이트의 침대로 들었다.

욜로와의 잠자리는 언제나 근사했다. 그의 몸은 따스하고 체취는 향긋했다. 그의 코고는 소리엔 심지어 진정효과 비슷한 무엇이 있었다. 처음엔 즐기기는커녕 잠을 깰 정도였는데 말이다. 그녀는 등을 그에게 말아 붙였고 그는 팔을 그녀의 가슴 아래로 늘어뜨렸다. 아늑하다는 느낌이 들었다. 그건 겨울에 알맞은 자세였다. 여름에도 마찬가지고.

다음날 아침, 그들은 잠에서 깨어 얘기를 나눴다.

내가 얘기했어? 케이트가 말했다. 우리가 하루에 시리얼 한 컵하고 바나나 하나로 연명했다고. 달콤한 바나나도 아니었지.

내 생각엔 당신한테 라우라우와 칼루아 돼지에 관한 얘기는 관둬야겠는데. 욜로가 말했다. 파스타와 잊혀진 아이스크림, 젤로, 그리고 파이의 세계.

안돼. 케이트가 말했다. 하지 마.

나 역시 고기를 꽤나 멀리했지. 욜로가 말했다. 그런데 그거 알아? 거기 사람들 음식을 거부할 수가 없더라고. 그 음식을 오랫동안 먹진 않겠지만, 정말 맛있었어. 게다가 음식을 맛본다는 건 어떤 의미에서 사람들을 음미하는 일이라는 것도 알았어. 있지, 그 사람들은 아직 돼지고기를 땅에서 요리해. 거기다 돼지고기를 평생 동안 먹고 있는 셈이야.

그래, 그러게. 케이트가 말했다. 어떤 이들은 곡물과 바나나만 평생 먹겠지. 나는 정말 물려버렸는데 말이야.

허지만 당신이 얼마나 깨끗한지 생각해봐. 욜로가 말했다. 깨끗한 맛이 나.

맛이라면, 당신한테서 나는 맛도 퍽 달라졌는데. 냄새도 훨씬 향긋해졌고. 그런 게 가능한가.

가능하지. 그가 그녀를 향해 웃음을 던지며 말했다.

케이트는 불현듯 욜로의 무엇이 달라진 건지 알아차렸다. 당신 담배 끊었네. 그녀가 말했다.

응. 그가 답했다. 그것 역시 기뻐. 그는 그녀의 환한 얼굴을 열심히 들여다본 후 다시 입을 열었다. 사실 가끔은 손톱을 물어뜯고 싶어져.

그렇게 힘들어, 그래? 그녀가 말했다.

끊을 수 있을지 모르겠어.

할 수 있어. 그녀가 말했다. 다른 사람들이 해낸다는 건 적어도 가능은 하다는 뜻이니까.

정말 담배를 사랑하는데 말이야. 담배는 친구 같거든. 물론 그렇지 않다는 건 알지만.

그래, 나도 알아. 그녀가 답했다.

당신이 나한테 입맞추길 꺼리는 일은 없을 테니 그건 감사한 일이지.

꺼리지 않아. 그녀가 반박했다. 당신한테선 재떨이 맛 같은 건 안나니까. 그리고 당신 구강 청결 상태는 샘날 정도야.

이제 담배 끊는다는 목표가 생겼어. 그가 말했다.

건강하고 멋지게 살고 싶은 거구나. 그녀가 말했다.

그래, 그것도 그렇고. 그가 말했다. 하지만 진짜 이유는, 세계 곳곳의 형제들 몇몇과 끊겠다는 맹세를 했다는 거야.

욜로는 손을 들어 올리고 손가락을 뻗었다.

여기 보이는 이 선은 물결무늬. 모두 네 개인데, 대개 옛 문화에선 이 세계를 포함해서 네 개의 세상이 있다고 믿었기 때문이지. 세상은 물을 통해 모두 연결되어 있어. 이 작은 선들처럼 말이야. 그 연관지점을 눈으로 확인하긴 어렵지. 그는 자신의 손가락 끝부분을 들여다보며 말했다. 하지만 거기에 있어.

왜 물로 연결되는 거야? 케이트가 물었다.

왜냐하면 같은 물이기 때문이야. 세상은 다르잖아. 시간에 파괴되고 또 파괴되고. 하지만 물은 여일하거든.

물론이지! 케이트가 환호하며 말했다. 이 지구상에 새로운 물은 없어. 모두 순환되는 거야. 호피족이 지하에서 살면서 세번째 세계의 파괴를 비켜나 있었는데, 지상으로 올라와보니 물만 빼고 모든 것이 바뀌었더라는 건 그걸 말하는 거야. 그들은 그 물로 씻고 마시고 요리할 수가 있었어. 게다가 그들이 지하에 있을 때도 그들의 생존을 가능하게 해주었지. 물은 충직한 거야. 그녀가 생각 끝에 덧붙여 말했다.

담배나, 아이들에게 해될 만한 무언가에 손을 뻗을 때면 내 손가락을 보겠어. 욜로가 말했다.

케이트는 욜로가 곰의 넋을 지녔다는 생각이 들었다. 곰에 대해 속속들이 알고 있던 옛사람들에 따르면, 곰은 충직하고 관대하며 젊은이를 사랑하는 본성을 지녔다고 한다. 어미곰은 지상 최고의 헌신적인 부모다. 무엇보다 열렬하게 제 새끼들을 보호한다. 게다가 괴롭히지만 않는다면 그 어떤 짐승보다도 평화로운 동물이다. 곰의 넋을 지닌 사람들은 어떤 느낌을 풍겼다. 실제 그렇지 않다 해도, 그이들은 종종 크고 강하게 보였다. 사람들로 하여금 근처에 머물고 싶게 하는 낌새를 발산했다. 반드시 말로 전하지는 않겠지만 느낌으로 말이다. 욜로가 그랬다. 케이트는 그의 이런 점을 줄곧 사랑했다. 이따금 그의 '곰-됨'을 호흡하면서 그의 무릎에 앉아 그의 털을 즐기노라면, 말려 올라가는 담배 연기에 방해받는 것이 못마땅했었다.

담배가 없으면 난 어쩌지? 욜로가 물었다.

어쩜 껌을 씹게 되겠지. 케이트가 답했다.

허쉬 바를 먹어서 살이 찔지도 모르고. 욜로가 정정했다.

어쩌면 커피를 수없이 마실 수도 있겠지. 케이트가 말했다.

안돼. 욜로가 대답했다. 그것도 금지야.

안되지. 케이트가 말했다. 당신은 커피를 끔찍이 사랑하잖아.

그렇지. 하지만 어쩌면 그건 사랑이 아니라 사슬인지도 몰라.

그래. 그녀가 응답했다.

아, 형제들은 침울해졌지. 욜로가 말했다.

틀림없이 그랬을 테지. 또 뭘 끊자고 약속했어?

섹스에 대단한 의미를 부여하려 애쓰자고만 얘기했지. 욜로의 답이었다.

그날 밤 케이트는 그랜드 캐니언에 돌아와 있는 꿈을 꿨다. 호피족이 네번째 세계로 올라온 관문이었다는 전설 같은 얘기의 바로 그 장소로 말이다. 그녀는 수와 함께 산책하면서 봤던 것과 같은 조그만 손도장 하나를 보았다. 사실 그 작은 손도장 옆에 서 있는 이가 그녀 눈엔 수처럼 보였지만 자세히 들여다보니 아니었다. 머리에 천 조각을 두른 한 호피족 남자였다. 넝마 조각은 어두운 색이었다. 암청색 천은 구릿빛 피부에 기가 막히게 어울렸다. 그는 하얀색 긴 면셔츠에 수제 샌들 종류를 신었는데, 몸에 걸친 거라곤 그게 전부였다. 그가 케이트에게 말했다. 우리가 어떻게 그토록 오랫동안 지하에서 살았는지 당신은 당혹스러워했군요.

어째서 나는 그게 당혹스러웠을까요? 케이트가 물었다. 사람이란 땅 위보다는 땅 아래에서 더 오래 살잖아요. 그녀는 무덤 속 죽은 이들을 떠올리고 있었다.

그 남자는 나이 들었지만 과히 늙어보이진 않았다. 그는 평생 같은 나이로 살아온 것처럼 보였다. 조그만 아이였을 때도 지금 그 모습의 축소판이었으리라는 느낌이 들었다. 아마도 지금과 똑같은 옷가지를 내내 입었을 거라고.

어떻게 우리가 삶을 지속할 수 있었는지 궁금하지요? 그가 말했다. 그리고 태양도 없이 곡식들을 어떻게 키웠는지도.

그제서야 그의 뒤에 서 있는 사람들이 눈에 들어왔다. 그와 비슷한 나이에 태도도 엇비슷한 여자 한 명이 그의 곁에 와서 섰다. 우리는 절대 떨어지지 않아요. 그는 미소짓는 그 여자에게 돌아서며 말했다.

우린 절대 서로를 떠날 수가 없어요. 그녀가 말했다.

한 젊은이가 한 걸음 앞으로 나섰다. 그가 말했다. 밤에 우리는 씨를 뿌리러 네번째 세계로 올라갔습니다. 우린 어디를 가더라도 씨를 꼭 지니고 갑니다. 그는 아주 작고 현란한 색으로 치장되었으며 윗부분에 자그마한 구멍이 뚫린 단지를 내놓았다. 천년 동안 우리를 먹어살린 음식을 이만한 크기의 단지에 담아서 다녔어요.

우리가 만들었어요. 그 젊은이와 부부 뒤에 서 있던 한 여자가 작은 단지를 향해 고개를 끄덕이며 말했다. 지상에서든 지하에서든 땅은 언제나 풍성합니다. 흙의 정신을 아는 것이야말로 생존에 필요한 것들을 모두 아는 것이지요.

마침내 우리는 머물기 위해 지상으로 올라와 예전에 있던 곳과 비슷하게 생긴 장소를 골랐지요. 그 나이 먹은 남자가 말했다. 암층지대 꼭대기에서 살면서 밭은 훨씬 아래에 일구었던 이유가 그것이지요. 땅 위 우리가 사는 곳은 오랜 시간을 살았던 지하 그곳과 흡사하게 생겼습니다. 지하에 살 때 우리는 씨를 뿌리러 기어 올라왔다가 지하로 기어 내려갔죠.

이만한 구멍으론 옥수수 낱알을 거둘 수가 없어요. 케이트가 설레발치며 말했다. 해바라기씨도 얻지 못할 거예요. 어쩐지 그녀는 이 조그만 단지 안에서 얘기하고 있는 것만 같았다.

메아리의 방처럼 그녀 주위로 사람들의 웃음소리가 울려 퍼졌다.

아주 재미있는 여자야. 그들 가운데 한 사람이 말했다.

그리고 아주 크군. 다른 이가 말했다. 그녀를 아껴두었다가 내년에 심어야겠는데.

그녀와 옥수수라니, 이건 무슨 말인가. 케이트는 의문에 빠졌다. 케이트는 잠시 꺽다리같이 키 큰 옥수수대가 된 듯했다. 커다랗고 묵직한 옥수수 줄기가 젖가슴처럼 달려 있는 옥수수대 말이다.

옥수수는 원래 작았지요. 그 나이 든 이가 말했다.

정말인가요? 케이트가 말했다.

그렇긴 해도 우린 옥수수를 이 작은 단지에 가지고 다니지 않았어요. 심장 근처에 있는 가죽 주머니에 지녔지요.

왜 그랬죠? 케이트는 이제는 그녀 자신으로, 아니 꿈속 누가 됐건 간에 이젠 제 모습을 찾고는 그렇게 물었다.

왜냐하면 우리 아이처럼 귀하기 때문이죠.

왜 아이처럼 귀하죠?

세상이 옥수수를 잃을 수도 있으니까요. 노인과 함께 서 있던 여자가 말했다.

하지만 어쩌면 그 자식들은 더이상 귀하지 않을지도 몰라요. 젊은 남자가 말했다. 그는 자기 나이 또래의 여자와 함께였다.

그때 케이트의 발 근처에 나타난 한 아기가 그녀를 올려다봤다. 다리 한 짝은 땅에 심겨 있었다. 작은 구름 한 점이 아이의 머리 바로 위에 나타나더니 빗줄기를 풀어 물을 주었다.

케이트는 나방 소리에 잠을 깼다. 나방들이 침대 곁의 독서등 주위를 날아다니고 있었다. 아마존에서 봤던 것만큼 크지는 않았지만 상당한 크기였다. 나방은 흰색과 은색 몸에 회색 기미가 살짝 묻어났다. 그녀는 잠에 빠지기 전에 잠시 나방들을 자세히 살펴봤다.

지난밤에 『이상한 나라의 앨리스』 같은 꿈을 꿨어! 그녀가 다음 날 욜로에게 말했다. 그랜드 캐니언에 살았던 호피족 사람들에게 초대되었어.

그는 체육관에 가려던 참이었다. 멋진데. 그는 문밖으로 황급히 나가며 말했다.

욜로는 달리기를 하면, 러닝머신을 사용하면, 아주 오래 걷고 오래 뛰어 완주를 해내면, 얼마간은 담배 생각을 떨쳐버릴 수 있음을 깨달았다.

너무 초조해. 그는 저녁 식사 자리에서 케이트가 국을 뜨는 동안

멍하니 앉아 그렇게 말했다.

당신 무릎이 오르락내리락거리네. 케이트가 말했다.

자꾸만 움찔거려. 피부라도 벗어던지고 솟아오를 것만 같아.

당신이 참석할 만한 금연 모임 같은 곳이 있을까?

아니야. 그가 말했다. 나는 다른 방식으로 하고 싶어.

어느 날 밤, 막 떠오른 달을 보러 집 밖으로 나왔던 케이트는 깜짝 놀랐다. 욜로가 담벼락 옆에서 담배를 피우고 있었던 것이다. 가까이 다가가니 그의 눈에서 흘러내리는 눈물이 보였다.

망쳐버렸다는 느낌이 들어. 그가 케이트에게 말했다. 노예가 되어버렸다는 느낌은 말할 것도 없고. 그는 담배를 돌에 비벼 끄려고 몸을 숙였다.

케이트가 그의 손을 막았다. 그러곤 손을 잡고는 들어 올려 그의 손으로 부드럽게 눈가를 닦아주었다.

피워. 그의 팔꿈치를 올려서 담배가 입에 닿도록 만들었다. 한 모금 한 모금을 즐기면서 피워.

그러곤 욜로의 손을 잡고서 뜰에 있는 긴 의자로 다가갔다. 자리에 앉으며 케이트가 말했다. 나는 오스카 와일드가 남겼던 유혹에 관한 잠언이 내내 마음에 들었어. 유혹을 처리하는 유일한 길은 유혹에 빠지는 거라고.

욜로가 한숨을 쉬었다.

당신이 피우고 있는 게 뭐지? 그녀가 물었다.

'미국의 넋'이라는 담배야. 그가 말했다. 독성 화학 물질이 없는 자연산 담배라고들 하지.

냄새 괜찮은걸. 그녀가 말했다. 맘에 들 정돈데. 그녀는 담배 연기를 살짝 들이마시고는 말을 이었다. 할아버지가 파이프 담배를 피우셨지. 나는 하얀 연기가 파이프에서 나와 공기와 섞이다가 사라지는 모습을 지켜보길 좋아했어. 인디언들은 '평화'라는 이름의 자기들 고유의 담뱃대로 담배를 피우면서, 연기를 들이마시지 않았어. 그들은 공기를 빨아들이고는 연기를 뿜어냈지. 공기와 연기가 섞이는데, 이건 일체감을 상징해. 우리 정신의 존재. 그게 평화야. 물질과 영혼이 연기 속에서 섞이는 순간, 연결지점은 보이지 않게 되지. 평화란 그처럼 연약한 존재야.

입을 위로 향할 필요는 없어. 케이트가 말했다. 담배 피우는 걸 숨기려 밖으로 나오지 않아도 되고. 난롯가에 흡연 공간 하나를 따로 마련해야겠어. 그러면 연기가 거의 굴뚝으로 빠져나갈 테니까.

아직도 담배 끊을 생각은 있어. 욜로가 말했다.

그래, 그렇다면 끊을 때까지만. 케이트가 자신의 손을 그의 손 쪽으로 뻗으며 말했다.

그들은 침묵 속에서 달과 별을, 그 서서히 어렴풋하게 드러나며 간신히 보이는 별을 응시했다.

잠시 후에 욜로가 말했다. 당신과 있으면 안온해져.

여기 내가 함께 있잖아. 케이트가 말했다.

침묵이 이어졌다.

우리 사이가 끝났다고 생각했지. 욜로가 말했다. 당신이 떠났을 때 나는 그게 끝이라 여겼어. 슬펐지만 마지막이라는 느낌이었어.

나도 같은 생각이었어. 케이트가 말했다. 우리가 다른 성격의 여행을 시작했는데 내 여행은 당신과는 너무 달라서 당신이 절대 이해 못할 거라 느꼈거든.

욜로가 말했다. 당신이 떠나자마자 난 꿈을 꾸기 시작했지. 당신이 떠난 직후부터. 너무나 그리웠기 때문에 꿈을 꿨던 거라 생각해. 내 삶의 절반이 사라져버렸으니까.

욜로, 우리가 함께 좀더 긴 여행을 계속해야만 한다고 생각해? 케이트가 말했다.

물론이지. 그는 서둘러 답하면서 그녀의 손을 꼭 쥐었다.

옛날엔 이야기가 이쯤 흘러가면 혼인식 얘기가 나왔을 텐데 말이야. 케이트는 다음날 아침 침대에서 몸을 일으키기 전에 그의 눈에 입맞추며 이렇게 말했다.

그렇다면, 그렇게 하지. 욜로가 말했다.

근데 어떤 모습이면 좋을까? 케이트가 물었다.

둘 다 말이 없었다. 머릿속으로 그려지는 혼인식 모습은 하나같이 우스꽝스러운 것 같았다. 감당하지도 못할 기다란 옷하며 감금된 여성을 떠올리게 만드는 그 면사포. 지금도 세계 어딘가에서는 여성들이 바깥이 보이지도 않는 촘촘한 직물로 된 베일을 쓰고 있는데 말이다.

누군가와 다시 혼인하게 되더라도 특별하게 차려입진 않을 거야. 케이트가 못박았다.

그래. 욜로가 말했다. 우린 사실상 혼인을 앞질러버렸으니까. 그런데 난 혼인식을 떠올릴 때마다 축제 생각이 나.

축제라고! 케이트가 환호하며 말했다. 맞아. 모임과 이야기와 춤이 있는 축제! 그 세 가지가 가능한 사람은 누구든 초대받는 그런 축제!

욜로가 웃음을 터뜨렸다. 그는 알마 아줌마와 펄루아 아줌마, 그리고 알마 2세를 떠올리는 중이었다.

케이트는 라리카와 휴, 미시, 그리고 릭을 생각하고 있었다.

릭은 말을 꺼내자마자 올 수가 없다고 했지만, 휴와 라리카, 그리고 미시는 오겠다고 했다.

3일 동안 계속될 거예요. 케이트가 전화로 이야기했다. 강 근처에서 말예요. 어떤 강에서 하면 좋을지는 찾아볼 거고요. 우린 의식을 치를 거고 얼굴엔 예이지를 칠할 생각이에요. 자기들은 우리 선물로 이야기 하나씩을 가지고 와야 해요.

실제 이야기여야 하는 거예요? 라리카가 물었다.

당신이 겪었던 얘기만 들어줄 거예요. 케이트가 답했다.

남자친구가 있어요. 미시가 말했다. 당신이 그 사람을 봐줬음 싶은데요. 그 사람 속을 들여다볼 필욘 없고요. 데려가도 괜찮나요?

물론이죠. 케이트가 답했다. 괜찮으면 당신 어머니도 모셔 오세요.

안돼요. 미시가 말했다. 엄마와 지금 얘기를 안하고 있어요. 다음으로 미루죠.

아직 몸이 안 좋아요. 휴가 말했다. 지푸라기만큼도 무게가 안 나갈 거예요. 하지만 이번에 새 약을 복용 중이죠. 가족들에게 내 성정체성도 털어놨습니다. 남자친구까지 생겼어요. 그를 데려가도 될까요?

좋아요. 케이트가 말했다.

라리카는 '누군가'를 데려가도 되냐고 물었다. 케이트는 그 '누군가'가 바로 자기가 보고 싶어하는 그 사람이라 답해주었다.

케이트와 욜로는 적당한 곳을 찾아 주 여기저기를 운전해서 종횡무진 돌아다녔다.

당신 친구들한테 전부 전화했어? 케이트가 물었다.

욜로는 이미 전화를 돌렸다.

알마는 이름을 주신 분과 함께 오겠다 했다! 욜로는 그들을 함께 볼 수 있으리라곤 상상도 못했었다. 또한 어떻게 그게 가능하게 된 건지 들을 수 있으리라고도 말이다.

펄루아 아줌마도 오겠다고 말했다. 그리고 그녀와 함께 공부하는, 호주 출신 젊은이 두 명을 데려가도 되겠냐고 했다.

훌라를 공부한다고? 욜로는 놀랐다.

제리가 올 거고 마샬의 형 포이도 올 것이었다.

마침내 수일간을 찾아 헤맨 끝에 욜로와 케이트는 완벽한 장소, 완벽한 강을 찾아냈다. 그들이 사는 곳에서 북쪽으로 그리 멀지 않은 곳에 야영장이 있었다. 아담한 방갈로와 비 올 때 쓰기에 좋은 실내용 요리시설과 식당도 갖춘 곳이었다. 커다란 모닥불 시설 주위론 생기 넘치는 잔디가 깔려 있어서 잠을 청하기에도 좋고 밤이면 불가에 둘러앉아 이야기 나누기에도 그만이었다. 무엇보다 환상적인 것은, 기막히게 놀랍게도 그곳 어디에서나 보이는, 깨끗하고 깊으면서 나른하게 흘러가는 강이었다. 강물은 너무나 맑아서 강가의 바위 위에 앉아서 바라보면 적갈색 연어가 미끄러지듯 헤엄치는 모습이 보였다. 천국이었다.

그대들은 부처를 이해하지 못해. 할머니가 말씀하셨다. 부처는 예속에 저항해서 무기를 드는 사람들을 조롱하지 않을 거예요. 이따금은 폭력을 쓰지 않고서는 자유를 찾을 길이 없을 때가 있어. 폭력 속에서의 삶은, 인생을 잘 사용하는 최고의 방법은 아니긴 하지. 인간의 생명을 살아 있게 만드는 것이란 얼마나 귀중한지! 험악하고 모호한 무언가에 삶을 낭비한다는 건 얼마나 슬픈 일인지. 생각은 총이 될 수도 있어요. 적을 죽게도 만들지. 춤으로 죽일 수도 있어요. 죽여야 되는 것은 사람이 아니야. 타인에게 고통을 줘야지 행복이 만들어진다는 그이들의 생각을 죽여야 하는 게야. 부처가 보리수 아래 앉아 있을 때, '나' 아래에 앉아 있었지요. 부처는 나무인 '나' 아래 앉아 있었어. 그녀가 반복했다. 그리고 그는 풀인 '나' 위에 앉아 있었지.

여러분은 예이지를 마시면서 맛이 너무 형편없다고 불평하지요. 맛이 형편없는 이유는 예이지를 얻으려고 그걸 죽여야 했기 때문인 게야. 그러나 그건 불가피한 일이 아니야. 부처에겐 필요 없는 절차였지요. '나' 아래, '나' 위에 앉아서 그는 그 약을 받았어요. 부처는 신음하거나 전율하거나 얼굴을 긴장시킬 필요가 없었어요. 할머니는 호방한 웃음을 웃으며 말했다. 내 몸을 분해해서 약한 불에 끓여 만든 뭔가를 마시기 전에 여러분이 마음을 열기만 한다면, 이 약을 부처와 같이 받아들일 수가 있어요.

그래서 사람들은 시간을 들여 마음을 여는 방법을 배우는 것이지. 계속해서 은둔해야 하는 것도 그 때문이고요. 명상을 배우는 것도 그래서고. 여러분들이 눈치 챘다시피, 빈곤한 이들에겐 그런 선택권이 없다시피 하지. 그들한테서 희망을 쥐어 짜내버리는 이들을 위해 한 주 내내 뼈빠지게 일한 후에, 마음을 열어보려 애를 쓰는 순간, 그들 본성에 어울리지도 않는 종교를 심어주려고 달려드는 권력들이 있으니 말이야. 그래서 나는 곤궁한 이들에게 기꺼이 내 죽은 몸을 먹고 마시라고 대접하는 게야. 살아 있는 건 아니지만 내 물질적인 본질이 그들에게는 순수하고 좋은 영향을 남기는 이유도, 나의 의식儀式이 이른바 문명이라고 하는 것과 아주 멀리 떨어진 밀림에서 이뤄지는 것 또한 그런 이유예요. 문명의 첫번째 의도는 야생의 세계를 없애려는 것이니까. 야생이란 '나'의 다른 이름인데 말예요.

뭘 쓰고 있는 거야? 욜로가 물었다. 첫새벽이 가까워오는 시간이었다. 케이트는 머리맡에 놓인 자그만 뱀 모양 시계를 흘긋 보고선, 다섯 시 가까이 되었음을 알았다. 시계의 본체는 등에 지구를 업고 있는 아나콘다였다. 아마존을 떠나면서 공항의 기념품 가게의 골동품 코너에서 그 시계를 점찍었더랬다.

내가 깨운 거야? 케이트가 물었다. 그들은 늘 함께 잠들진 않았다. 복도 건너에 때로 '사랑하는 이의 거처'라 부르기도 하는 욜로의 방이 있었다.

침대가 흔들리는 게 느껴졌어. 그가 말했다.

케이트는 노트북 컴퓨터에 글을 쓰고 있었다. 예전에는 침대에서 절대 하지 않았을 일이었다. 그녀는 기계와 침대를 공유한다는 느낌을 꺼렸다.

할머니 예이지의 가르침 가운데 기억나는 걸 쓰고 있어. 그녀가 말했다.

어떻게 돼가고 있어?

초고 정도야. 손가락은 키보드 위에서 느릿느릿 절그럭대고 눈은 화면에 고정시킨 채 말했다.

할머니와 만난 그 일곱 시간 동안 너무 많은 일이 벌어졌어. 내 일생을 통틀어도 그때보다 많이 배우지 못했다고 느낄 만큼. 하지만 이건 전적으로 다른 방식의 배움이자 가르침이었거든. 아누누가 우리를 할머니에게서 현실로 데려온 후에, 위를 진정시키려고 식빵 한 쪽에 차를 마시며 앉았는데, 난 내가 겪은 일로 인해 말을 잃은 채 망연자실해 있었어. 어느 하나 절대로 잊지 못하리라 생각했지. 그런데 차를 다 마시고 난 즈음에 기억이 희미해지기 시작하더라고. 아누누에게 물었지. 그녀도 똑같았다고 했어. 처음에는 잃었다는 느낌이 들었대. 그렇게 많이 보여주고 그토록 무수히 끈기 있게 가르쳐주었는데, 이윽고 휘발되어버리는 느낌이 들었다고 했어. 하지만 아누누는 그 가르침이 곧장 자신의 일부가 되었다는 걸 깨달았다는 거야. 가르침이 몸이 된 거지.

당신도 그렇게 느꼈어? 욜로가 물었다.

음. 케이트가 답했다. 어느 정도는 그래. 하지만 나는 작가잖아. 내 경험을 선명하게 드러내고 싶어. 예술로 승화시키면 어떤 모습이 될지 보고도 싶고.

새벽 다섯 시에 품기엔 아무래도 어색한 열정 같았다.

욜로가 웃었다. 그렇게 해.

케이트는 그를 바라봤다. 참말 그분이 그리워. 할머니 말이야. 지독하게 그립네.

그분은 어땠어? 욜로가 물었다. 이전에 케이트가 수차례 묘사를 했었지만 말이다. 그는 할머니에 대해서 듣는 걸, 다섯 살바기가 천사 얘기 듣는 것만큼이나 좋아했다. 그는 깃털 이불 아래 깊숙이 몸을 묻고서 발가락을 조금 꼼지락댔다.

그분은 정말 사랑스러웠어. 케이트가 말했다. 게다가 끈기 있고, 기운차기도 했지. 허튼 구석이라곤 찾아볼 수가 없었어. 그분은 무엇이 잘못인지에 과하게 중점을 두지 않으셨어. 거대한 나무의 무릎에 앉아서 함께 호흡하고 앎에 이르는 듯했지. 높은 아파트 건물에서라면 절대 다다르지 못할 그런 앎 말이야.

할머니는 이런 식으로 말씀하시지. 저건 저렇기 때문에 이건 이렇단다. 이전에 저걸 했기 때문에 그가 이걸 한 거야. 저이는 어딜 가더라도 이걸 이해받지 못하기 때문에 저렇게 행동한단다. 중요한 건 우리에게 찾아든 신비한 주술이 끝도 없이 이어지는 모습을 그분이 보여준다는 거지. 결국엔 깨닫게 돼. 우리가 거기 앉아서 식물에게 매혹되어 가르침을 받고 있다는 사실을 말이야. 끝없는 경이로움이야! 욜로, 상상해봐. 우리가 영원히 산다고 해도 진실한 얘기를 나눌 만한 곳에 갈 일은 절대 없을 거야. 여기선 아무 일도 벌어지지 않아. 난 지루해. 아니, 당신도 지루할 거라 생각해. 하지만 아무 일도 벌어지지 않기 때문이라고는 절대 말할 수 없지. 뭔가가 쉬지 않고 일어나고 있으니까. 사실 모든 건 언제나 일어나고 있는 법이야. 놀랍지. 그녀가 눈을 감으며 말했다.

어이쿠. 당신은 내가 진짜로 한번 해보고 싶게 하네. 욜로가 말했다.

맛은 똥 씹는 것 같아. 케이트가 말했다. 당신은 싫어할 거야.

그것 참 묘한 일이군. 욜로가 말했다. 그토록 대단한 것이 그렇게

나 형편없는 맛이라니. 하지만 삶도 이따금은 꼭 그렇지. 그가 덧붙였다.

케이트는 할머니와 함께 보냈던 마지막 시간들에 대해 그에게 털어놓기로 결심했다. 그 순간은 자잘한 것에 이르기까지 또렷하게 기억났다. 하지만 먼저 그에게 털어놓고 이해를 구해야만 할 것이 있었다.

욜로. 그녀가 불렀다. 내 생각엔 늙어간다는 게 두려워서 할머니를 찾아갔던 것 같아.

난 늘 당신이 아주 용감하고, 나이를 있는 그대로 숨김없이 인정하고 있다고 여겼는데. 욜로가 말했다. 그렇지만 우려하는 느낌을 갖는 건 자연스럽기도 하지. 우린 늙음을 두려워하는 문명 속에서 살고 있잖아.

알아. 케이트가 말했다. 내가 몰랐던 건 나 역시 그런 두려움을 지니고 있었다는 사실이야. 난 어쨌건 거기서 벗어났다고 생각했거든.

욜로가 껄껄댔다. 어떻게 벗어날 수가 있겠어. 당신이 보는 광고는 하나같이 흰머리를 거부하라고, 그걸 숨기라고 권하고 있는데 말이야.

중년의 나이를 넘어서자 살아가는 의미를 찾을 수가 없었어. 케이트가 말했다. 그러니까 내 말은, 그 후에 할 일이 뭐가 있을까 하는 거지. 누구 하나 우리에게 말해준 적이 있나?

우린 '은퇴'할 수가 있지. 욜로가 말했다.

그래. 케이트가 답했다. 그러곤 '취미'를 즐기고.

나로선 취미를 갖는다는 걸 상상도 못하겠어. 욜로가 말했다.

나도 마찬가지야. 케이트가 말을 받았다. 내 손을 거치는 일은 모두 존재에 닿길 바라니까.

할머니와 일곱 시간을 보낸 후에 나는 마침내 땅에 내려왔어. 아마존과 다를 바 없는 거대한 밀림 속에 있었거든. 나는 절박하게 할머니를 부르면서 그곳을 온통 헤매고 있었어. 내 음성은 아이처럼 가냘프고 필사적이었지. 나는 심지어 코까지 훌쩍이기 시작했어. 아마 콧물 때문에 코가 더러워졌을 거란 생각까지 하면서 말이야. 할머니! 나는 외쳤어. 할머니! 괴괴한 침묵만이 흘렀지. 주변은 온통 거대한 둥치의 나무로 가득했고. 그곳은 어쩌면 수백만 년에 걸친 인간들의 발자취가 남아 있는 고대의 숲이었는지도 몰라. 그런데 다들 어디로 간 건지 텅 비어 있었어. 이러한 태고의 풍경 속에서 나는 목이 쉬고 눈물이 떨어질 지경으로 할머니를 외쳐 부르고 있었어. 내게 끔찍한 확신이 다가들었기 때문이었지. 나는 이 두려운 장소에 외따로 떨어져 있고, 그분은 '거기 없다'는 느낌! 마음이 무너졌지. 내 인생에 그토록 격심한 외로움은 처음이었어. 외로움과 방향 상실에 죽어갈 찰나에 나는 울부짖었지. 아, 할머니, 당신은 여기 안 계시는군요! 그런데 그분이 답했어. 하지만 네가 있잖아.

케이트는 눈물을 닦아내며 욜로를 보고 미소지었다.

허세는 이쯤 부려야겠네. 그녀가 말했다.

당신이 할머니야. 욜로가 말했다.

그래. 케이트가 답했다. 하지만 나는 피해갈 수 있으리라 생각했던 것 같아.

그녀가 말을 이었다. 모든 것을 설명해주는 그림이 동반된 이와 같은 가르침의 시간이 계속되었지. 그런데 제법 전체적으로 기억이 떠오르는 것은 이거 하나뿐이야. 하지만 어떤 면에선 이것이야말로 내가 떠올려야만 하는 유일한 내용이야. 그분이 내게 보여준 건, 그래, 그분처럼 내가 할머니라는 사실이야. 우리 사이엔 그다지 차이가 없다는 것도. 그리고 지구상에서 할머니 대지보다 더 높은 권위는 없다는 것도. 우리가 분리되어 있지 않은 덕에 지구는 할머니, 할머니들에 의해 안전하게 운항하게 되리라는 것, 그렇지 않으면 안전하게 나아가지 못할 것이라는 것도.

대단한 할머니들이야. 욜로가 말했다. 잿빛 표범들이네.

아냐. 케이트가 부인했다. 거대한 어머니들Grand Mothers이지. 우린 우리의 진짜 크기를 인정하고 재생시켜야만 하지. 존엄이 중요해. 자기 존중도. 무력한 척하면서 다른 이들을 이끌 수는 없잖아. 우린 무력하지 않거든. 나이는 힘이지. 물건 사고 요리하고 열아홉 살처럼 보이려고 노력하는 데 마음이 가지 않을 때, 나이는 힘이 될 수가 있어.

그렇지 않으면 알츠하이머에 걸려 고꾸라지거나. 욜로가 말했다.

아님 요양원에 묻혀버리거나. 케이트가 말했다.

어디에도 가지 말아라

어디에도 가지 말아라. 할머니가 말했다. 너는 이미 우주에 나와 있어. 네가 다른 행성으로 간다면 너라는 존재의 이동만으로도 지구의 온전함이 망실된단다. 네가 없어도 아주 잘 돌아가는 어딘가를 바꾸려는 시도는 결국 지구의 자원을 몽땅 낭비하게 만들 뿐이지. 왜냐하면 네게 있는 허영이, 너 스스로를 뭔가 쓸모 있는 사람이라 여기도록 만들기 때문이야. 하지만 그렇지가 않아요. 지금까지 네가 살아온 날들을 살펴보렴. 네가 어디를 여행한다고 해서 그곳이 엄청나게 좋아진 적이 있었니? 선함이 그 자체로 온전한 무엇인 것은 그 때문이란다. 네 머리칼이나 피부 그리고 눈동자를 바꾸는 게 값어치가 없는 이유도 그것이지. 네게 온전한 무엇은, 오직 너의 것이라는 이유만으로도 임시로 꿰어 붙여 놓은 것보다 언제나 뛰어날 게다.

우주의 동족들, 다른 행성에서 온 존재들이 이미 지구상에 있어요. 그들은 학대받거나 살해당하거나 숨어버리거나 했지. 지구는 오랜 기간 동안 다른 영역에서 온 존재들의 방문을 받았단다. 지구인 몇몇이 불러일으킨 환상만은 아니야.

사실 지구에 처음으로 왔던 존재는 자기네들 행성이 파국을 맞아 달아나던 중이었어요. 그들은 자기네 목숨을 건지려고 도망치던 중에 숨을 곳을 찾아 지구로 왔지. 그리고 사방에 기어들어갔어. 돌에, 강에, 동물들과 모든 종류의 식물들에, 밖으로 나온 인간들에게 말이야. 만물이 여일하다고 우리가 말할 수 있는 건 바로 그들 때문이야. 그들은 너무 작아서 육안으로는 보이지 않는데, 그들이 도착했던 때에는 그들을 보려는 맨눈도 당연히 없긴 했지만, 그들 또한 아주 작은 뱀처럼 생겼지.

아마존에 있을 적에 케이트는 한두 주가 지나서야, 며칠 걸러 한 번씩 자신의 오두막을 찾아오는 방문자가 있다는 걸 눈치 챘다. 먼지 쌓인 뜰의 젖은 암갈색에 완벽하게 녹아 들어가는 색깔의 뱀 한 마리였다. 뱀은 작았고, 코스미가 그 뱀은 무해하다 일러줬지만, 그녀는 여전히 두려웠다.

걱정 말아요. 그는 그렇게 말했다. 이런 종류의 뱀은 집 안으로 들어오진 않을 거예요. 그는 미소지으며 말했다. 당신 집에 설치류 따위나 맛나는 커다란 벌레만 없다면 말이죠.

의식 하나가 이어졌다. 아침에 케이트는 아르만도가 줬던 푸른 물로 몸을 씻고, 강가에 고요하게 앉아서 잠시 시간을 보낸 후에, 언덕을 다시 오르면서 뜰의 가장자리에서 봤던 것과 똑같은 작은 뱀 한 마리를 제대로 관찰할 기회를 얻었다. 뱀은 그늘에 살짝 가려진 채 누워 있었고, 그 뒤로, 그리고 위로는 거대한 밀림이 펼쳐졌다. 뱀은 마치 케이트를 시험하는 것만 같았다.

저 여자가 내게 돌을 던질까? 뱀은 그렇게 묻는 것 같았다.

막대기 하나를 들고 나를 내쳐버릴까?

글쎄, 아니야. 이번 여정에서 무엇에든 해를 끼치는 것은 금지였다. 그럴 마음을 품어서도 안되었다. 그녀는 뱀과의 거리를 유지했다. 그러고선 막대기 하나를 주워 들었다. 뱀이 움직이는 쪽으로 가리키는 시늉도 하지 않긴 했지만 말이다.

호감의 원을 완전히 벗어나 있다는 건 무슨 의미일까? 그 뱀을 응시하는 동안 케이트는 그런 의문이 들었다.

종교에서 주입시킨 탓에 대다수 사람들은 뱀을 두려워하고 혐오한다. 그런 증오가 창조의 주술적 표현인 뱀에게 입힌 상처는 무엇이었을까? 뱀을 원 밖으로 배제시킨 것이 최초의 분리였을까? 이것이 그 모든 추방의 전형이었나? 사냥해서 죽이거나 눈에 띄는 즉시 죽여대니, 줄곧 몸을 숨겨야만 하는 뱀은 인간성에 대해 어떤 생각을 할까?

어째서 고대의 여자들은 뱀을 벗삼고 사랑했던가? 어찌해서 클레오파트라는 코브라를 애완동물로 삼았던가? 케이트는 박물관에서 보았던, 뱀들과 춤추고 있는 여사제 조각이 떠올랐다.

어쩌면 고대의 여자들은 뱀의 살갗이 주는 느낌을 매혹적이라 생각했는지 모른다. 서늘하고 매끈하며 거부할 수 없는, 있는 그대로의 아름다움을 말이다. 게다가 몸이 자라면 옛 살갗을 벗어던질 수도 있다니! 어쩌면 고대의 여자에게 뱀의 몸이 주는 느낌은 요즘 여자에게 고양이가 주는 느낌과 같았을 것이다. 그래서 케이트는 고양이가 원형 밖으로 내쳐지고 있다고 상상해보려 했다. 뱀이 그랬던 것처럼 인간들이 고양이를 끔찍하게 여긴다면 어떨까.

흑인들은 수백 년 동안 호의의 원형 바깥으로 내쳐졌다. 케이트를 찾아온 이 손님에게 동질감을 느끼는 근원적인 이유는 아마 그것이리라. 감당하기 힘들 만큼 소름끼치는 상처들을 지니고서 아프리카인들이 인간성의 원형 안으로 어떻게 다시 들어설 수 있었는지를 케이트는 보았다. 여성성을 경멸하고 의식적으로 말소시키는 문화에 살고 있던 여성들처럼, 수많은 흑인들은 태어날 때부터 지니고 있던 그들의 권리인 땅과 인간성의 결합을 경험하지 못했다. 고통이 그들을 자신의 자아로부터 분리시켜버렸던 것이다.

그녀의 정원

어느 날, 케이트는 정원에 서 있다가 아르만도가 자신의 집 문으로 들어오는 모습을 보며 깜짝 놀랐다. 케이트를 보는 순간 아르만도의 얼굴에는 미소가 번졌다.

아르만도! 케이트는 달려가서 그를 끌어안으며 소리쳤다. 여기 어쩐 일이에요?

그의 뒤로 여자 두 명과 남자 일곱 명이 따라왔다.

당신 보려고 왔죠. 그는 어깻짓을 하더니 웃으며 말했다.

그는 빛바랜 카키색 바지, 검은색 티셔츠에다 포도주색 폴리에스테르 재킷을 입고 푸른빛 야구 모자를 쓰고 있었다. 발에는 황갈색 새 운동화를 신고.

다른 남자들도 비슷하게 차려입었다. 심지어 아르만도가 찰리라고 소개한 백인 남자까지도 말이다. 찰리의 아내 레라는 백인이 아니었다. 그녀와 릴라라는 이름의 여자 한 명은 서로 닮은꼴이었는데, 그들은 검은 머리에 갈색 피부, 어딘가 졸려보이는 밝은 눈동자를 하고 있었다. 인사가 이어졌고 욜로는 작업실로 쓰고 있던 집 뒤 별채에서 나왔다. 케이트가 그들과 함께하라고 그를 불렀던 것이다.

우린 오랫동안 여행하는 중이랍니다. 케이트가 의자를 여러 개 가지고 와서 현관에 자리를 마련하자 아르만도가 말을 꺼냈다. 케이트가 쟁반에 담아 온 물과 주스를 홀짝이며 손님들은 긴장을 풀었다. 그런데 찰리를 제외한 나머지 남자들은 하나같이 줄곧 나무만 올려다보는 것이었다.

저 나무 풍성한데. 그들 가운데 한 명이 스페인어로 말했다.

그렇군. 다른 이가 말을 받았다.

찰리는 케이트의 현관에 모인 여덟 명이 남미에서 가장 영향력 있는 주술사들이라고 설명해주었다.

그들은 자기네 나라의 각종 밀림과 산, 그리고 평원에서 나와 워싱턴 디시로 향하던 길이었다.

전화를 걸려고 했지만 당신 번호가 나와 있질 않았고, 아르만도는 당신이 그를 찾아왔을 때 적어주었던 종이를 잃어버렸습니다. 하지만 아르만도는 거리 이름은 기억하고 있었습니다. 그의 형 이름이라. 게다가 당신 집이 파란색이라고 얘기했던 것도 잊지 않았고. 이 부근에 파란색 집은 여기뿐이더군요. 거리 이름을 찾아내고선 어렵지 않게 도착했습니다.

케이트가 웃었다. 우리 이웃들은 싫어하죠. 그녀가 말했다.

아, 베시노스(이웃이라는 뜻의 스페인어—옮긴이). 아르만도가 말했다. 이웃사람들은 자기네들에게 필요한 그 약이 속속 도착하는데다, 바로 옆집으로 흘러들고 있다는 걸 절대 모를 겁니다.

할머니는 내가 두어 해 동안 우주에서 살아야만 한다고 말씀하시더군요. 집은 욜로가 칠했죠. 이웃들은 이 세상 색깔이 아니라고 생각한답니다.

이건 파란 지구의 색깔이에요. 아르만도는 놀라면서 두말할 필요도 없다는 기세로 말했다. 이 색깔이 호전적인 우주의 이웃들로부터 공격을 피하는 데 도움을 준다는 사실을 알고 있나요? 우주가 파랗듯 우리가 파랗기 때문에 우린 그들의 감시망에서 사라지는 것입니다. 어쨌건, 영적으로 성숙해지면 어느 시점부터는 파란색 집에 살아야만 합니다. 할머니가 제안했든 아니든 말입니다. 파란색은 무한함을 암시하고 우리의 넋은 그 속에서 가장 자유롭기 때문에 파란색에서 살기를 바라지요.

넋과의 조우를 이끌어내려면 세 가지 색을 먹어야만 합니다. 대지의 색깔, 문자 그대로 흙색이죠. 갈색과 황갈색, 노란색 계열까지 모두 포함하지요. 두번째로는 생리혈 색, 붉은색과 주황색과 밤색을 아우르는 색이 있습니다. 그리고 물과 우주와 무궁의 색, 바로 파란색입니다.

여행을 하면 보게 될 겁니다. 아르만도가 말을 이었다. 어떤 공동체든 누군가는 반드시 파란 집에 살고 있다는 것을 말입니다. 그 사람에게선 뭔가 다른 기운이 느껴질 겁니다.

불교에서 파란색은 치유의 색이죠. 레라가 처음으로 입을 뗐다.

색을 '먹는다'는 건 무슨 뜻인가요? 케이트가 물었다.

아. 아르만도가 답했다. 당신이 문에 들어서서 이 색의 성찬을 바라보는 느낌을 떠올려보십시오. 기쁠 겁니다, 아닌가요? 당신의 영혼을 고양시키는 느낌이 들 겁니다.

네. 케이트가 답했다. 분명 그런 느낌이에요.

그래요. 아르만도가 말했다. 당신의 파란색 집이 커다란 케익이라면 당신의 넋은 집을 보고선 맛나게 한 입 크게 베어 물겠지요. 색을 먹으려면 깨어 있어야 합니다. 색을 먹을 만큼 충분히 깨어 있다면 그건 건강한 넋이랍니다. 대다수 사람들은 파란색을 먹을 수가 없어요. 그들은 붉은색과 노란색도 소화해내지 못합니다.

약물을 조제하는 회사 하나가 예이지를 전매특허 내려 하고 있습니다. 아르만도가 말을 마치자 찰리가 말했다.

특허된 할머니라고요? 케이트는 쉽사리 믿기지 않는 듯 물었다.

그래요. 토착민들이 치유제로 개발해놓은 것을 그들이 깡그리 훔쳐갔습니다.

하지만 특허된 할머니라면, 한 인간을 특허하는 것 같을 텐데요. 아니면 생명을 말예요. 케이트가 말을 꺼냈다.

그들이라면 능히 그렇게 할 겁니다. 아르만도가 말했다. 하지만 우린 낙관적입니다. 우리가 워싱턴으로 가서 지도자들에게 말할 겁니다. 또한 예이지가 성스러운 물질임을 그들에게 이해시킬 거고요. 영혼에서 분리시킬 수 없다는 사실을 말입니다. 예이지의 이웃들이면서 수천 년 동안 예이지와 서로 주고받으며 살아왔던 우리와도 분리시킬 수가 없다는 것을요.

영어를 한마디도 않고 스페인어도 거의 않고 있던 다른 남자 주술사들이 그때쯤 해서 현관을 떠나 뜰을 거닐고 있었다. 내내 하늘을 바라보면서. 여자 주술사는 가만히 앉아 그들을 지켜보고 있었다.

욜로는 눈을 치켜뜨고 케이트를 바라봤다.

그제야 비로소 케이트는 깨닫게 되었다. 그이들은 대부분의 시간을 밀림에서 사냥을 하며 지내는 사람들이었다. 그들에게 케이트 집의 커다란 떡갈나무와 전나무는 그대로 익숙한 차양막이었던 것이다. 그이들은 다람쥐를 바라보고 있었다.

그들 가운데 한 명이 뭔가를 말하자 아르만도와 찰리를 포함한 모든 남자들이 웃었다.

뭐라고 말씀하신 거죠? 욜로가 물었다.

아르만도가 답했다. 지금 화살이 필요한데 그게 어디 있느냐! 하는 말이었어요.

케이트와 욜로도 웃음에 동참했다. 여덟 명의 진지한 주술사이자 사냥꾼들이 도시에 서식하는 토실토실한 다람쥐를 보며 공상을 펼치는 모습을 떠올리는 건 유쾌한 일이었다.

아르만도와 찰리 그리고 레라는 케이트가 편지를 써주길 바랐다. 케이트가 아르만도를 알고 있으며 예이지가 이 사람들에게 얼마나 가치 있는지 알고 있다는 내용으로. 그이들은 이 편지를 가지고서 워싱턴 디시로 갈 거라고 했다. 케이트는 그 일을 맡아 기쁘다고 말하고선 당장 서재로 들어갔다.

그녀가 편지를 쓰는 동안 욜로는 사람들을 집 안으로 들였다. 주술사들의 약재 보존을 도우며 수년 동안 주술사들과 일을 해온 찰리는, 두어 달 전에 열렸던 주술사들과 남미의 원로들의 만남을 찍은 비디오를 보여주었다. 화면 속에서는 지구상에서 가장 현명한 이들 몇이 인간과 동류이며 강력한 힘을 지닌 '할머니'를 사용하는 방법에 대해 각자의 견해를 나누고 있었다. 텔레비전은 손님 방에 있었고, 그곳은 좁았다. 여덟 명의 주술사들에 더해 찰리와 욜로,

레라가 모두 한방에 빽빽하게 들어차 있었는데, 다섯 명은 침대에 앉아 있었다. 그 모습이 케이트의 눈물을 자아냈다.

케이트는 아마존의 어느 아침, 아르만도와 함께 앉아서 예이지가 이제 더는 효능이 없다는 사실에 두려움마저 느끼며 그에게 얘기했던 때를 기억했다.

하지만 그는 동요하지 않는 듯 보였다. 이따금 할머니는 그렇습니다. 아마 당신에게 무언가 다른 손길을 보냈을 겁니다.

케이트는 강을 바라보며 앉아 있었다. 엄청난 양의 환각제를 먹었지만 그 약이 생성된 바로 그 환경에선 효력을 상실해버려 아무 일도 일어나지 않았던 람 다스의 스승처럼, 케이트는 여기까지 이른 것이었다.

아르만도는 기민한 눈길로 그녀를 바라보고 있었다.

당신이 뭘 할지 알고 있는 것 같군요. 그가 말했다.

묘한 이야기지만 그의 말이 맞았다.

글쎄요. 케이트는 찬찬히 말을 이어나갔다. 당신도 아시겠지만 내가 처음 할머니를 찾아갔던 일곱 시간 동안 엄청난 가르침을 받았어요. 어찌 보면 그보다 더 많이 요구하는 것은 탐욕이겠죠. 할머니를 만나기 위해, 그녀가 어디에서 비롯된 것인지 이해하기 위해, 잘려지기 전 할머니의 살아 있는 몸을 보기 위해, 자기네 건강을 종종 할머니에게 의존하는 사람들을 보기 위해 내가 여기 있다고 생각해요. 나는 할머니의 벗이 되지 않으면 안된다고 믿어요. 그리고 당신들의 벗이요.

아르만도는 답하지 않았고, 그저 고개만 주억거렸다.

방 안으로 비집고 들어간 케이트는 침대 한구석에서 겨우 앉을 만한 자리를 발견했다. 이 땅의 주술 약초로부터 배우고 치유받았던 사람들 모두의 유산을 보호하기 위해 모여든 미 대륙의 원로들을 방 안의 그이들이 쳐다보고 있는 동안, 케이트는 침대에 자리를 잡고 그 풍부한 지혜를 맛보았다. 케이트는 주술사들의 흔들리지 않는 헌신에 경탄했다. 할머니약과 병자의 치유력을 보호하기 위해 그렇게 허술한 입성으로 그토록 먼 길을 왔다는 것을 말이다.

욜로와 나는 우리가 함께 나누는 삶을 축복해주는 원형 모임을 불러 모으는 참이에요. 주술사들이 떠나려고 할 때 케이트가 아르만도에게 말했다. 여러분이 오신다면 정말 기쁠 거예요.

감사하게 생각하며 올게요. 아르만도가 말했다. 헌데 살아 있는 존재가 무엇이길래 단언을 하겠습니까? 내가 못 오게 되면 나를 대신해서 내 넋을 보내드리죠.

표범은 말고요. 케이트가 웃으며 말했다.

안될 일이죠. 아르만도가 말했다. 조그만 거 하나, 인간을 사랑하는 무언가, 두려워하지 않으려 힘껏 애쓰는 무언가로 보내드릴게요.

악수를 하고 포옹한 후에 다들 떠났고, 욜로와 케이트는 문가에서 손을 흔들었다.

오래 걸릴 거야

인간들이 나를 두려워하지 않을 때까지는 오랜 시간이 걸릴 거야. 뱀이 말했다. 이 형상과 미끈거리는 몸이 이 세상 사람들 하나하나의 모든 세포에 깊숙이 스며든다 하더라도 말이야. 그건 사람들 모두에게 알려진 근원적인 형상이야. 당신네 DNA의 형상이지.

꿈에서 케이트는 집 한구석에서 살고 있는 꼬물거리며 움직이는 개미 무리에 살충제를 뿌려버렸다. 옳지 않은 듯했지만 들끓어대니 그녀도 어찌할 도리가 없었다. 그런데 쳐다보고 있자니 개미 한 마리 한 마리가 커져가는 것이 아닌가.

두려움을 어떻게 감당해야 할까? 그녀가 뱀에게 물었다.

달리 어떻게 하겠어? 억겁의 시간 전에 떠나온 것만 같은 불자 수련회에서 케이트가 봤던 그 깔끔 씨처럼, 뱀은 자애로운 미소를 띠며 말했다. 두려움과 사귀어야지.

그건 바로 부처님의 가르침인데! 케이트는 뱀에게서 똑같은 교훈을 듣다니 놀라워하며 말했다.

그래, 그와는 동맹을 맺었지. 뱀이 말했다.

따스한 햇살이 드는 날

가을의 따스한 햇살이 드는 어느 날이었다. 이틀 후면 케이트와 욜로는 북쪽에서 찾아낸 맑고 아름다운 강가에서 친구들을 맞이할 것이었다. 다들 올 것이다. 케이트의 여성 모임 여자들. 욜로의 승가 모임 남자들. 하와이와 아마존에서 만난 그들의 친구들. 콜로라도에서 만났던 아보아와 수 그리고 마저리. 아누누와 에노바. 심지어 릭도 전화해서 오겠다고 말했는데, 그는 '돌파'를 해냈다고 했다. 그는 너무나 흥분해서 자꾸만 되풀이 얘기했다. 미국에 갈 거예요, 911 비행편으로요. 마중하러 나갈 사람이 없고 혼자서 차편을 마련해야 한다고 일러줘도 그는 개의치 않았다.

욜로는 작업실을 깨끗이 정리하고 뜰을 쓸었으며, 케이트는 집을 쓸어내고 향을 피웠다. 일을 끝내고서 그녀는 제단 방으로 들어갔다. 모든 것은 그녀가 1년 전에 치워둔 그대로였다. 부처상은 자줏빛 천 아래 여전히 있었다. 부모님 사진은 벽 쪽을 향해 있었다. 체 게바라와 과달루페 성모는 구석에 있었다. 말아놓은 관음상 포스터는 안쪽에 거미줄이 보였다. 케이트는 부처상의 천을 벗겨냈다. 또한 아주 조심스레 사진마다 먼지를 털어내고선 이전에 있던 그대로 갖다두었다. 제단은 맨발의 제3세계 여자 베시 스미스와 레스터 영, 초 여러 개와 아기 신발 한 켤레, 붉은색 진흙 파이프와 정원에서 따온 싱싱한 꽃들로 충만했다. 여느 때와 다름없이 보였다. 그녀는 꼼꼼하게 살폈다. 빠진 게 있나?

그때 욜로가 들어왔고 케이트는 그에게 성냥 한 상자를 건넸다. 그가 초에 불을 붙이자, 촛불로 방 안이 환해졌다. 그들은 제단을 향해 있는 등받이 의자에 걸터앉아 향냄새와 금빛으로 빛나는 촛불을 즐겼다. 연결되어 있으며 평화롭다는 느낌에 그들은 신호나 계획도 없이 명상에 빠져들었다. 명상에서 깨어났을 때는 거의 반시간이 흘러 있었고, 욜로는 부엌에 가서 소금을 탄 물 한 사발을 가지고 왔다. 그는 소금물을 제단의 꽃 옆에 올려두었다. 케이트는 냉장고에서 아르만도가 그녀에게 주었던 예지 반병을 꺼내 왔다. 강가에서 친구들의 얼굴에 발라줄 작정이었다. 케이트는 그것을 체 게바라와 임신한 여인 사이에 두었다. 그러곤 거실로 가서 길쭉한 화분에 심은 무화과를 끌고 왔고, 무화과 나뭇가지가 그들이 앉은 자리를 은혜로운 쉼터로 꾸며줄 만큼 가까이 두었다. 마지막으로 그녀는 침실로 가서 아나콘다 시계를 가지고 왔다. 시간을 쳐다보지 않고 아나콘다에 입맞추곤, 부처의 무릎에 얹어두었다.

소설이 끝나면 시작될 내 영혼의 여정

　시대착오적인 소설이 여기 있다. 여기서 '시대착오적'이라는 단어는 가치중립적이다. 샤머니즘과 불교적 정신세계, 인종 문제, 여성 문제, 식민 상황 속의 토속 문화, 노년, 양성성, 마약 문제까지 해묵은 묵직한 문제들을 정면에서 서술하는 소설. 이 소설에는 『컬러 퍼플』처럼 비참하도록 생생한 흑인 여성의 신고와 간난이 없고, 『어머니의 정원을 찾아서』처럼 흑인 여성작가의 시퍼런 분노와 상처 입은 자존심이 없고, 그녀의 시처럼 쉬운 글로 전하는 명쾌한 메시지가 없다. 대신 세월을 철저하게 겪은 한 할머니의 모호하지만 깊은 지혜가 있다. 격한 세월을 겪은 이후의 부드러운 격렬함이 있다. 그리고 그것들을 읽어낸 독자에게는 이른바 '영혼의 즐거움'이 있다.

　이 이야기를 끌어가는 두 인물 모두 50대다. 할머니가 성장이 아닌 성숙을 위해 숲으로 떠나는, 젊음이 아닌 늙음의 입문 소설,

혹은 성숙 소설. 지난 1983년, 어머니의 나이에 『어머니의 정원을 찾아서』라는 제목의 산문집을 발간한 이후, 앨리스 워커는 할머니에 가까운 나이가 되었다. 올해로 61세를 맞은 그녀는 가히 '할머니의 정원을 찾아서'라고 할 만한 이 소설을 통해 '할머니-됨'을 성찰한다.

아무도 늙음에 입문하지 않는다. 늙음은 문이 없고, 대신 떠밀려 가는 무엇이다. 그러나 떠밀려 간 이후에, 고왔던 젊음과 늙은 자신 사이의 괴리를 감당하지 못하고, 때론 부인하며 그렇게 죽음으로 이어지게 마련이다. 나이를 먹는 만큼 '마음'이 늙어가는 것(지혜로워지는 것)이 아님을 우리는 안다. 늙은 외모에 젊디젊은 '마음'이야말로 통탄할 일이라는 사실도. 주인공 역시 늙음을 받아들이지 못하는 자신을 인정한다. 그러고서야, 비로소, 늙어간다. 즉, 늙어 지혜로워진다는 말이 말값을 찾게 된다. 그 여정이 이 소설의 얼개다. 주인공 케이트 토킹트리(말하는 나무)는 '늙어서 지혜로운 마음을 열라'는 이야기로 독자들을 이끈다.

물론 늙음에 수반하는 것이 지혜가 아니다. 그것이 지혜라면 지혜는 아무것도 아니다. 소설은 그 얘기를 힘주어 하고 있다. 지혜로움 이후에야 늙음은 긍정의 대상이 될 수 있다. 앨리스 워커는 소설을 쓰면서 할머니에 대한 그리움이 더해졌다고 했다. 이 소설이 그리는 의미를 축소하고 축소하면, 그것이 남는다. 늙음과의 화해. 늙은 자신을 긍정하는 주인공. "추한 곳을 찾아가 손닿는 곳마다 아름다움으로 탈바꿈시키는 그 능력"이 바로 늙음임을 깨닫고서 마침내 지혜로워진 할머니.

소설의 초입에서 할머니 나이의 케이트 토킹트리는 연인 욜로와 헤어진다. 그리고 마지막 즈음에 둘은 혼인한다. 하지만 이 소설이 노년의 '마른꽃 로맨스'를 그리는 것은 아니다. 둘의 혼인은 그 자체로 낭만과는 별무상관이다. 연애 이야기를 욕심낼 양이면, 텔레비전이나 영화나 드라마로 눈을 돌리는 편이 낫다. 이 책은 남녀든 여여든 남남이든, 연인이나 부부 관계가 서로의 깊은 자아를 길러내는 동반자의 관계로 이어지려면 무엇이 필요한지를 성찰하고 있다. 로맨스는커녕, 각자가 홀로 여정을 떠나지 않으면 둘의 관계에 남은 수순은 필시 이별일 뿐이라 충고한다.

소설 처음부터 끝까지 케이트와 욜로의 여행은 자아가 아닌 자기를 찾는 여정이었다. 미국 인디언들의 숲 보행처럼, 내면의 부름에 응답하는 여정. 그 여정은 어느 날 마른 강이 꿈에 나오며 무시로 시작되었다.

"여자의 삶에는 걷기 여행을 해야만 하겠다 싶은 시기가 찾아옵니다. 호주의 능가족 사람들이 하는 것과 같은 방식이지요. 내적인 부름, 그러니까 어디건 간에 우리에게 대답이 결여된 부분이 있다는 지각이 찾아듭니다. 이건 기실은 진실이 아닐 수도 있어요. 지금 있는 곳에 답이 있을지도 모르지만, 여행이나 여정을 떠나지 않고선 우린 그 사실을 알아차리지 못할지도 모릅니다"(저자 인터뷰 중에서).

이름조차 '걷는 자'인 앨리스 워커는 떠나보지 않고선 지금 자리의 의미조차 알지 못하게 될 것이라며, 자신의 힘으로 삶을 들여다보는 영혼의 여정을 재촉하고 있다. 그 여정에 동반자는 없다. 케이트의 꿈에 등장하는 어머니의 충고처럼 홀로 감당해야 할 뿐. "그녀, 그러니까 딸이 삶을 혼자 힘으로 들여다보리라 결심해야만,

오직 그럴 때에만, 모성은 다시 자라나는 것이었다. 이 그물에는 배(어머니)가 필요 없어. 그 누구의 말도 들을 필요가 없단다, 그게 열쇠야."

아마존 밀림으로 떠난 케이트는, 현대인에게 '마약'이나 '환각 물질' 등으로 취급될 법한 '할머니약'이라는 이름도 생소한 식물 추출액의 도움을 받고, '할머니'라는 원형적인 여성상을 만나게 된다. 그리고 알게 된다. 자신이야말로 할머니임을.

주인공들이 각자 겪는 여정은 각자의 과거와 세계의 과거를 되새김하는 길이 된다. 욜로는 여행에서 하와이 출신의 옛 연인을 만나고 미국에 의해 짓이겨진 하와이의 역사를 만난다. 케이트는 돌아가신 부모님의 기억과 전남편의 기억에 직면한 후, 흑인노예의 고통, 근친으로부터 강간당한 여성의 상처, 마약으로 치부한 가문이라는 이민자의 상처를 만나고, 인디언을 살육한 조상의 자손이 지닌 상처를 만난다.

소설은 세상을 향해 눈을 부릅뜨고 있다. '마음을 여는' 내면의 성숙을 그려가면서도, 작가 앨리스 워커는 언제나 자각하고 있다. 자신이 비열한 미국의 국민임을, 자신의 세금으로 누군가를 살해하는 무기를 산다는 것을, 하와이를 미국의 디즈니랜드로 만들어버린 국가의 국민임을, 끊임없이 세상의 평화를 깨뜨리는 국가의 시민권을 지녔음을 말이다. 영성의 발현과 내면의 변화를 꿈꾸면서도, 칼날 같은 세계사에 몸 베이기를 감내했던 활동가의 면모는 이 소설이 놓지 않는 끈이다.

흑인 작가일수록 작품보다는 삶을 궁금해하고, 인생을 통해 작품을 역으로 평가받기 일쑤라는 앨리스 워커의 항의는 정당하다. '흑인'에 '여성'인 사람의 소설이라는 꼬리표는 언제나 그를 무겁게 짓눌렀을 것이다. 흑인 여성작가 토니 모리슨은 비교적 예외겠지만, 독자로서 우리는 지금껏 작품보다는 흑인 작가들의 '고통'에 더 관심이 많았다. 그러나 고통을 언어로 수확하는 이가 작가라면, 독자들의 호기심은 일견 지당하다. 더군다나 사회운동에 깊이 참여했던 작가의 이력을 모르면 소설의 절반만을 챙기게 될 뿐이다. 앨리스 워커는, "내가 읽고 싶은 책을 쓴다"던 토니 모리슨의 구문을 받아 "내가 읽어야 했던 책을 쓴다"고 하지 않았던가. '사회적 거울로서의 글쓰기'라는 앨리스 워커의 집필 방향은 이 소설에서도 유효하다.

　앨리스 워커의 이름 앞에는 작가 외에 다른 호칭도 붙는다. 활동가, 민권운동가 등의 이름이 그것이다. 실제 그녀는 마틴 루터 킹 목사가 주도했던 민권 운동The Civil Rights Movement의 대의에 동참해서 활동했던 운동가이기도 하다. 당시 흑인 해방 운동으로는 마틴 루터 킹 목사의 '흑인 민권 운동'과 말콤 엑스가 중심이 되었던 '흑백 분리 운동'의 흐름이 공존했다. 앨리스 워커는 민권 운동에 깊이 개입하고, 당시 흑백간의 혼인도 금지되어 있던 미시시피 주에서 목숨을 잃을 위험을 무릅쓰며 백인 남편과 함께 7년여를 살면서, 흑인의 인권 문제를 정면에서 돌파해나갔다.

　그렇지만 활동가로서 그녀의 관심은 '외부'와 '내면'을 동시에 아우른다. "오직 사랑만이 남았다"는 서술은 활동가로 수많은 현장에서 사람들과 부대꼈던 앨리스 워커에게 남다른 의미를 지닐 것이다. 인생을 걸고 남부로 모여서, 오직 서로에 대한 우정과 열정, 그리고 사랑을 자산으로 운동했던 이들이, 수년이 흐른 후 서로에게 불신과 증오, 완고함을 품게 되기까지, 그 세월 동안 무엇이 빠졌던 것인지 이 소설은 설명해주고 있다.

격렬한 운동가, 정치적인 활동가였던 이들이 잇따라 내면세계로 침잠해버리는 사례를 곱게 바라보는 방관자들은 많지 않다. 세계사적으로 반전 평화 운동의 시기였던 1960년대 이후 등장한 내면세계로의 침잠에 대한 비판은 흔하디흔한 이야기다. 하지만 누군가 앨리스 워커를 그런 눈으로 쳐다본다면, 그것이 전부가 아니라고 항변해야 할 테다. 그녀는 그 접점을 위태롭게, 그러나 평화롭게 걷고 있는 사람이라고. 용기와 열정, 그리고 진실함, 이런 고전적 가치를 여전히 지닌, 영악하지 않은 작가라고. 지적이라기보다는 감성적인 열정이 앨리스 워커를 오늘날 여기까지 밀어왔다고.

앨리스 워커는 지금도 세상의 고통을 외면하지 않는다. 아니 외면하지 않는 것이 아니라 발품을 팔아 고통의 현장을 찾아간다. 그리고 이야기들을 건져 올린다. 그 작업이 소설가 앨리스 워커가 지혜롭게 늙어가는 과정의 일부다. 그러므로 앨리스 워커는 고통의 이야기가 발화되는 입의 역할에 누구보다 충실했던 작가다. 당연히 이 소설에는 한 개인으로서 감당하기 벅찬 이야기들이 켜켜이 쌓여 있다.

앨리스 워커에게는 조상들이 나타났다. 꿈이 아니라 현실에서. (정신병리적으로 보자면 이 '증상'은 '정신분열증'이겠으나, 앨리스 워커가 소설 속에서 펼치는 '영혼의 물리학'으로 보자면, 그것은 '영혼의 상처 보존의 법칙'에 다름아니다.) 그리고 그녀에게 말을 걸어왔다.

소설 속, 케이트에게 나타나 말을 거는 흑인 노예 레무스 삽화는 그 저 공상에 그치지 않는다. 앨리스 워커는 『컬러 퍼플』을 쓰던 당시 를 회고하면서, 소설 속 인물들이 그녀에게 찾아온 환영임을 『어머 니의 정원을 찾아서』에서 밝혔다. 씰리와 셔그, 알버트, 소피아 하 포 등의 등장인물들이 말 그대로 앨리스 워커를 찾아왔고, 그녀는 그들이 말을 틀 수 있도록 그들의 요구에 따라 여러 차례 이사를 하 고, 심지어 생계가 곤란한 상황에서도 강연과 여행을 중단하며 침 묵의 시간을 보냈다고 말했다. 『컬러 퍼플』은 그렇게 태어난 책이 었다.

앨리스 워커는 역사와도 그렇게 만나고 있었다. 이제 그녀는 세 계의 고통 속으로 감히 진입했다. 고통의 고고학이 그녀의 전공이 라고 할 만큼. 그리고 이 책은 그 결과물이다. 무엇이 이 흑인 여성 에게 이런 도저한 용기를 주었는가. 영혼의 거대한 존재성, 집합성 을 신념하는 작가인 그녀는 이 세계로 진입할 수밖에 없었던 것이 다. 영혼, 넋, 영성이라는 이름으로 인류가 '이어져 있음'을 깨달은 늙은 앨리스 워커는 치유자가 되지 않을 수 없었다.

작가는 샤머니즘의 치유자(큐란데로)들의 역사, 그 묻혀버린 원 주민의 시간들을 오해를 무릅쓰고 정면으로 대면하지 않을 수 없었 다. 소설 속에는 미국과 호주, 하와이, 남미 '원주민'들의 문화와 샤 머니즘이 본격적으로 등장한다. 특히나 그들의 치유력을 되살리는 것은, 흑인 여성으로 살았던 수백만의 넋을 보듬는 일이기도 했다. 화해할 수 없는 것들과 공존해야만 했던, 그리고 그 안에서 입었던 상처 속으로 작가는 걸어 들어갔다. 그 속에는 앨리스 워커 자신의 자리도 들어 있기 때문이었다.

이 소설은 샤머니즘의 소설적 형상화라고 해도 틀린 말이 아니다. 저자는 한 인터뷰에서 "사실 제가 탐구하고 있는 것은 불교와 샤머니즘이 얼마나 유사한가 하는 것입니다"라는 설명을 덧붙이기도 했다. 하지만 소설 속에서 그려지는 불교와 부처의 상은 새로울 것도 없고 정치하지도 않다. 여기서 우리가 배울 교훈은 불교적 세계관과 샤머니즘적 세계관이 유사한가 아닌가가 아니다(그런 일은 앨리스 워커나 학자들에게 맡겨두자). 오히려 앨리스 워커가 불교와 샤머니즘을 어떻게 해방의 씨앗으로 전유하고 있는지일 테고, 문명의 상처에 해독작용을 해야 한다고 진단한 영혼의 의사로서 그녀가 처방전을 창안해냈던 과정일 테고, 그 새로운 처방전이 상처를 위무하는 방식일 테다. 그리고 우리의 상처에도 앨리스 워커가 내렸던 처방의 몸짓과 흔적과 행동과 고민이 유의미한 지점이 있는지를 읽어내는 적극적 해석의 행위일 테다.

앨리스 워커의 의문이 대지와 인간성의 결합이라는 공식으로 풀려나가는 모습은 주목할 만하다. 케이트의 입을 통해 앨리스 워커는 다음과 같이 말한다. "흑인들은 수백 년 동안 호의의 원형 바깥으로 내쳐졌다. (…) 감당하기 힘들 만큼 소름끼치는 상처들을 지니고서 아프리카인들이 인간성의 원형 안으로 어떻게 다시 들어설 수 있었는지를 케이트는 보았다. 여성성을 경멸하고 의식적으로 말소시키는 문화에 살고 있던 여성들처럼 수많은 흑인들은 태어날 때부터 지니고 있던 그들의 권리인 땅과 인간성의 결합을 경험하지 못했다. 고통이 그들을 자신의 자아로부터 분리시켜버렸던 것이다."

'민속 식물학'이라는 생소한 분야가 열어주는 세계에 작가는 환호한다. '사람들과 그곳 식물의 관계를 연구'하는 분야인 민속 식물학은, 케이트가 마음을 열어서 이루고자 하는 상태의 근거와 토대가 된다. 땅에 뿌리박은 식물을 이해하는 행위란, 그 땅을 사는 인간들을 이해하고 포용하는 몸짓임을, 그것은 자아가 아닌 자기의 원형과 소통하는 문임을 말이다. 상기해보면, 케이트가 붙인 자신의 이름은 토킹트리였다. 게다가 케이트가 작가의 돌아가신 조모의 이름이었으니, 그녀는 '말하는 할머니 나무'라고 말해도 좋으리라.

고통은 앨리스 워커의 입을 통해 발화되면서 정화된다. 그녀는 이야기의 힘을 믿는 보기 드문 현대 작가다. 구술성이라는 근대적인 가치가 지니는 미덕을 믿는. 클라리사 핀콜라 에스테스의 『늑대와 함께 달리는 여인들』을 극찬한 이유도, 그 안에는 여성들의 이야기들이 팔딱거리고 있기 때문이다. 그 이야기란 '자신의 이야기'여야 한다. 토할 것 같은 삶의 이야기들. 토해내는 이미지. 구토할 듯한 말들. 내면의 정화. 마음의 씻김. 그리고 치유. 내면으로부터의 혁명. 이야기를 토악질하듯 뱉어내면서 정화에 이른다는 상상.

그러나 죽은 이들의 입이 되어주는 것만으로, 그들의 진혼굿을 여는 것만으로는, '추한 곳'이 '아름다움'으로 탈바꿈하지는 않는다는 것에 앨리스 워커의 고민이 들어 있다. 그녀는 이제 나이가 들었고, 자꾸만자꾸만 자신의 지혜를 건네주고 싶어한다. 도덕 교과서처럼 이 소설에는 여러 가지 교훈과 지침이 들어 있다. 가령 '헌신', 특히 땅 혹은 선조들에 대한 헌신, 젊은이들을 위한 자기 절제, 특히 식생활을 통한 자기 정화 등이 그것이다. 그리고 그 모든 것이 영혼의 층위에서 연결되어 있다는 도저한 자각!

여기에 이르면, '시대착오적'으로 진지한 이 소설에 쏟아질 (정당한) 비판들이 눈에 선하다. 무엇보다 옮긴이의 고개를 갸웃거리게 했던 '눈물' 에피소드도 그 가운데 하나다. 앨리스 워커는 소설 속에서 눈물과 물의 의미를 정화로 설정한다. 그리하여 마침내 가장 추악한 권력자, 폭탄 투하를 명령하는 어떤 남성들의 인간됨을 회복하는 계기가 눈물이라 말한다. 여기에 "윤리적인 몸짓은 본디 눈물을 흘리지 않는다"는 말을 들으면 앨리스 워커는 뭐라고 답할까.

어쩌자고 앨리스 워커는 이렇게 소박한 말들을 늙음의 지혜로 세상에 선보이는 것일까. 부디 앨리스 워커의 이 '식물 같은 말들'이 땅에 뿌리박기를. 어디로 나들이하듯 사람들의 가벼운 입에 오르내리지 않길 바란다. 나태함의 변명거리로는 더더욱 말이다.

이런 이야기가 다음 세대로 이어지는 것, 그 힘을 믿었기에 앨리스 워커는 이런 이야기를 할 수 있었으리라. 울창하고 웅장한 전나무숲이 어린 나무들의 양분과 그늘이 되어주듯, 이 이야기가 뒷세대들에게 양식과 안식처가 되어주리라는 믿음. 소설 말미에서 치유자 아르만도가 치유 식물인 보빈사나의 즙을 마시면 그 자리에 뿌리내리게 되리라 했던 말도, 세대를 이어가게 만드는 힘을 언급한 것이리라.

문제는, 가르침이 곧장 배움으로 내려앉지는 않는다는 경험적 진리다. 앨리스 워커의 경험과 전언이 우리의 이른바 '영혼'을 탈바꿈시키지는 못하리라는 조바심이다. 이 책을 읽고 자신의 여정을 어떻게 시작할 것인가는, 각자의 '할머니-됨'을 앞당겨 그려보는 상상력에 달려 있다.

지난해, 한국을 찾은 앨리스 워커의 강연을 들었다. 강연이 끝날 즈음 입에 맴돌았던 단어가 '무당'이었다. 세계를 걸으며 고통을 걷어서 살풀이하려는 영매의 이미지. 그녀에게 이 땅의 고통을 조근조근 얘기해주고 싶었다. 혹시 아는가? 앨리스 워커가 지금 이 글을 읽고 있는 우리의 넋을 위무해줄지.

내년이면 57세가 되실, 홀로 당당한 여자 어머니께 감사드린다.

2005년 4월
이옥진